KB238085

안네의 일기

HET ACHTERHUIS
Anne Frank

안네의 일기

안네 프랑크 지음 | 이건영 옮김

문예출판사

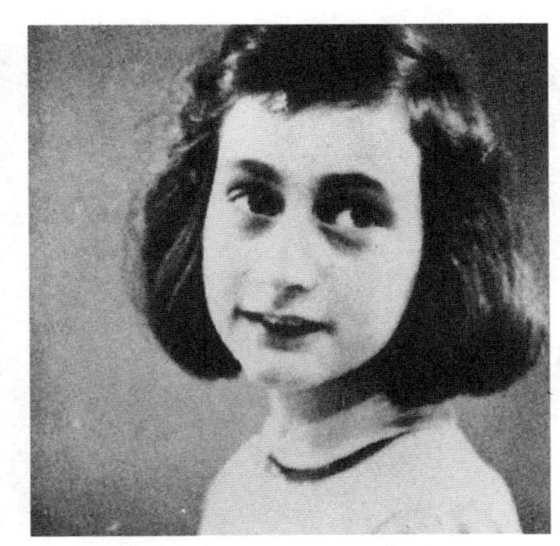

안네(열한 살) ▶

▲ 암스테르담에서 친구와 함께

◀ 1942년 안네가 열세 살 때 찍은 사진

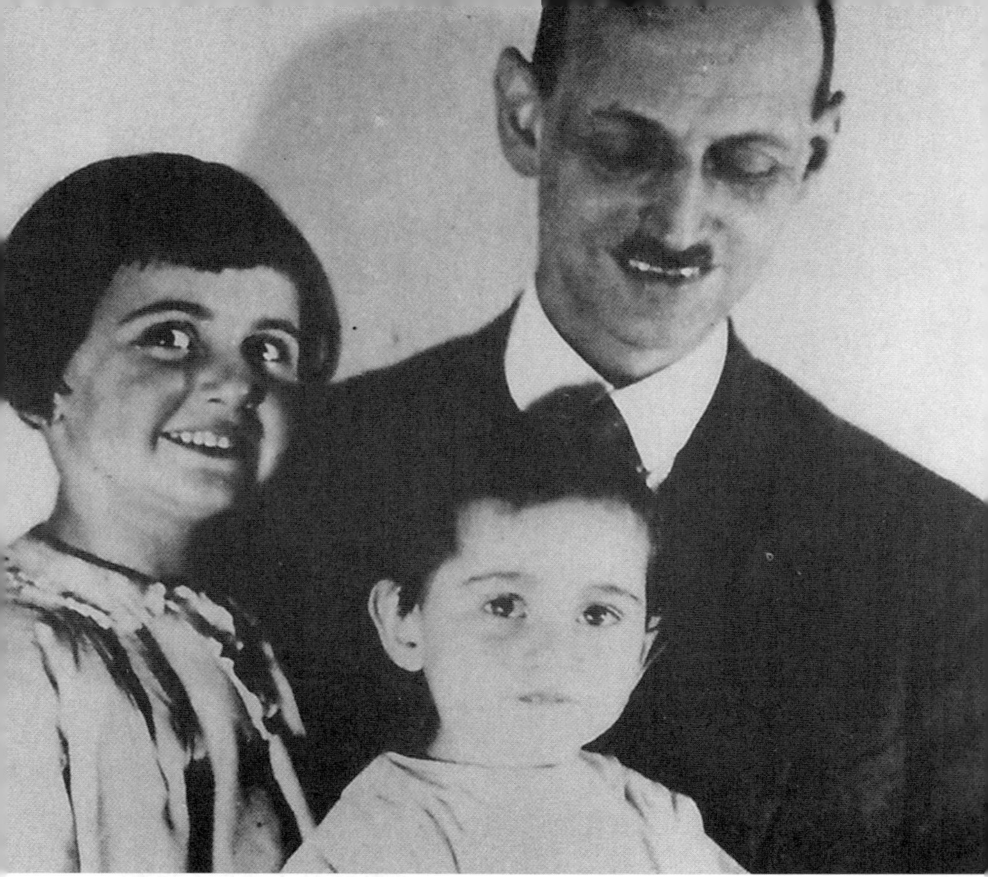

▲ 아버지 오토 프랑크와 마르고트, 안네 자매

(위부터) ▶
오토 프랑크
어머니 에디스
언니 마르고트
페터 판 단
뒤셀 씨

(위부터) ▶
판 단 부인
판 단 씨와 클라레르 씨
미프
엘리
코프하이스 씨

▲ 안네 일가의 은신처가 있던 건물(오른쪽
에서 두 번째)

▶ 선물받은 일기장 키티의 겉모습과 내부

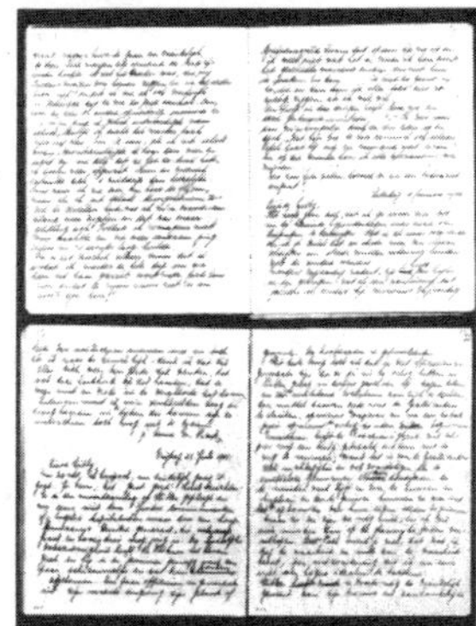

◀ 은신처로 들어가는 계단과 그곳을 가리고 있던 책장

▲ 은신처의 내부 모습

◀ 15분마다 시간을 알려주던 시계탑,
베스텔토렌

▶ 은신처의 내부 모습

▶ 1939년 열 번째 생일에 암스테르담의 집 앞에서. 왼쪽에서 두 번째가 안네, 세 번째가 산네, 네 번째가 리스다.

▶ 뒤늦게 발견된 안네의 일기 일부분. 심리학자이자 필적학자인 베커 박사가 같은 시기에 씌어진 안네의 필적과 비교해 진본이라는 결론을 내렸다.

안네 프랑크에 대하여

안네 프랑크와 그녀의 가족은 원래 독일에서 살았으나, 히틀러가 정권을 장악한 1930년 초에 네덜란드로 이주하여 거기에서 잠시 평화로운 생활을 했다. 안네의 아버지는 장사를 크게 벌였고, 안네와 언니 마르고트는 학교에 다녔다.

그러나 2차 세계대전이 일어나 네덜란드가 독일군에게 점령당하자, 유대인인 안네의 가족은 다시 달아나지 않으면 안 되었다.

갈 곳이 없었으므로 암스테르담에 남아 '프린센 그라흐트'라고 불리는 운하를 향한, 사무실로 쓰던 낡은 건물의 한 모퉁이에 숨어 지냈다.

그때 안네는 열세 살이었다.

이 책은 참으로 놀라운 내용을 담고 있다. 한 소녀—진실을 말하기 두려워하지 않는—에 의해 씌어진 이 책은 전쟁과 그것이 인류에 미치는 충격에 대해 쓴, 내가 읽은 논평 가운데서 가장 광범위하고 가장 감동적인 글 중 하나다. 네덜란드가 독일에 점령당해 있던 2년 동안 나치의 눈을 피해 전쟁이라는 끔찍한 외부적 상황과 끊임없는 공포와 단절과 고독이란 정신적 풍토에서 살아온 여덟 명의 생활을 묘사한 《안네의 일기》는 전쟁이 자아내는 최대의 죄악인 인간성의 타락을 생생하게 고발하여 나로 하여금 전율을 금할 수 없게 했다.

이와 동시에 《안네의 일기》는 인간의 정신이 궁극적으로 숭고한 빛을 발할 수 있다는 사실을 극명하게 증언하고 있다. 이 일기에 등장하는 여덟 명은 매일 공포와 굴욕 밑에 살면서도 절망하지 않았다. 안네 자신은—무엇보다도 이 책에는 그녀의 초상화가 가장 생생하게 나타나 있으므로—그 어느 소녀건 변화가 빠르고 복잡한 법인 열세 살부터 열다섯 살까지의 2년 동안에 급속도로 성장했다.

그녀는 자신의 정열과 위트와 지혜와 내면 생활의 풍부한 필연성으로 죽음의 공포에 대한 두려움 없이, 감수성이 강하고 영리한 사춘기 소녀가 씀직한 부모와의 관계, 자의식의 발달, 성(性)의 문제 등을 쓰고 또 생각했다.

이것은 비정상적인 상태 아래에서 자라난 한 소녀의 사고의 결정(結晶)이다. 따라서 안네의 일기는 우리나 우리 후손에게 많은 것을 가르쳐주고 또한 안네의 경험이 그녀 자신만의 것이 아니라는 것, 안네의 짧은 생애와 전 세계의 혼란에 우리가 연대해 있다는 것을 절실히 느끼게 해준다.

《안네의 일기》는 그녀의 정신과 지금까지 인류의 평화를 위해 노력해왔고 현재 노력하고 있는 사람들의 정신을 빛내주는 기념비다.

이 책은 여러분에게 풍부하고 유익한 경험을 제공해줄 것이다.

프랭클린 루스벨트 대통령 부인
엘리너 루스벨트

이 책의 원제 *Het Achterhuis*란 1942년부터 1944년까지 두 가족이 숨어 살던 건물의 일부분을 가리키는 말이다. Achter는 behind or in back of 란 뜻이고, huis는 house란 뜻이다. 네덜란드 암스테르담의 오래된 건물들은 정원에 면한 부분과 거리에 면한 부분의 두 동으로 분리되어 있다.

'뒷집'이라고 번역할 수 있는 Het Achterhuis는 암스테르담 운하의 하나인 프린센 그라흐트 옆에 있다. 정확한 의미를 전달하는 번역어는 아니지만, 이 책에서는 Het Achterhuis를 '은신처'라 번역했다.

Ik zal hoop ik aan jou alles kunnen
toevertrouwen, zoals ik het nog aan
niemand gekund heb, en ik hoop dat
je me een grote steun van me zult zijn.
Anne Frank. 12 Juni 1942.

나는 아직 누구에게도 그런 적이 없지만,

너(일기장)에게만은 모든 것을 신뢰하고 고백하게 되기를 바란다.

그리하여, 나는 너에게 위로와 안식을 구하련다.

1942년 6월 12일 안네 프랑크

생일날

1942년 6월 14일(일)

금요일인 12일, 나는 6시에 잠이 깼어. 그도 그럴 것이, 그날은 내 생일날이었으니까. 그러나 일찍 일어나면 부모님이 꾸중을 하시기 때문에 얼마 동안 호기심을 누르고 누워 있었지.

7시 15분 전에 더는 참을 수가 없어서 식당으로 갔더니, 모르체〔고양이 이름〕가 나를 보고 반가워했어.

7시가 지나자, 부모님께 아침 인사를 하고 거실로 가 선물 보자기를 풀었어. 맨 처음에 나온 것이 가장 멋진 선물인 바로 너〔일기장〕였어. 그리고 테이블 위에는 장미꽃 다발, 화초분 한 개, 모란꽃 등이 있었고, 부모님이 주신 선물뿐만이 아니라 여러 친구들한테서도 많은 선물이 와 있었지. 그 중에는 힐데브란트가 쓴《요지경》, 파티용 게임 도구, 과자, 초콜릿, 퀴즈 도구, 브로치, 요셉 코헨이 쓴《네덜란드의 신화와 전설》, 데이지가 쓴《산의 휴일》도 있고, 돈도 좀 들어 있었어. 이제《그리스 로마 신화집》을 살 수가 있다구. 아, 신나!

그때 리스가 부르러 와서 우린 함께 학교에 갔어. 쉬는 시간에 친구들에게 비스킷을 나눠주고 다시 공부를 했어.

오늘은 이만, 안녕.

우린 이제 친한 친구가 될 거야.

1942년 6월 15일(월)

일요일 오후에 생일 파티를 열었어. 명견 린틴틴이 출연하는 〈등대지기〉란 영화를 보여주었더니 친구들이 무척 재미있어 했어. 여자 친구뿐 아니라 남자 친구들도 많이 모였어. 그럴 때면 엄마는 항상 내가 좋아하는 남자가 누구인지를 알고 싶어 하시지만 그게 바로 페터 베셀이라는 건 전혀 짐작도 못 하시지.

어느 날 나는 얼굴을 붉히거나 눈썹 하나 까딱하는 일 없이 엄마한테 터무니없는 상상은 마시라고 말씀드렸어.

전에는 리스 고센과 산네 하우트만이 나와 제일 친한 친구였는데, 유대인 중학교에 와서 새로 요피 드 발을 알게 되었어. 요즘은 요피가 거의 하루 종일 붙어 있다시피 하는 제일 친한 친구야. 리스는 딴 친구들과 더 사이가 좋고, 산네는 다른 학교에 가서 새로운 친구들이 생겼어.

1942년 6월 20일(토)

요사이 며칠 동안 일기를 쓰지 않은 것은 일기 쓴다는 일에 대해서 좀 생각해보고 싶어서였어. 나 같은 사람이 일기를 쓰다니 이상한 일이지. 나는 지금까지 일기를 써본 적이 없을 뿐 아니라, 도대체 열세 살 먹은 소녀의 고백에 흥미를 가질 사람이 누가 있겠어? 하지만 그건 문제가 아니야. 나는 쓰고 싶고, 가슴속에 숨어 있는 것을 모조리 털어놓고 싶어.

'종이는 사람보다 참을성이 있다'는 말이 있지. 가끔 밖에 나갈까 말까를 정하는 것조차 귀찮아서 힘없이 턱을 괴고 앉아 있는 우울한 날이면 이 말이 떠올라.

정말 종이가 참을성이 있다는 건 사실이야. 게다가 나는 남자든 여자든 참된 친구가 아닌 이상 일기장이란 이름이 붙은 이 노트를 아무에게도 보여주지 않을 생각이니, 여기에 관심을 가질 사람은 없을 거야.

이제 내가 왜 일기를 쓰기 시작했는가 하는 이유가 분명해졌어. 그것은 내게 참된 친구가 없기 때문이야.

열세 살짜리 소녀가 이 세상에서 고독을 느낀다면 믿을 사람이 없을 테고, 또 사실 그럴 리도 없으므로 문제를 더 분명히 하겠어. 내게는 정다운 부모님과 열다섯 살 된 언니가 있어. 그리고 친구라고 부를 수 있는 사람이 서른 명은 돼. 남자 친구들도 많아. 그들은 나를 잠깐 보려고 애를 쓰고, 벽에 걸린 거울로라도 내 모습을 엿보려고 기웃거리지. 친절한 아저씨와 아주머니도 계셔. 좋은 집도 있고. 무엇 하나 부족한 것이 없어. 그러나 친구들이 모이면 웃고 떠들며 늘 있는 일이나 이야기할 뿐 도무지 소용없어. 친구들과 마음을 통할 수 없다는 것이 바로 고민의 원인이야. 아마 나에게는 다른 사람을 믿는 마음이 없는가 봐. 그렇지만 그렇다 해도 나 자신은 어쩔 수 없는 일이지.

그래서 이 일기를 쓰기로 한 거야. 나는 다른 사람들처럼 노골적인 것을 쓰고 싶진 않지만, 오랫동안 기다리던 친구의 모습을 마음속으로 그려서 바로 이 일기장을 내 친구로 삼아 '키티'라고 부르겠어.

그렇지만 별안간 키티에게 편지를 쓰기 시작하면 내가 무슨 이야길 하는지 아무도 모를 테니까, 내키지는 않지만 우선 내 주변의 이야기를 간단히 적어볼게.

우리 아빠는 서른여섯 살 때, 스물다섯 살이었던 엄마와 결혼했어. 언니인 마르고트는 1928년 독일의 프랑크푸르트 암 마인에서 태어났고, 나는 1929년 6월 12일에 태어났어. 우리는 유대인이기 때문에 1933년 독일에서 네덜란드로 이주하여, 아빠는 트라피스 상회의 지배인이 되셨지. 이 상회는 같은 빌딩 안에 있는 코른 상회와 깊은 관계가 있어. 아빠는 코른 상회에도 관계하고 계셨거든.

그러나 그동안 독일에 남은 친척들은 히틀러의 유대인 탄압 정책 밑에서 불안한 생활을 하고 있었어. 1938년 유대인 학살이 있은 뒤 외삼촌 두 분은 미국으로 도피하셨고, 할머니는 우리 집으로 오셨어. 1940년 5월 이후 행복하던 시절은 갑자기 사라져버렸어.

먼저 전쟁이 일어났고, 곧 네덜란드가 항복하자 독일군이 밀려들어왔어. 우리 유대인의 고난이 시작된 것은 이때부터야. 유대인 탄압 법령이 잇달아 공포되었어. 유대인은 노란 별표를 달고 다녀야 하고, 자전거를 공출해야 하고, 전차나 자동차도 탈 수 없어. 뿐만 아니라 오후 3시부터 5시 사이에 유대인 상점에서만 물건을 살 수 있어. 밤 8시 이후에는 외출할 수 없고, 자기 집 마당에도 앉을 수 없어. 극장이나 영화관 같은 유흥장엔 갈 수 없고, 수영장, 테니스 코트, 하키 경기장, 그 밖의 모든 경기장의 입장이 허락되지 않고 참가할 수도 없어. 기독교인과 사귈 수 없어. 아이들은 유대인 학교에 보내야 해. 그리고 이 밖에도 이런 종류의 제한이 수없이 많아.

따라서 우리에겐 이것은 해선 안 된다, 저것은 금지된 것이다 하는 것뿐이야. 그렇지만 용케 지금까지 살아왔어.

요피는 나한테 "넌 금지된 것이 아닌가 하고 쩔쩔매기만 하는구나" 하고 가끔 핀잔을 줘. 우리의 자유는 극도로 제한되어 있어. 그러나 아직은 견딜 만해.

할머니는 1942년 1월에 돌아가셨어. 내가 얼마나 할머니를 좋아했으며, 이날까지 얼마나 할머니를 생각하고 있는지는 아무도 모를 거야.

1934년에는 몬테소리 유치원에 다녔고 초등학교도 거기서 다녔어. 6학년 B반이 되었을 때 K선생님과 작별해야 했지. 선생님과 나는 너무 슬퍼서 함께 울었어. 1941년에 마르고트 언니와 함께 유대인 중학교로 전학했어. 언니는 4학년이고 나는 1학년이야.

여기까진 우리 네 식구한테는 별일이 없었어. 자, 이제부터 현재의 일을 애기하자.

1942년 6월 20일(토)

키티,

집 안이 몹시 조용해. 엄마와 아빠는 외출하셨고, 언니는 친구들과 탁구를 치러 나갔어. 나도 요즘은 곧잘 탁구를 친단다. 우리 친구들은 아이스크림을 몹시 좋아해. 특히 여름에 탁구를 치고 땀이 나면 곧잘 가까운 델피나 오아시스 상점엘 가. 거긴 유대인들도 갈 수 있는 곳이야. 우리는 용돈을 더 타려고 애쓰는 일은 그만두기로 했어. 오아시스는 언제나 만원인데, 대개 거기서 우리가 일주일을 먹고도 남을 만큼 아이스크림을 듬뿍 사주는 친절한 어른이나 남자 친구를 만나게 마련이거든.

넌 아마 나같이 어린 여자애가 벌써 남자 친구 이야길 한다고 놀라겠지? 그러나 우리 학교에서는 아주 자연스런 일이야. 간혹 남학생들이 같이 가자고 해서 나란히 자전거를 타고 가다 이야기라도 하게 되면, 십중팔구는 나한테 반해서 열심히 나만 쳐다보곤 해. 그러다가 그쪽에서 아무리 나를 쳐다봐도 모른 체하고 유쾌하게 페달만 밟으면 그들의 열은 저절로 식고 말아.

만약에 점점 더 열을 올려서 "아빠의 허락을 받고 싶다"라는 말까지 나오면, 슬쩍 자전거를 한쪽으로 기울여서 가방을 떨어뜨리지. 그러면 그는 할 수 없이 자전거에서 내려 가방을 집어주고, 그때 나는 다른 이야기를 꺼낸단다.

이런 남학생들은 아주 순진한 축들이야. 가끔은 키스하는 흉내를 내거나 나를 껴안으려고 하거나 하는 식으로 엉뚱하게 나오는 축들도 있어. 그러면 나는 자전거에서 내려서 같이 갈 수 없다고 거절하거나, 모욕당한 표정을 짓고 꺼져버리라고 분명하게 말해주지.

키티, 이젠 우리 사이에 우정이 생기기 시작하는 것 같아.

내일까지 안녕!

안네.

1942년 6월 21일(일)

키티,

진급 사정 회의가 곧 열릴 것이라서, 반 전체가 술렁거리고 있어. 누구는 진급하고 누구는 낙제할 것이라는 식의 추측이 나돌고 있거든. 미프 드 용과 나는 우리 뒷자리에 앉아 있는 빔과 자크의 일을 퍽 재미있어 하고 있어. 둘은 서로 "넌 진급할 거야", "아냐 자신 없어", "아냐 괜찮아" 하고 아침부터 밤까지 내기를 하느라고 일요일에 쓸 1플로린도 남지 않았을 거야. 미프가 조용히 해달라고 부탁하거나 내가 막 화를 내도 아무 소용이 없어.

우리 반 아이들의 4분의 1 정도는 낙제감이야. 그 중에는 아주 얼간이들도 있어. 그렇지만 선생님들이란 원래 변덕쟁이들이니까 또 적당히들 진급하겠지.

나나 내 친구들은 문제 없을 거야. 난 수학에 좀 자신이 없긴 하지만 어떻게든 진급할 듯해. 지금은 그저 서로 격려하며 참고 기다릴 수밖에 없어.

나는 선생님들의 귀염을 받는 편이야. 선생님은 아홉 분인데, 남자 선생님이 일곱 분이고, 여자 선생님이 두 분이야.

수학 담당인 나이 많으신 켑터 선생님은 내가 너무 떠든다고 애를 태우시다, '수다쟁이'란 제목으로 작문을 지어 오라고 하셨어. 수다쟁이라니, 도대체 무얼 써야 한담. 그래서 나중에 쓰기로 하고 노트에 제목만 적어놓고 그날은 좀 조용해지려고 했지.

그날 저녁 다른 숙제를 다 끝냈을 때 노트에 적어놓은 제목이 눈에 띄잖아. 그래서 만년필 끝을 만지작거리면서 큼직한 글씨로

듬성듬성 쓰기 시작했어. 그러다 보면 무슨 우스갯거리든 생각이 날 것 같았는데, 내가 왜 수다를 떨었는지를 설명할 길이 없었어.

끙끙거리며 생각하다가 문득 떠오르는 것이 있어서 단숨에 세 페이지나 되는 훌륭한 작문을 엮어 내렸어.

내 작문은, 수다를 떠는 것은 여자의 본성이고, 참으려고 해도 좀처럼 되는 일이 아니다, 우리 엄마는 나보다 더 수다를 떠신다, 유전적인 기질은 어쩔 수 없지 않느냐는 내용이야.

켑터 선생님은 내 작문을 읽고 웃으셨어. 그런데 다음 시간에도 내가 여전히 떠들어대니까 이번엔 '고쳐지지 않는 수다쟁이'란 작문 제목을 내주셨어.

또 작문을 지어서 제출했더니, 선생님은 별 말씀도 하지 않으셨어.

그런데 세 번째 시간에는 선생님도 참지 못하시고, "안네야, 이번엔 떠든 벌로 '꽥꽥 하고 나터베크 부인이 떠듭니다'란 작문을 지어 오너라"고 명령하시잖겠니. 교실 전체가 웃음바다가 되었어.

나도 이젠 그런 이야기엔 지쳐버렸지만 별수 없이 따라 웃을 수밖에.

이번엔 좀 새롭고 참신한 것을 써야겠다고 생각했어. 그런데 운좋게 시를 잘 쓰는 산네가 이 작문을 시로 쓰도록 도와주겠다고 해서 뛸 듯이 기뻤어. 선생님은 이런 우스운 제목으로 나를 골리려고 했지만, 도리어 나는 선생님을 웃음거리로 만들리라 마음먹었어. 산네 덕분에 멋진 시가 씌어졌어. 그 시는 세 마리의 새끼를 거느리고 있는 오리 엄마와 백조 아빠의 이야기인데, 새끼들이 너무 떠들어대서 백조 아빠가 물어 죽였다는 내용이야. 다행히 쳅터 선생님은 비유의 뜻을 이해하시고, 그 시를 큰 소리로 낭독하고 해설까지 해주셨어. 다른 반에 가서도 그러셨단다.

그 이후로 내가 아무리 떠들어도 다시 숙제를 내주시지는 않고, 늘 그 이야기를 하셔.

안네.

유대인은 전차도 탈 수 없다

1942년 6월 24일(수)

키티,

정말 찌는 듯한 더위구나. 몸이 녹아내리는 것 같아. 이런 더위 속에서도 나는 땀을 뒤집어쓰고 걸어다녀야 해. 이제야 전차가 얼마나 편한 것인지 절실히 느껴져. 그렇지만 유대인은 전차를 탈 수 없어. 제 발로 걸어 다니는 것으로 만족해야 해.

어제 점심 시간에는 얀 루이켄 가에 있는 치과에 가야 했어. 스타토스티메르토이넨에 있는 우리 학교에서 병원까지는 퍽 멀어. 오후 수업 때 졸 뻔했는데, 다행히도 치과 조수가 친절하게 마실 것을 주었어. 친절한 여자야.

우리 유대인은 단지 나룻배를 탈 수 있을 뿐이야. 요세프 이스라엘 부두에는 작은 보트가 있는데, 뱃삯만 내면 금세 우리를 태워주지. 우리 유대인이 이렇게 고난을 겪는 것은 물론 네덜란드 사람들 탓은 아니야.

나는 부활절 때 내 자전거를 도둑맞아서 학교에 가고 싶지 않아. 엄마 자전거는 기독교인 집에 맡겨두었어. 그렇지만 일주일만

지나면 방학이니까 이런 고통도 곧 끝날 거야.

어제는 참 재미있는 일이 있었어. 자전거 보관소 앞을 지나려니까, 친구 에바네 집에서 본 적이 있는 멋진 사내아이가 나를 부르잖니. 그는 부끄러운 듯이 다가와서 자기는 해리 홀트베르크라고 말했어. 그 애가 왜 그러는지를 몰라서 당황스러워했더니 학교에 같이 가자는 거야. "어차피 같은 방향이니까 그렇게 해" 했지. 그래서 우리는 같이 갔어.

해리는 열다섯 살인데 재미있는 이야기를 많이 알고 있어. 아마 해리는 오늘 아침에도 나를 기다리고 있을 거야. 그리고 내일도.

안네.

1942년 6월 30일(화)

키티,

섭섭하게도 오늘까지 너에게 보고할 틈이 없었어. 목요일에는 종일 친구들과 같이 지냈고, 금요일부터 오늘까지는 줄곧 손님들이 찾아왔지 뭐야. 해리와 나는 그동안 퍽 친해져서, 그는 자기 자신에 대한 이야기를 많이 들려주었어. 그는 혼자서 네덜란드로 와서 할아버지 댁에 살고, 부모님은 벨기에에 계시대.

해리한테는 화니란 여자 친구가 있는데 나도 아는 아이야. 아주 순진하지만 멍청하게 생겼지. 그런데 나를 알고 나니 자기가 여태까지 화니란 여자에 대해 백일몽에 잠겨 있었을 뿐이라는 걸 깨달았대. 나의 존재가 아마 해리의 의식을 깨우쳐준 모양이지. 우리는 이렇게 서로 희한한 도움을 주게 됐어.

요피는 토요일 밤엔 우리 집에서 자고 일요일에는 리스를 만나러 가버려서 무척 지루했어.

해리가 저녁때 찾아온다고 했는데 대신 6시에 전화를 했더군. 내가 전화를 받으니까 그는,

"전 해리 홀트베르크인데요, 안네 양 집에 있나요?"

"애, 나 안네야."

"오, 안네구나, 잘 있었어?"

"물론. 고마워."

"미안하지만, 오늘 저녁때 못 가겠는데, 애기할 게 좀 있어. 지금 십 분 안에 갈 수 있는데 괜찮겠어?"

"그래, 좋아."

"자, 그럼 이따 보자."

나는 수화기를 내려놓고, 곧 옷을 갈아입고 머리를 다듬었어. 그리고 창가에 서서 그가 나타나기를 기다렸지. 마침내 해리의 모습이 보였어. 뛰어나가고 싶었지만 꾹 참고 초인종이 울릴 때까지 기다렸어. 내가 문을 열자 그는 달려 들어오면서,

"안네, 우리 할머니는 네가 나이가 어리기 때문에 늘 밖에서 만나는 것은 삼가라고 말씀하셔. 대신 레르스 양을 만나라는 거야. 하지만 난 화니하고 어울리고 싶진 않아."

"왜? 둘이 싸웠어?"

"아니. 난 화니한테 우린 서로 어울리지 않으니까 그만 만나자고 했어. 그렇지만 화니가 우리 집에 오면 언제든 환영이고, 내가 화니네 집에 가도 그럴 거야. 너도 잘 알다시피 난 화니가 딴 남자

하고도 사귀는 줄 알고 적당히 만났는데, 사실은 그게 아냐. 그래, 아저씨는 화니한테 사과하라고 하시지만 난 그러고 싶지 않아. 그래서 모두 끝장내버렸어. 할머니는 너보다 화니를 더 좋아하셔. 노인네들 사고 방식이란 너무 구식이야. 나한테도 할아버지 할머니가 필요하지만, 할아버지 할머니한테도 마찬가지야. 이제부터 수요일 저녁때는 틈이 있어. 난 겉으로는 할아버지 할머니 말씀대로 나무 조각을 배우러 다닌다고 했지만, 사실은 유대인 민족 운동 집회에 나가는 거야. 할아버지 할머니는 그 운동에 반대하고 계셔. 난 뭐 열성파는 아니지만 꽤 흥미있는 모임이야. 그런데 요즘은 시끄러워져서 그만두려고 해. 다음 주 수요일까지만 나갈 생각이니까 수요일 저녁이나 토요일, 일요일 오후나 다른 시간에도 널 만날 수 있어."

"하지만 할머니가 반대하시잖아? 몰래 그러는 건 좋지 않아."

"사랑하면 방법이 생기는 법이야."

우리가 책방 옆을 지나려니까 페터 베셀이 다른 친구들과 놀고 있었어.

"어이, 안네!" 하고 페터가 소리쳤어.

퍽 오랜만에 그의 목소리를 듣게 되어 정말 기뻤어.

해리와 나는 한참 동안 나란히 걷다가 내일 그의 집 앞에서 7시 5분 전에 만나기로 하고 헤어졌어.

안네.

1942년 7월 3일(금)

키티,

해리가 어제 우리 엄마 아빠한테 인사드리러 왔어. 나는 미리 크림 케이크, 비스킷 같은 것들을 사놓았지만, 어른들 앞에 있는 것이 어색해서 같이 산책을 하러 나갔어. 그런데 집에 돌아오니까 아버지가 몹시 화가 나 계시더라. 유대인은 저녁 8시 이후에는 외출이 금지되어 있는데 내가 8시 10분이나 되어서 돌아왔거든.

내일은 내가 해리네 집에 초댈 받았어. 그렇다고 요피는 온종일 나를 놀려대잖아. 나는 지금 연애를 하고 있는 건 아니야. 누구든 남자들과 교제하는 것은 괜찮지만, 그 상대가 한 남자, 즉 애인이라면 문제는 좀 다를 거야.

언젠가 에바가 해리를 만났을 때 "넌 화니와 안네 중에 누굴 좋아하니?" 하고 물었더니, 그는 "넌 상관할 것 없어!" 하고 대답하더래. 그런데 온종일 말도 하지 않고 있다가 "잘 들어. 난 사실 안네가 좋아. 너 누구한테도 말하지 마. 잘 있어" 하고 후닥닥 뛰어나가더라는 거야.

해리가 날 사랑하고 있다는 건 잘 알고 있어. 언니는 해리가 참 점잖은 애래. 엄마도 멋지고 예의 바른 아이라고 칭찬이 대단하시고. 온 집안 식구들이 모두 해리를 좋아하니까 퍽 다행이야. 해리는 우리 집안 식구들을 좋아하지만, 내 친구들은 너무 어려서 유치하다고 생각하는 모양이야. 사실 그렇기도 하지만.

안네.

아빠를 부른 호출장

1942년 7월 5일(일) 아침

키티,

지난 금요일, 기말 시험 결과가 유대인 전용 극장에서 발표됐어. 내 성적은 예상보다는 좋은 편이야. 만점이 하나, 대수는 5점, 6점이 두 과목이고 나머지는 모두 7점, 8점이지. 물론 집안 식구들은 모두 기뻐했지만, 우리 엄마 아빠는 다른 사람들과 달라서 내 성적에는 별로 관심이 없으시고, 나쁜 짓만 하지 않고 내가 건강하고 행복해하기만 하면 만족하셔. 그러나 나는 그렇지 않아. 열등생이 되고 싶지 않아. 원래 나는 몬테소리 초등학교에서 7학년으로 남았어야 했는데, 유대인은 모두 유대인 학교로 전학하도록 되어서 유대인 중학교의 교장 선생님은 리스와 나를 조건부로 받아주셨어. 그러니까 교장 선생님을 실망시키고 싶진 않아.

마르고트 언니는 언제나처럼 역시 우수한 성적이야. 우등상 제도가 있다면 상을 탔을 거야.

언니는 수재야. 아빠는 요즘 일거리가 없으셔서 거의 집에 계셔. 가엾게도 아빠는 자기가 가치 없는 인간이라고 괴로워하시는 것 같아. 코프하이스 씨가 트라비스 상회를, 클라레르 씨가 코른 상회를 인수했단다.

며칠 전에 아빠와 함께 거리를 걷고 있노라니까, 아빠는 문득 피신을 해야겠다고 말씀하셨어. 나는 놀라서 왜 벌써 그런 이야길 하시느냐고 물었더니 아빠는,

"안네야, 너도 알다시피 우리는 전부터 식량이나 옷이나 세간 같은 것을 남의 집에 옮겨놓았다. 우리 재산을 독일 놈들한테 빼앗기고 싶지 않아 그런 건데, 더구나 우리 자신이 그놈들의 손아귀에 붙잡힐 수는 없잖니? 그놈들이 잡으러 오기 전에 피신해야지."

"아빠, 그럼 언제?"

아빠가 너무 진지하게 말씀하셔서 나는 퍽 걱정이 되었어.

"넌 걱정 마라. 아빠와 엄마가 알아서 할 테니까. 그동안이나마 재미있게 놀도록 해라."

얘기는 여기서 끝났어.

오, 아빠의 이 암담한 이야기가 제발 아득한 훗날에나 닥쳐오기를!

안네.

숨을 곳을 찾아

1942년 7월 8일(수)

키티,

일요일의 일이 먼 옛날 일처럼 느껴져. 그동안 온 세상이 뒤집힌 것 같은 사건들이 있었어. 그렇지만 키티, 나는 지금 살아 있어. 그게 중요한 일이야. 아빠도 그렇게 말씀하신단다.

그래, 정말 나는 아직 살아 있구나. 어디에서 어떻게 살고 있느냐고는 묻지 마. 너는 한마디도 이해하지 못할 거야. 자, 이제 일요일 오후에 일어난 일을 차근차근 이야기해야겠어.

해리가 나중에 또 놀러 오기로 하고 막 나가자마자 3시에 누군가가 문 앞의 벨을 눌렀어. 나는 베란다에 누워서 한가히 책을 읽고 있었기 때문에 벨소리를 못 들었지. 조금 후에 언니가 당황한 얼굴로 나타나서,

"얘, SS〔독일군 친위대〕가 아빠한테 호출장을 보냈어. 엄마는 지금 판 단 아저씨를 만나러 가셨어" 하고 작은 목소리로 말하는 거야. 판 단 아저씨는 아빠 회사 동료야.

호출장이라니! 무서운 일이야. 호출장이 무엇을 뜻하는가는 누

구나 다 알고 있어. 나는 강제 수용소와 차가운 감방을 상상해봤어.
어떻게 아빠를 그런 데로 보낼 수 있겠니?

"아빠는 물론 안 가실 거야. 엄마는 은신처로 내일 옮기는 것이
어떤가를 의논하러 판 단 아저씨한테 가신 거야. 판 단 아저씨네도
우리와 함께 가면 모두 일곱 사람이야."

엄마를 기다리면서 언니가 그렇게 말했어. 그뿐, 우리는 아무
말없이 아빠의 일을 생각하고 있었어. 아빠는 이런 줄도 모르고 요
트세 양로원에 계신 분을 만나고 있겠지. 더위와 긴장 속에서 엄마
를 기다리며 우리는 말없이 두려움에 떨었어.

그때 갑자기 또 벨이 울렸어.

"해리야."

내가 말했어.

"문 열지 마!"

언니가 황급히 나를 붙잡았지만, 아래층에서 엄마와 판 단 아저
씨가 해리에게 말하는 소리가 들려왔어. 그들은 집 안으로 들어와
서 문을 꼭 잠갔어. 벨이 울릴 때마다 언니와 내가 아래층으로 살그
머니 내려가서 아빠인지 아닌지를 살펴보곤 했어.

판 단 아저씨는 엄마와 얘기할 게 있으니 우리에게 다른 방에
가 있으라고 하시더군. 우리가 침실로 오자, 언니는 호출장이 아빠
한테 온 것이 아니고 자기한테 온 거라고 말하는 거야. 나는 아까보
다 더 놀라서 그만 울어버렸어. 언니는 열여섯 살이야. 도대체 SS는
그같이 어린 소녀까지 혼자 그런 곳으로 보낸다는 거야?

그렇지만 언니는 가지 않을 거야. 엄마가 말씀하셨어. 그래서

아빠가 얼마 전에 은신처로 옮겨야겠다고 말씀하셨던 거야.

은신처, 우리가 옮겨갈 은신처—도시일까, 시골일까? 양옥일까, 초가집일까? 언제, 어떻게, 어디로……?

이런 걸 물어서는 안 된다고 했지만 생각지 않을 수 없었어. 언니와 나는 우리의 귀중품들을 가방 속에 챙겼어. 제일 먼저 넣은 것이 이 일기장이야. 그리고 손수건, 교과서, 빗, 묵은 편지들을 넣었어. 피신 가는 사람이 이런 것들을 가져가다니 미친 짓 같지만 나는 후회하지 않아. 내게는 추억이 옷가지들보다 더 소중해.

아빠는 5시에 돌아오셨어. 우리는 코프하이스 씨에게 전화해서 저녁때 와달라고 부탁드렸어. 판 단 아저씨가 나가서 미프를 데리고 오셨어. 미프는 1933년부터 아빠와 같이 일해왔기 때문에 그녀의 새신랑 헨크와 함께 우리와는 친구 같은 사이야. 미프는 구두, 옷, 내복, 스타킹 등을 가방에 넣어가지고 저녁때 다시 오겠다며 돌아갔어.

그러자 집 안이 조용해졌어. 모두 식사를 할 생각도 잊고 기묘한 사건 속에서 허탈에 빠져 앉아 있었어. 우리는 2층의 큰 방을 하우츠미트란 30대 남자한테 세 주고 있었는데, 우리와는 아무 관계도 없는 사람이야. 그렇다고 내쫓을 수도 없잖아. 그는 10시까지 어색하게 우리와 같이 어울려 있었어. 10시에 미프와 헨크 판 산턴이 왔어. 그들은 또 옷가지들을 가방에 넣어가지고 11시 반에 돌아갔어.

나는 이것이 이 집에서의 마지막 밤이라는 것을 알면서도 주린 개처럼 지쳐서 곧 잠에 빠져버렸어.

다음날 아침 5시 반에 엄마가 나를 깨우시더군. 다행히 어제같이 덥지는 않았어. 온종일 비가 내리고.

우리는 되도록 옷을 많이 가져가려고, 마치 북극 탐험이라도 가듯 옷을 잔뜩 껴입었어. 우리 같은 유대인이 어떻게 옷을 잔뜩 넣은 가방을 마음대로 들고 다닐 수 있겠니. 나는 속옷을 둘, 팬티를 셋, 스커트, 재킷, 여름 코트, 양말 둘, 긴 구두, 털모자를 쓰고 그 위에 스카프까지 둘러서 숨이 막힐 것 같았지만, 아무도 그런 데 관심을 갖지 않았어.

언니는 교과서가 가득 찬 가방을 자전거에 싣고 미프 뒤를 따라 어디론가 가버렸어.

나는 아직 우리의 은신처가 어딘지 몰랐단다.

우리는 7시 반에 집을 나섰어. 아무것도 모르는 고양이 모르체만 집에 남아서 우리를 배웅했지. 모르체는 딴 집에 가도 잘살 거야. 하우츠미트 씨한테 편지로 부탁드려두었어.

부엌에는 고양이가 먹을 고기 한 파운드를 놓아뒀고 아침 식사는 그대로 식탁 위에 널려 있는 데다, 침대는 흐트러져서 모두 우리가 허겁지겁 달아난 인상을 주지만 그런 데 신경을 쓸 여유가 없었어. 우린 그저 빨리 안전한 장소로 피해야만 했으니까.

내일 또 계속할게.

안네.

새로운 집

1942년 7월 9일(목)

키티,

이렇게 해서 엄마와 아빠, 그리고 나 셋이서 비어져 나올 만큼 갖가지 물건을 가득 넣은 가방을 들고 쏟아지는 빗속을 걸었어. 아침 출근하는 사람들이 동정어린 시선으로 우리를 지켜보았어. 그렇지만 우리는 노란 별표를 달고 있는 유대인이기 때문에, 모두 차에 태워줄 수가 없어 안타까워하는 표정들이었단다.

한길로 나와서야 엄마 아빠는 우리가 살아갈 방도에 대해서 몇 가지 말씀하셨어. 엄마 아빠는 몇 달 전부터 생활에 불편하지 않도록 많은 물건들을 은신처로 옮겨놓고, 7월 16일에 옮기기로 하고 계셨다는 거야. 그런데 뜻하지 않은 호출장 때문에 예정보다 열흘이나 앞당겨서 옮기게 되어 준비가 덜 된 점도 있지만 어떻게든 참고 살아가야지.

은신처는 아빠가 근무하던 회사 사무실 안에 있다나 봐. 다른 사람들은 이해하기 힘들겠지만 나중에 설명하지.

아빠 사무실의 직원은 클라레르 씨, 코프하이스 씨, 미프, 그리

전용 사무실
부엌
안 사무실
작은 창고
바깥 사무실
A
B
침대
침대
소파
침대
책장
(은신처 입구)
마루
E
B
창고
창고
창고
C
D
접는 침대
탁자
침대
찬장
침대
E
F
다락방 통로
낮은 지붕
다락방
D
2층
3층
4층
집 앞을 지나는 도로
운 하

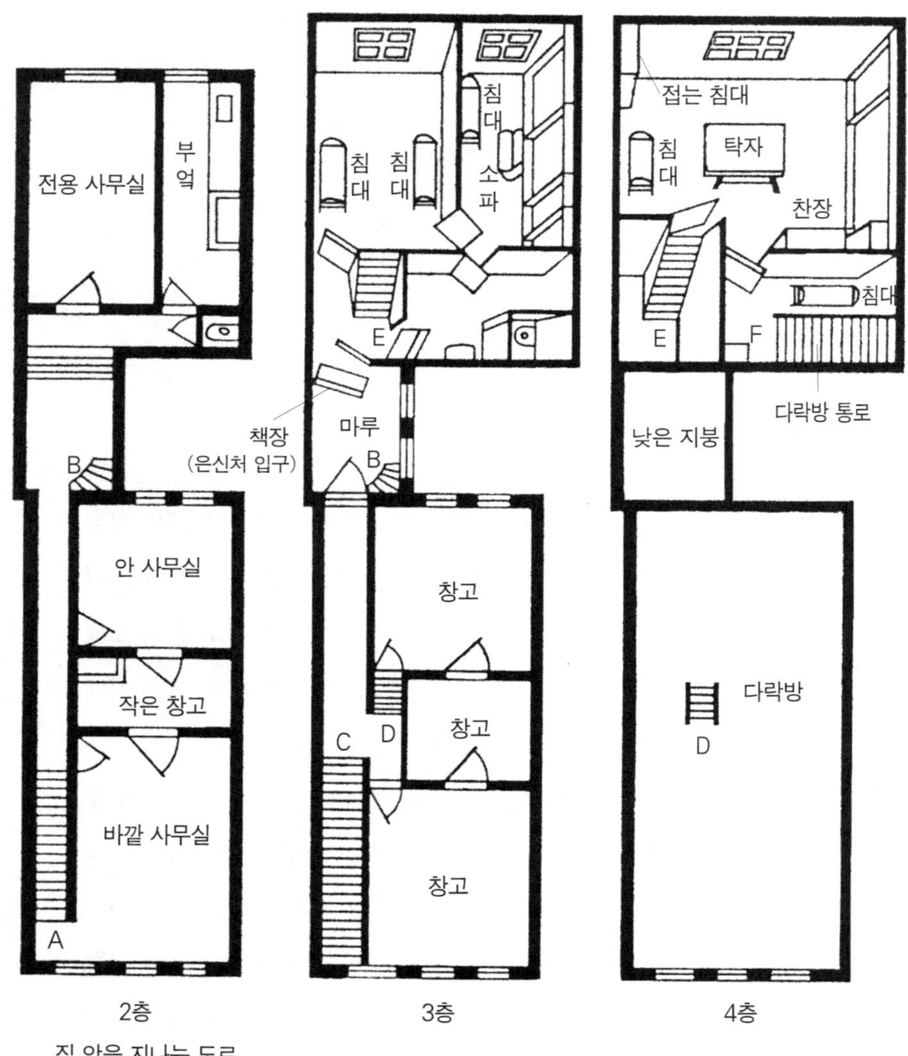

안네 일행의 은신처 구조

고 스물세 살 난 타이피스트인 엘리 보센뿐이야. 그들은 모두 우리가 오는 것을 알고 있었어. 엘리의 아버지인 보센 씨와 창고에서 일하는 두 소년은 아직 모르고 있다나 봐.

이제 은신처의 구조에 대해서 설명할게. 건물의 1층에는 상점으로 쓰이는 큰 창고가 있어. 물론 그 옆에 문이 있는데, 문 안으로 들어가면 층계(A)에 이르게 되지. 계단을 올라가면 다른 문이 있는데, 뿌연 유리 위에 '사무실'이라고 씌어 있어. 이게 제일 큰 사무실인데 엘리, 미프, 코프하이스 씨가 낮에 일하는 곳이야. 그 옆에 금고, 옷장, 찬장 같은 것이 있는 어두운 골방을 지나면 좀 작은 사무실이 있어. 이 사무실은 전에 클라레르 씨와 판 단 아저씨가 사용하셨는데 지금은 클라레르 씨 혼자서 쓰셔. 클라레르 씨 사무실은 복도에서도 들어갈 수 있지만 유리 문이 밖에서보다는 안에서 더 잘 열리도록 되어 있어.

클라레르 씨 사무실에서 긴 복도를 따라가면 석탄 창고가 있고, 그 옆에 있는 네 계단을 올라가면 이 건물에서 제일 훌륭한 방인 전용 사무실이 있어. 검은색 우아한 가구, 바닥에 깔린 리놀륨과 카펫, 라디오, 멋진 디자인의 램프—모든 것이 최고급품이야. 그 옆방은 싱크와 가스 레인지가 갖춰진 부엌이, 구석에 화장실이 있어. 이것이 2층이야.

목조 계단(B)을 따라서 3층에 올라가면 작은 계단 홀이 있고 그 양쪽에 문이 있어.

왼쪽에 있는 문은 창고와 다락방으로 올라가는 계단(D)으로 통하고 그 복도 끝에 있는 네덜란드 식의 경사가 급한 계단(C)을 올라가면 한길을 내다볼 수 있는 창문이 있어.

오른쪽 문이 바로 우리 '은신처'로 통하는 문이야. 이 낡고 초라한 건물 뒤에 이렇게 많은 방이 숨겨져 있는 줄은 아무도 상상 못할 거야. 문을 열고 계단을 하나 올라가면 바로 우리 은신처야.

은신처 입구에는 4층으로 올라가는 가파른 계단(E)이 있고, 왼쪽에 있는 좁은 복도를 지나면 우리 프랑크 가의 거실 겸 안방이야. 그 옆의 작은 방이 프랑크 가의 자매, 즉 언니와 내가 쓰는 방이고, 입구 오른쪽에 있는 창 없는 방은 부엌인데 싱크대와 화장실이 갖춰져 있어. 언니와 내가 쓰는 방에서도 부엌으로 통하는 문이 있어.

그리고 입구 계단을 올라가서 문을 열면 이 초라한 건물 안에 이렇게 큰 방이 있었던가 놀랄 만한 큰 방이 있어. 다행히 이 방은 전에 실험실로 썼기 때문에 가스 레인지와 싱크대가 있어서 판 단 씨 부부가 부엌 식당 겸 거실로 쓰기로 했어. 그 옆의 작은 방은 페터 판 단이 쓸 거야. 그 밖에 커다란 다락방이 있어.

자, 이제 너에게 우리의 훌륭한 은신처를 대강 소개한 셈이야.

안네.

1942년 7월 10일(금)

키티,

어제는 너무 자세히 우리 은신처에 대한 이야기를 듣느라고 싫증이 났겠지? 그렇지만 넌 우리가 어디에 살고 있는지를 알아야 하지 않겠니.

그러니 어제 하지 못한 이야기를 계속할래.

그날 아침 우리가 사무실에 도착하자 미프가 재빨리 우리를 은신처로 안내했어. 자전거로 먼저 온 마르고트 언니가 우리를 기다리고 있었어. 방이란 방은 모두 이루 말할 수 없을 정도로 흐트러져 있었고, 몇 달 전부터 세간들을 담아 운반해 온 상자들이 여기저기 뒹굴고 있었단다. 그리고 옆 방에는 침구들이 천장까지 쌓여 있었지. 깨끗한 침대 위에서 자려면 이런 것들을 모두 치워야 했는데 엄마와 언니는 지쳐서 침대 위에 축 늘어져 있잖아. 생각할수록 우리의 처지가 너무 슬프고 암담했던 거야.

결국 아빠와 내가 종일 상자들을 풀고, 옷장을 정리하고, 못질을 하고, 묶고 해서 모두 정리했을 때는 완전히 녹초가 되어버렸어. 대신 우리는 깨끗한 침대에서 잘 수 있었지. 그날은 하루 내내 따뜻한 음식이라곤 입에 댈 겨를도 없었지만 우리는 아무렇지도 않았어. 엄마와 언니는 지쳤을 뿐 아니라 먹을 생각도 없었고, 아빠와 나는 정신없이 바빴으니까.

화요일 아침에는 전날 정리하지 못한 일들을 계속했어. 엘리와 미프가 우리 배급을 타러 가고, 아빠는 등화 관제가 불완전한 곳을 고치고 우리는 부엌 마루를 닦으면서 온종일 일했어.

아직 수요일 이후에 나에게 닥쳐온 생활의 엄청난 변화에 대해서 차근차근 따져볼 여유가 없었구나.

이제야 처음으로 너에게 이야기하고, 아울러 나 자신도 지금 내 주위의 현실과 앞으로 닥쳐올 몸서리쳐지는 일들을 새삼스러이 실감하게 되는 거야.

안네.

1942년 7월 11일 (토)

키티,

엄마 아빠와 언니는 15분마다 시간을 알려주는 베스텔토렌 시계탑의 종소리가 귀에 거슬린대. 하지만 나는 처음부터 그 종소리가 좋았어. 특히 밤에 울리는 종소리는 정다운 친구의 속삭임같이 들려.

아마 피신한다는 것이 어떤 기분인지 퍽 알고 싶겠지? 사실은 아직 얼떨떨하기만 해. 여기에서는 자기 집에 돌아온 것 같은 그런 아늑한 분위기를 느낄 수 없을 것 같아. 여기가 진저리가 난다는 뜻이 아니고, 오히려 멋진 별장에서 방학 동안을 즐기고 있는 것 같기도 해. 좀 주책없는 생각이지만 그런 기분이야. 우리의 은신처는 피신하기에 참 적당한 곳이야. 좀 구석에 치우쳐서 습기가 차 있기는 하지만, 이렇게 편리한 은신처는 암스테르담이나 네덜란드 전체를 뒤져도 찾지 못할 거야.

언니와 내가 쓰는 방은 처음엔 벽에 아무 장식도 없어서 황량해 보였는데, 영화 배우 사진이나 그림 엽서 따위를 가져다주신 아빠 덕분에 나는 벽 전체를 커다란 그림처럼 꾸며놓았어. 훌륭해졌단다.

판 단 씨 가족이 오면 다락방 창고에서 재목을 가져다가 서너 개의 선반을 만들어서 방 안을 좀 더 환하게 꾸며야겠어.

엄마와 언니는 이제 좀 원기를 회복했단다. 엄마는 어제 처음으로 자리에서 일어나서 음식을 만드셨는데, 아래층에 가서 얘기하는 동안에 완두콩을 까맣게 태우고 말았어. 코프하이스 씨는 《소년소녀 연감》이란 책을 내게 사다주셨어.

우리 네 식구는 어제 저녁 전용 사무실로 내려가서 라디오를 들었어. 나는 누가 혹시 엿듣지나 않나 하고 무척 겁이 나서 아빠한테 우리 방으로 돌아가자고 졸라댔어. 엄마가 내 기분을 이해하고 나를 위층으로 데려다주셨어. 우리는 이웃 사람들에게 들키지나 않을까 여러 가지로 신경을 쓰고 있어. 이사 온 첫날 즉시 창문에 커튼을 만들어 달았지만, 그것은 아빠와 내가 갖가지 헝겊으로 서툴게 누덕누덕 기워 만든 거야. 이 희한한 예술 작품은 우리가 나갈 때까지 떨어지지 않도록 압정으로 눌러두었어.

오른편에는 큰 회사 건물들이 있고, 왼편에는 가구점이 있어. 퇴근 시간 후에는 아무도 없긴 하지만 소리가 벽을 타고 들릴 수도 있겠지. 그래서 언니가 독감에 걸리자, 밤중에 기침 소리를 내지 않도록 감기약을 듬뿍 먹였어.

나는 지금 화요일에 오기로 한 판 단 씨 가족을 기다리고 있어. 이토록 쓸쓸하진 않고 퍽 재미있을 거야. 저녁이나 밤중에는 주위가 너무 조용하고 고요해서 섬뜩하기까지 해. 누군가 우리를 보호해줄 사람이 같이 있어주었으면 하는 생각이 들어. 절대로 외출할 수 없다는 고통이나, 혹 발각이 되어 총살되지나 않을까 하는 공포의 감정이 어떤 것인지 모르겠지? 이런 따위의 상상은 별로 유쾌한 것이 못 될 거야. 우리는 낮에는 아래층에 있는 사람들에게 들리지 않도록 조용조용히 속삭이고 살금살금 걸어다니고 있어.

누가 나를 부르는구나.

안녜.

판 단 씨 집안

1942년 8월 14일(금)

키티,

근 한 달 동안이나 너를 소홀히 했구나. 그러나 사실은 매일매일 너에게 이야기할 만한 재미있는 사건이라곤 전혀 없었어.

판 단 씨 가족들은 7월 13일 이곳으로 옮겨 왔어. 우리는 그들 가족이 14일에 올 줄 알고 있었는데 갑자기 독일군에서 유대인들에게 13일부터 16일 사이에 출두하라는 호출장을 띄우는 바람에 모두 불안해하는 터라 하루라도 빠른 편이 안전하다는 생각에서 예정을 하루 앞당겨 피신해 온 거래.

아침 9시 반에 우리 가족들이 아직 아침 식사를 하고 있을 때, 판 단 아저씨의 아들인 페터가 제일 먼저 나타났어. 페터는 아직 채 열여섯 살이 안 된 소년인데 퍽 얌전하고 순진해 보여서 나하고는 잘 어울릴 것 같지 않았어. 그는 무쉬라는 고양이를 안고 왔어.

판 단 씨 부부는 반 시간쯤 후에 오셨는데 아주머니는 짐 속에 커다란 요강을 넣어가지고 오셔서,

"난 곁에 요강이 없으면 통 마음이 안 놓인다우" 하며 수다를

떠셨어. 그런데 이 요강을 어디에 둬야 할지가 문제야. 판 단 아저씨는 요강 대신에 접는 테이블을 들고 오셨단다.

이날부터 우리는 함께 식사를 하곤 했는데, 2, 3일 지나고 나니까 한가족 같은 사이가 되어버렸어. 그 사이 그들은 우리가 피신해 있는 동안에 일어난 일들을 이야기해주었지. 그 중에서 우리가 살던 집이나 하우츠미트 씨에 대한 이야기가 가장 흥밋거리였어.

"하우츠미트 씨가 월요일 아침 아홉 시에 전화를 걸어서 날더러 와 달라더군요. 즉시 뛰어가 보니까 하우츠미트 씨가 몹시 흥분해 있었죠. 그는 당신네들이 남기고 간 편지를 보이면서 편지에 쓴 대로 고양이를 옆집 사람한데 맡기자고 했어요. 가택 수색을 당할까 봐 두렵다기에 함께 집 안을 깨끗이 치웠고요. 그러다가 아주머니 책상 위에서 마스트리흐트의 주소가 적힌 쪽지를 발견했는데, 물론 난 이게 가짜라는 걸 대번에 알았지만, 몹시 놀란 체하면서 이 따위 불길한 쪽지는 당장 찢어버리라고 말했지요. 난 당신네들이 종적을 감춘 데 대해서 전혀 모르는 체하고 있었는데, 그 쪽지를 보곤 문득 생각나는 게 있어서 '하우츠미트 씨, 이 주소에 대해서 이제 갑자기 생각났소. 한 여섯 달 전에 어떤 고급 장교가 상점엘 찾아왔는데 프랑크 씨와 퍽 친한 사이 같습디다. 그는 마스트리흐트에 근무하고 있다고 했는데 프랑크 씨한테 필요한 것이 있으면 도와주겠다고 했소. 내 생각에 아마 그 장교가 약속을 지켜서 프랑크 씨 가족들을 벨기에를 거쳐서 스위스로 가도록 힘써준 것 같소. 누가 물으면 그렇게 말해야겠소. 물론 마스트리흐트의 주소에 대해선 말씀 마시오.' 이렇게 말해주고 나왔지요. 당신 친구들은 벌써 다 알고 있더군요. 나도 여러 사람한테서 여러 번 들었어요."

우리 가족들은 판 단 아저씨의 이야기를 재미있게 들었어. 사람들이 제멋대로 우리에 대해서 추측을 하더라는 말에는 모두 웃어버렸지. 어떤 사람은 언니와 내가 새벽에 자전거를 타고 어디론가 가는 것을 보았다고 하고, 어떤 사람은 우리가 한밤중에 군용 트럭에 실려 끌려간 것이 분명하다고 말하더라잖아 글쎄.

안네.

1942년 8월 21일(금)

키티,

우리가 숨어 있는 은신처의 출입문은 교묘하게 위장되어 있어. 숨겨놓은 자전거를 찾아내려고 독일군이 수시로 가택 수색을 하기 때문에 클라레르 씨가 출입문을 책장으로 위장해놓는 것이 좋겠다고 해서 보센 씨가 만들었어. 물론 이 책장은 문처럼 열리게 되어 있지.

보센 씨는 우리 일을 모두 알고 있지만 그렇다고 마음대로 우리를 도와줄 수는 없는 처지야.

그리고 문 앞의 디딤대도 없애버렸기 때문에 밖으로 나가려면 허리를 구부리고 뛰어내려야 해. 처음 며칠 동안은 이마를 문설주에 부딪혀서 모두 혹투성이가 되었어. 그래서 문설주에 톱밥을 넣은 포대를 못질해서 붙여놓았어. 이제 멋지게 처리된 셈이야.

나는 요즘 별로 공부를 하지 않아. 9월까지는 쉬었다가 그때부터 아빠가 가르쳐주시기로 했어. 나는 스스로도 놀랄 정도로 배운 것들을 잊어버렸어.

그동안 이곳에서의 생활에는 거의 변화가 없었어. 판 단 아저씨와 나는 늘 다투는 편이지만, 언니는 반대로 아저씨의 귀여움을 받는단다. 엄마는 늘 나를 어린애처럼 다루시는데 화가 나서 도무지 참을 수가 없어.

그 밖의 일들은 별 탈이 없지만 페터에게는 아직 호감이 안 가는구나. 아주 진저리가 난단다. 그는 반나절이나 침대에서 게으름을 피우다가 부서진 찬장이라도 고치는가 하면 다시 잠자리로 기어들어가고 말아. 게으름뱅이야.

오늘은 퍽 날씨가 좋아. 비록 숨어 사는 생활일망정 우리는 햇빛이 가득 흘러드는 다락방에 캠프용 침대를 놓고 드러누워서 우리의 생활을 좀 더 밝고 즐겁게 지내려고 애쓰고 있어.

안네.

게으름뱅이 페터

1942년 9월 2일(수)

키티,

판 단 아저씨와 아주머니가 심한 말다툼을 하셨단다. 나는 이토록 굉장한 부부 싸움을 본 적이 없어. 엄마 아빠는 절대로 서로 소리를 지르면서 다투거나 하는 일은 없었어. 누구에게나 저마다 못마땅한 일들이 있게 마련이지만, 싸움의 발단은 아주 사소한 일이어서 서로 정력만 낭비했을 뿐이야.

물론 페터는 매우 불쾌한 표정으로 옆에서 지켜보고 있었어. 그는 몹시 신경질적이고 게으르기 때문에 누구도 잘 상대하지 않아.

어제 그는 자기 혀가 푸르스름하다고 몹시 투덜댔는데 곧 제 빛깔로 돌아왔어. 오늘은 목이 뻣뻣하다고 스카프를 두르고 있어. 그밖에도 '각하'께선 또 신경통이 있다고 투덜거리고 계셔. 심장이나 폐 부근의 통증은 별로 신기한 것도 못 되지만, 그는 정말 우울증 환자야(이런 말은 바로 그런 사람을 두고 하는 말일 거야).

엄마와 판 단 아주머니는 별로 사이가 좋지 않아. 서로 불쾌해할 이유가 있기는 해. 아주 작은 예로, 아주머니는 공동으로 쓰는 벽장에 넣어두었던 자기네 시트 세 벌을 도로 가져가버렸어. 말하자면 우리 것만 쓰자는 거야. 그래서 엄마도 우리 것을 가져왔는데 아주머니가 알면 놀라실 거야.

그리고 아주머니는 자기네 식기만 쓰기 때문에 몹시 불쾌해하고 있어. 아주머니는 우리가 식기를 어디에 보관하고 있는지 알고 싶어서 야단이지만, 사실 우리 식기는 아주 가까운 곳에 있어. 다락방의 짐더미 속에 보관해놓아서, 다행히 우리가 여기 있는 동안은 꺼낼 수가 없게 되어 있어.

나는 어제 운수 사납게 아주머니네 접시를 깨뜨려버렸어.

"어머나! 왜 조심을 하지 않니? 우리 집에 접시라곤 이것뿐이야"라고 아주머니가 화를 내셨어. 대신 나는 판 단 아저씨와 사이가 좋아졌어. 오랫동안 이랬으면 좋겠어.

엄마는 오늘 아침에 또 나한테 굉장한 설교를 하셨어. 나는 도무지 견딜 수가 없어. 엄마는 늘 내 생각과는 영 반대야. 아빠도 가끔 나한테 화를 내시긴 하지만, 5분만 지나면 아주 친절해지셔.

지난 주일에는 단조로운 우리 생활에 약간 묘한 사건이 있었어. 그것은 페터와 여자에 관한 책에 얽힌 이야기야.

먼저 너한테 말해둘 것은, 언니와 페터는 코프하이스 씨가 빌려주는 책이라면 읽어도 좋다고 어른들이 허락해주셨다는 거야. 그런데 여자에 관한 이 책은 유별나게 도로 빼앗아가버렸거든. 읽어선 안 된다는 이 책에 어떤 내용이 적혀 있는지 페터는 대번에 호기심에 사로잡혀버렸어. 그래서 그는 아주머니가 아래층에서 이야기하고 있는 사이에 살그머니 그 책을 꺼내 가지고 다락방에 숨어버렸어. 며칠 동안은 아무 일 없이 지나갔어. 나중에는 아주머니도 이 일을 알았지만 모른 체하셨어. 그런데 판 단 아저씨가 알아채고, 노발대발하면서 책을 빼앗아버리셨어. 아저씨는 이걸로 모든 게 해결되었다고 생각하셨지만, 페터의 호기심은 반발적으로 오히려 더 커지기만 했어. 그는 책을 마저 읽어야겠다고 결심하고, 잔뜩 호기심을 자아내는 그 책을 손에 넣을 수 있는 방법을 생각 중이란다.

한편 아주머니는 어쩔 줄 몰라서 엄마한테 조언을 청하셨어. 엄마는 다른 책들은 별로 해될 건 없지만, 이 책만은 마르고트한테도 좋지 않은 영향을 줄 것이라고 생각하신 모양이야.

엄마는 이렇게 대답해주셨어.

"마르고트와 페터는 여러모로 달라요. 첫째, 마르고트는 여자고, 여자는 남자보다 그런 점에선 조숙하잖아요. 둘째, 마르고트는 벌써 많은 책을 읽어서 자기에게 부적당한 책은 찾지도 않아요. 그리고 마르고트는 4학년〔고등학교 1학년 수준〕이나 되었기 때문에 웬만한 분별력은 갖고 있거든요."

아주머니는 엄마의 말에는 동의했지만, 원칙적으로 어른들을 위해 씌어진 책을 아이들이 보는 것은 좋지 않다고 말씀하셨어.

그러는 동안 페터는 아무도 자기를 간섭하지 않는 찬스를 알아냈어. 저녁 7시 반이 되면 모두 전용 사무실로 라디오를 들으러 내려가거든. 그때 그는 또 그 책을 꺼내 가지고 다락방으로 올라갔어. 8시 반까지는 책을 제자리에 갖다놓아야 되는데 책을 읽는 재미에 흠뻑 빠져서 시간 가는 줄도 모르고 있다가 아저씨한테 그만 들켜버렸어. 어떤 일이 벌어졌을지 너도 한번 상상해봐.

판 단 아저씨는 홧김에 뺨을 후려치고 책을 빼앗아 책상 위에 내동댕이치셨어. 우리가 저녁 식탁에 앉았을 때의 일이야. 페터는 다락방에 숨어서 내려오지 않고, 아무도 그의 일을 걱정하지 않았어. 화기애애하게 식사를 하고 있을 때 갑자기 날카로운 휘파람 소리가 들려왔어. 우리는 발각된 것이나 아닌가 하고 새파랗게 질려서 서로 얼굴을 마주 보며 어쩔 줄 몰랐어. 그때 굴뚝을 통해서 페터의 목소리가 들려왔어.

"들어봐, 난 이제 안 내려갈 테야."

아저씨가 냅킨을 팽개치고 뛰어 일어나서 새빨개진 얼굴로 "이젠 더 참을 수 없다"고 소리치셨어.

아빠는 무슨 일이 벌어질지 몰라, 아저씨를 진정시켜서 함께 다락방으로 올라가셨어. 오랫동안 달래고 다투고 해서 결국 페터는 자기 방으로 끌려가고 우리는 식사를 계속했어. 판 단 아주머니는 그래도 자식을 위해 빵 몇 조각을 남겨두었지만, 아저씨는 "지금 당장 빌지 않으면, 오늘 밤은 다락방에서 자야 해" 하고 강경한 태도를 굽히지 않으셨어. 그래서, 우리 모두가 저녁을 굶기는 걸로 충분한 벌이 되는데, 만약 다락방에 재워서 감기라도 걸리면 의사를 부를 수도 없고 난처하지 않느냐고 아저씨를 설득했어.

페터는 그래도 사과하지 않고 다락방에 숨어 있었어. 아저씨는 그 이상 아무 말씀도 안 하셨지만, 이튿날 아침에는 페터의 침대에 잔 흔적이 있었어. 페터는 아침 7시에 다시 다락방으로 숨어버려서 아빠가 좋은 말로 타일러 내려오도록 하셨어.

그 후 3, 4일 동안은 서로 어색하고 서먹서먹했는데 다시 예전처럼 자연스럽게 되었단다.

안네.

1942년 9월 21일(월)

키티,

오늘은 좀 일반적인 이야기를 할게.

판 단 아주머니와 나는 도무지 사이가 좋지 않아. 아주머니는 내가 너무 재잘거린다고 잔소리만 하셔서 오히려 우리에게 폐를 끼치고 있어. 최근의 예를 들면, 아주머니는 찌꺼기가 남아 있는 식기를 씻기가 귀찮으니까 찌꺼기를 모아두거나 하지 않고 그것들이 썩어 냄새가 날 때까지 내버려두는 거야. 식사가 끝나면 언니는 으레 일곱 사람의 식기를 모두 닦게 마련이야. 그러면 아주머니는 옆에서 "그래, 마르고트는 참 일도 잘 하는구나" 하며 칭찬만 하셔.

나는 요즘 아빠와 같이 족보를 만드느라고 열심이야. 일을 할 때면 아빠는 족보에 나오는 조상들에 대해서 차근차근 말씀해주셔. 참 재미있는 이야기야.

코프하이스 씨는 일주일마다 내게 읽을 만한 책들을 가져다주셔. 《요프 텔 휠》이 훌륭해. 시시 반 마르크스펠트의 작품들은 모두 감동적이야. 그리고 《여름 밤의 재미있는 이야기》는 재미있어서 네 번이나 읽었는데, 거기 나오는 우스꽝스러운 장면을 생각하면 지금도 웃음이 나온단다.

다시 신학기가 시작되었어. 나는 프랑스어 공부를 하느라고 매일 불규칙 동사 다섯 개씩을 외워. 페터는 영어 때문에 한숨만 쉬고 있지. 참고서나 학용품 따위는 여기로 옮겨올 때 가져왔기 때문에 큰 불편은 없어. 나는 가끔 런던의 네덜란드어 방송을 들어. 최근에 버나드 공작이 줄리아나 공주가 내년 정월에 해산하게 될 거라고 말하는 것을 들었어. 참 멋진 뉴스야. 내가 황실에 관심이 깊은 것이 다른 사람들은 이상한 모양이야. 가족들은 나에 대해서 의논한 결과 내가 별로 열등생도 아닌 편이니까 내일부터는 좀 더 열심히 공부하도록 하면 남들에 비해 떨어지진 않을 것이라는 결론을 얻었어. 나는 물론 열네 살, 열다섯 살이 되어서도 1학년에 머물러 있고 싶진 않아.

내게는 웬만한 책은 못 읽게 해야겠다는 이야기도 나왔지. 엄마는 《신사와 숙녀와 하인》이란 책을 읽고 계셔. 나에게는 허락되지 않은 책이지만 언니는 읽어도 좋다고 하셨어. 먼저 나도 언니만큼 머리가 깨어야 한다는 거야. 그리고 가족들은 내가 철학이나 심리학에 대해서 전혀 모르고 있다는 점도 논의했지. 사실 나는 아무것도 몰라. 그래서 급히 그 어려운 단어들을 사전에서 찾아보았단다.

나는 겨울에 입을 옷이 긴 소매 드레스 한 벌과 카디건 세 벌밖에 없다는 사실을 알고 몹시 당황했어. 그래서 아빠의 허락을 얻어서 하얀 털점퍼를 뜨기로 했어. 그다지 좋은 털실은 아니지만 따뜻하기만 하면 되지 않겠어.

우리는 친구네 집에 옷들을 맡겨두었는데 전쟁이 끝날 때까지는 이대로 참을 도리밖에 없어. 그때 그것들을 도로 찾을 수 있을지도 문제지만.

내가 판 단 아주머니에 대한 이야기를 쓰고 나니까 아주머니가

내 방에 들어오셨어. 아차! 하고 일기장을 탁 덮으니까,

"얘, 안네야, 내게 좀 보여주지 않으련?"

"별거 아니에요."

"그럼 맨 끝만 보자꾸나."

"미안하지만 안 됩니다."

더욱이 맨 마지막 구절에는 아주머니에 대한 불만을 늘어놓았기 때문에 나는 가슴이 섬뜩했단다.

안네.

1942년 9월 25일(금)

키티,

어제 저녁때는 판 단 씨 가족이 있는 위층으로 놀러 갔어. 심심해서 곧잘 놀러 가는데, 좀약 냄새 나는 비스킷(좀약을 놓은 벽장 속에 비스킷 상자를 두었기 때문에)을 먹거나 레모네이드를 마시면서 이야기를 나누곤 해.

어제는 페터에 대한 이야기를 했단다.

페터가 가끔 내 뺨을 건드리곤 하는데 남자가 그러는 건 퍽 불쾌하다고 말씀드렸어. 그랬더니 여느 부모들처럼 판 단 아저씨와 아주머니는 페터가 나를 좋아하는 것 같은데 나는 페터를 좋아하지 않느냐고 물어보시더군.

"어머나, 절대로 그렇지 않아요."

나는 페터가 여자들과 어울려본 적이 없어서 퍽 수줍어하는 것 같다고 말했어.

우리 은신처의 난민위원회(남자들로 구성된)는 믿음직스럽게 활동하고 있단다. 그들이 어떻게 해서 트라피스 상회의 대표이며 우리 재산의 일부를 숨겨준 판 디크 씨에게 우리의 소식을 알려주었는지 들어보렴. 먼저 여기서 거래가 있던 남(南) 제란드의 약품사에 수신인 이름을 적은 발신용 봉투를 동봉해서 타이프로 친 편지를 보낸단다. 수신인은 사무실로 되어 있어 얼마 후 남 제란드에서 답장이 오면 속에 든 편지를 꺼내고 아빠의 친필 편지와 바꾸어두는 거야. 이렇게 하면 판 디크 씨도 의심받지 않거든. 특별히 남 제란드를 택한 이유는 그곳이 벨기에 국경에 가깝고 특별 허가 없이는 갈 수 없지만 편지 왕래만은 가능하니까, 우리가 그곳에 있는 줄 알아도 어쩔 도리가 없기 때문이야.

안네.

1942년 9월 27일(일)

키티,

지금 막 엄마와 열 번짼가의 말다툼을 하고 난 참이야. 요즘 엄마와 나는 늘 의견이 맞지 않고 언니와도 가끔 충돌을 해. 보통 때 집에서는 이렇게까지 다투지 않았어. 언니나 엄마의 성격은 나와는 영 딴판이야. 엄마보다는 친구들의 기분을 더 이해하기가 쉬워. 불쾌한 일이야.

우리는 가끔 전쟁이 끝난 후의 문제, 가령 하인을 어떻게 부를 것인가 하는 따위의 일들을 의논해. 판 단 아주머니는 걸핏하면 짜증을 내시지. 아주 굉장한 기분파야. 게다가 자기 물건을 하나씩하나씩 숨기고 있어. 엄마도 이에 맞서서 아주머니처럼 우리 물건들을 숨겨야 할 것 같아.

세상에는 자기 자식뿐만 아니라 남의 자식까지 가르치려 드는 사람들이 있는 법이야. 판 단 아주머니가 바로 그런 사람이야. 언니는 얌전하고 모범적인 소녀이므로 간섭할 여지가 없지만, 대신 나는 언니 몫까지 합친 만큼 말괄량이인 모양이야. 식사 때면 으레 어김없이 꾸지람하는 소리와 말대꾸하는 소리가 오가게 마련이야. 그래도 엄마와 아빠는 항상 내 편을 들어주시지. 아주머니는 너무 수다를 떨다가 남의 일에 간섭하려 들지 말라고 꾸중하시지만, 나는 참을 수가 없어. 만약 아빠가 이렇게 관대하시지 않다면 나는 집안의 큰 골칫거리가 됐을 거야.

식사 때 채소 대신 내가 좋아하는 감자만 먹으면 아주머니는 참지 못하고 곧,

"얘, 안네야, 채소도 좀 먹으려무나" 하고 간섭을 하셔.

"괜찮아요. 감자를 많이 먹은 걸요."

"채소가 건강에 좋은 거야. 너희 어머니도 그러시잖니? 어서 더 먹어" 하며 아주머니가 강제로라도 먹일 기세로 나오면 아빠가 중재를 해주시지.

그러면 아주머니는 으레 이렇게 말씀하신단다.

"넌 우리 같은 집안에서 가정 교육을 받아야 해. 안네가 저토록 버르장머리가 없어서는 못써요. 안네가 만일 우리 딸이라면 그냥 내버려두지는 않을 거예요."

"안네가 만일 우리 딸이라면"이란 말은 아주머니가 입만 열면

하는 소리야. 그렇지 않은 것이 천만다행이야.

'가정 교육'이란 말로 아주머니가 한바탕 설교를 하고 나자 모두들 말이 없었어.

한참만에 아빠가 조용히 입을 여셨어.

"안네는 잘 가르친 애라고 생각해요. 우선 아주머니가 설교하는 동안에 말 대답 한마디 없는 걸 보아도 어제보단 나아졌거든요. 채소 말이 났으니, 아주머니 접시 좀 보세요."

결국 아주머니가 참패한 셈이지. 아주머니는 말없이 한참 동안 접시에 남은 채소를 먹어야 했어. 사실 저녁 식사 때 너무 여러 가지 채소를 먹으면 변비가 된다는구나. 나에게 잔소리만 하지 않았어도 이런 궁색한 변명 따위는 할 필요 없었을 텐데.

아주머니는 어색하게 얼굴을 붉혔어. 퍽 난처했을 거야.

안네.

어른들은 왜 싸울까

1942년 9월 28일(월)

키티,

어제는 중대한 사건을 빠뜨렸어. 또 싸움이 벌어졌는데, 다른 이야기부터 시작하기로 하자.

왜 어른들은 걸핏하면 대수롭지도 않은 일을 가지고 다툴까? 지금까지 나는 어린이들만 싸우곤 하지 어른들까지 그러는 줄은 몰랐어. 물론 서로가 사리에 맞는 의견 충돌은 있는 법이지만, 대개는 쓸데없는 억지뿐이야. 나는 도무지 이런 것들에 익숙해질 수가 없어. 더구나 토론(싸움이란 말 대신에 토론이란 말을 쓰고 있어)의 대상이 언제나 나에 관한 일들이니 어떻게 익숙해질 수가 있겠니.

나에 관한 한 모든 것이 잘못되었다는 거야. 용모, 성격, 태도 등 하나에서 열까지 모두 토론의 대상이 되고 있어.

아무리 큰 소리로 꾸중을 듣거나 욕을 먹어도 참고 순종해야 한다는 거야. 그러나 누운 채 모욕을 당할 수는 없어. 차라리 맞서서 안네 프랑크가 갓난아기가 아니라는 걸 보여줄 생각이야. 도리어 내가 어른들을 교육시키고 있다는 사실을 눈치채면 모두 놀라서 입을 다물어버리겠지. 사실 그들의 방자한 태도나 판 단 아주머니의 우둔함에는 아주 질렸어. 곧 이런 일들에 익숙해지면 철저히 앙갚음을 할 작정이야. 그러면 그들도 태도를 바꾸겠지.

정말 나는 어른들이 말하는 것처럼 버릇 없고 고집 세고 건방지고 둔하고 게으름뱅이일까? 천만에. 사람은 누구에게나 결점이 있는 법인데 공연히 나에 대해서 과장할 뿐이야.

키티, 이 같은 조롱과 멸시를 받고 얼마나 내 가슴속이 들끓었는지 너만은 알 수 있을 거야. 그리고 나 자신이 언제까지 참아 나갈 수 있을지 모르겠어. 언젠가 폭발해버릴 것 같아.

이 같은 싸움 이야기에는 이제 진저리가 날 테니까 이만 그치고, 식사 때 있었던 재미있는 토론에 대해서 이야기하겠어. 이 얘기 저 얘기 끝에 화제가 아빠가 매우 겸손하다는 데 이르렀어. 아빠가 겸손하다는 데 이의를 제기할 사람은 없을 거야. 그러자 판 단 아주머니가 갑자기,

"나도 우리 애 아버지보다는 겸손한 성격이에요" 하고 말했어.

어휴! 이 말만 들어봐도 아주머니가 얼마나 참견을 잘 하는지를 알 수 있을 거야.

판 단 아저씨도 자기 이야기가 나온 이상 한마디 하지 않을 수 없어서,

"나는 겸손하다는 게 부럽지 않아. 내 경험에 비추어보면 겸손해서 이로울 게 조금도 없어" 하고는 나에게,

"애, 안네야. 내 말을 명심해라. 너무 얌전할 필요는 없다. 그래서는 손해볼 때가 더 많아."

엄마도 아저씨 말에 동의하셨어. 그러자 아주머니가 또 의견을 덧붙이면서 아빠와 엄마한테,

"댁에서는 이상한 인생관을 갖고 계신 모양이에요. 안네에게 그런 말을 거리낌없이 하다니, 우리가 어렸을 때와는 영 달라요. 지금도 아마 댁 같은 신식 가정만 이럴 거예요" 하면서 자녀들의 교육 방법에 대해서 공격했어.

아주머니는 흥분해서 얼굴빛이 붉게 상기되어 있었고, 엄마는 조용하고 냉정하게 말을 듣고 계셨어. 이와 같은 경우에는 먼저 흥분하는 사람이 불리해지게 마련이야.

엄마는 이야기를 빨리 끝내려고 잠깐 생각을 하고 나서,

"사실 지나치게 겸손하다는 게 별로 이로울 건 없는 듯해요. 우리 애 아버지와 마르고트와 페터는 유달리 겸손한 편이지만, 나머지 우리와 안네는 별로 점잖은 편은 못 되잖아요?"

"프랑크 부인, 이해할 수 없군요. 나는 나 자신이 퍽 겸손한 편이라고 생각하는데 어째서 그렇게 말씀하십니까?"

"나는 뭐, 꼭 댁이 참견만 하신다는 뜻은 아니지만, 그렇다고 겸손하시다고는 할 수 없잖아요?"

"꼭 이 점을 분명히 해야겠어요. 내가 도대체 어떤 식으로 참견을 하던가요? 난 단 한 가지 나 자신의 일에만은 등한하지 않아요. 나 자신의 일마저 등한히 하면 굶어 죽을 것 아니에요?"

아주머니가 어처구니없는 말로 변명을 하는 바람에 엄마가 그만 웃음을 터뜨렸어. 아주머니는 더욱 화가 나서 독일 말, 네덜란드 말로 마구 투덜거리다가 지쳐버리자 의자에서 벌떡 일어섰어.

아주머니는 방을 나가려다가 후딱 돌아서서 나를 쳐다보았어. 그때 공교롭게도 나는 딱하다는 표정으로 고개를 끄덕거리고 있었어. 고의가 아니라, 가까이서 모조리 듣고 있었기 때문에 무의식적으로 그랬던 거야.

그러자 아주머니는 점잖지 못한 독일 말을 마구 퍼부어대면서 얼굴이 시뻘겋게 되어 성이 난 생선 장수 여인처럼 악다구니를 썼어. 참 가관이었지. 조금만 참으면 이토록 웃음거리가 되지 않았을 텐데, 어리석고 가엾은 사람이야!

어쨌든 나도 여기서 한 가지 배운 게 있단다. 사람은 싸우고 법석을 떨 때 상대방의 거짓 없는 성격을 볼 수 있다는 거야.

안네.

1942년 9월 29일(화)

키티,

숨어 사는 사람들에게는 가끔 해괴한 일이 벌어지게 마련이야. 예를 들어 여기는 욕실이 없기 때문에 빨래 대야를 이용하고 있다는 사실을 상상해보라구.

다행히 아래층 사무실에 뜨거운 물이 나오기 때문에 우리 일곱 사람이 차례로 목욕을 할 수 있단다.

모두 성격이 다르고 기호가 다르기 때문에, 저마다 적당한 장소를 골라 목욕을 하고 있어. 페터는 유리 문이 달려 있어도 참고 부엌에서 해. 그는 목욕하려 할 때면 한 사람 한 사람에게 차례로 돌아다니면서 30분 동안만 부엌 출입을 삼가달라고 부탁하지. 그걸로 충분하다고 생각하는 모양이야. 판 단 아저씨는 위층 자기 방에서 하셔. 더운 물을 가지고 올라가야 하는 것이 수고스럽기는 하지만 그만큼 안전하기 때문이야.

아주머니는 요즘 아예 목욕을 하지 않아. 적당한 장소를 물색 중이야.

아빠는 전용 사무실에서 하시고, 엄마는 부엌에 있는 방화 철판 뒤에서 하신단다. 언니와 나는 아래층의 사무실을 쓰고 있고. 토요일 오후에 커튼을 드리우면 어둠침침해져서 목욕하기에 안성맞춤이야.

그렇지만 나는 그곳이 더는 마음에 들지 않아서 일주일 동안이나 마땅한 장소를 물색해보았어. 페터가 마침 사무실에 붙은 화장실을 써보라고 힌트를 주더군. 거기라면 앉을 수도 있고, 전등을 켤 수도 있고, 문을 잠글 수도 있고, 물을 마음대로 버릴 수도 있고, 남이 들여다볼 염려도 없어. 일요일에 이곳을 처음 이용해보았는데 소리가 좀 크게 들릴 뿐 목욕하기에는 제일 좋은 장소인 것 같아.

지난 주일 연관공이 수도관을 화장실에서 복도 쪽으로 옮겨놓았어. 겨울에 수도관이 얼어터지는 것을 막기 위해서야. 그러나 이것은 우리에게 반갑다기보다 방해가 되었어. 우리는 온종일 물을 쓸 수도 없고, 화장실에도 갈 수가 없게 되었어. 이런 곤란한 일들을 어떻게 처리했는가 하는 것을 이야기하는 것은 점잖지 못한 일이기는 하지만, 나는 아무래도 얌전한 여자는 못 되니까 이야기할게.

이 은신처로 옮겨온 날 아빠와 나는 적당한 것이 없어서 유리

항아리를 희생시켜 임시 변기로 사용했어. 그런데 연관공이 와 있는 동안 다시 이 항아리를 거실 구석에 놓고 사용할 수밖에 없었어. 나는 이 일을 비밀로 해두기가 퍽 힘이 들었어. 나 같은 '미스 수다쟁이'가 입 다물고 있는 것이 얼마나 고통스러웠는지 상상해보렴. 안 그래도 계속해서 소곤거리며 얘기해야만 하는데, 말하지도 움직이지도 못 하는 건 열 배는 힘들어.

사흘 동안이나 앉아만 있었더니 엉덩이가 뻣뻣하게 되어버린 것 같아. 잠자리에서 운동을 좀 했더니 다소 나아졌어.

안네.

1942년 10월 1일(목)

키티,

어젯밤엔 몹시 놀라운 일이 벌어졌단다. 밤 8시에 별안간 벨이 요란하게 울리지 않겠니? 물론 나는 드디어 올 것이 왔구나 하고 생각했어. 그런데 아빠가 아이들 장난이거나 우체부일 거라고 해서 좀 진정이 되었어.

이곳에서의 생활은 조용하고 지루할 뿐이야.

레윈이라는 몸집이 작은 유대인 약제사가 다시 클라레르 씨 밑에서 일하고 있는데 이 약제사는 빌딩의 내부를 다 알고 있어서 혹 예전에 사용하던 실험실을 들여다보지나 않을까 하고 우리는 늘 걱정이야. 우리는 생쥐처럼 조용히 지내고 있어. 석 달 전에는 나 같은 수다쟁이가 이토록 말없이 지낼 수 있으리라고는 아무도 상상 못했을 거야.

29일은 판 단 아주머니의 생일이었지. 성대한 생일 잔치를 열만한 처지는 못 되지만 간소하게나마 조촐한 파티를 열고 몇 가지 선물들을 드렸어.

판 단 아저씨는 붉은 카네이션을 아주머니 가슴에 달아주었는데, 대대로 내려오는 가풍인 모양이야.

잠깐 아주머니에 대한 이야기를 조금 더 하면 아주머니가 아빠한테 아양떠는 것이 나는 몹시 불쾌해. 아주머니는 아빠의 얼굴이나 머리에 손을 대거나 옷자락을 어루만지면서 이른바 농담을 걸어서 아빠의 환심을 사려고 해. 그렇지만 다행히 아빠는 아주머니의 수작엔 아예 상대도 하지 않아. 엄마는 판 단 아저씨와 그런 농담 같은 것은 하지도 않아. 나는 아주머니한테 그렇게 분명히 말씀드렸어.

요즈음 페터는 가끔 자기 소굴에서 나와서 같이 어울리곤 한단다. 페터와 나는 퍽 재미있는 공통점이 있어.

둘이 다 분장하기를 좋아한다는 거야.

페터가 아주머니의 꼭 끼는 드레스를 입고 여자 모자를 쓰고 내가 그의 셔츠를 입고 남자애의 모자를 쓰고 나타나면 어른들은 우스워서 어쩔 줄 몰라하더군.

엘리가 비엔코르프 백화점에서 언니와 나한테 스커트를 사다주었어. 천은 넝마같이 조악한데도 언니 건 24플로린, 내 건 7플로린 반이나 주었대. 전쟁이 시작되기 전에 비하면 얼마나 올랐는지 몰라.

또 한 가지 재미있는 뉴스가 있단다. 엘리가 어느 비서 양성 학교에 편지를 보내 언니와 페터와 나를 위해 속기 통신 강좌를 신청해두었다나. 내년까지는 우리 셋이 어떤 속기사가 될 것인가 기다려보라구.

아무튼 속기를 할 수 있다는 건 멋진 일이야.

안네.

1942년 10월 3일(토)

키티,

어제 또 한바탕 소동이 벌어졌어. 엄마가 나 때문에 굉장히 화가 나셔서 아빠한테 나에 대해 악담을 퍼부으셨어. 거기다가 엉엉 울기까지 하셨지. 나도 물론 울었어. 그랬더니 머리가 아팠어. 아빠가 엄마보다 훨씬 더 좋다고 투덜거렸더니 아빠가 위로해주셨어. 엄마가 하시는 일에는 그저 참고 있을 수밖에 없구나. 아빠는 나에게 엄마가 몸이 불편하시든지 두통이 나시든지 하면 자진해서 집안일을 도와드리라고 하시지만 그러고 싶지 않아.

나는 요즘 프랑스어를 열심히 공부해서 《아름다운 니베른》을 읽고 있는 중이야.

안네.

1942년 10월 9일(금)

키티,

오늘은 무섭고 우울한 이야기를 할 수밖에 없구나. 수많은 유대인들이 한꺼번에 열댓 명씩 잡혀가고 있단다. 나치의 게슈타포는 조금의 인정도 없이 유대인들을 가축용 트럭에 마구 실어서 트렌터에 있는 베스터보르크 유대인 수용소로 보내고 있어. 베스터보르크—말만 들어도 소름이 끼친다. 세면장이라곤 하나밖에 없고 화장실조차 갖추어져 있지 않은 곳이야. 거기서는 남자건 여자건 노인이건 모두 한 방에 집단 수용을 한대. 이런 상태이기 때문에 풍기가 극도로 문란해서 여자라면 심지어 어린 소녀까지도 곧 임신하게 된다는 거야.

탈출할 수도 없어. 수용소에 수용된 사람이라면 누구나 머리를 박박 깎이는 데다, 유대인들의 용모가 유별나기 때문에 즉시 탄로가 나게 되거든.

네덜란드 안에 있는 수용소가 이러니 그보다 더 멀리 끌려간 사람들은 거의 다 죽었을 것임에 틀림없어. 영국 방송은 그들이 가스로 학살당하고 있다고 보도한단다.

가스 처형이 가장 빨리 죽는 방법인지도 몰라. 세상에! 난 그만 정신이 돌 것만 같아. 나는 미프가 이런 이야기를 할 때 차라리 듣지 않으려고 눈을 감고 있었어. 미프도 마찬가지로 치를 떨며 이야기했어.

며칠 전에는 늙고 병든 유대인 노파가 자기 집 문 앞에 걸터앉아 있었대. 게슈타포가 노파더러 기다리라고 명령하고 트럭을 부르러 갔던 거야. 그 노파는 눈이 부신 탐조등 불빛 아래서 영국군 비행기를 향해 쏘는 고사포 소리에 와들와들 떨고 있었어. 그렇다고 미프는 그 노파를 숨겨줄 수도 없었어. 누가 감히 그런 모험을 할 수 있겠니! 발각되면 나치군에게 사정없이 처벌당할 텐데.

엘리도 은근히 겁을 먹고 있어. 그녀의 남자 친구 디르크가 독일로 징발당해 갔거든. 그녀는 암스테르담 상공을 나는 연합군의 폭격기를 쳐다보면서 디르크가 폭격당하지나 않을까 걱정하고 있어.

"설마 폭격당하지야 않겠지."

"뭐, 한 방이면 그만이야" 하는 따위의 농담을 하면 그녀는 불안해서 낯빛이 변해버린단다.

디르크뿐이 아니야. 매일 징발당한 젊은이들을 실은 열차가 독일로 떠나. 열차가 조그만 역에 정차했을 때 탈주하는 사람도 있지만 성공하는 사람은 별로 없어.

우울한 소식은 이것뿐이 아니야. 너도 인질이란 말을 들어본 적이 있겠지. 이것은 파괴 행위에 대한 새로운 처벌 방법이란다. 세상에 이렇게 무서운 가혹한 일이 있을 수 있을까?

저명한 인사들―물론 무고한 시민들이지―이 대신 감옥에 끌려가고 있단다. 만일 범인이 체포되지 않으면 게슈타포는 대여섯 명의 인질을 한꺼번에 총살해버린다는 거야. 이런 사람들의 사망 기사가 사고사라고 위장되어 날마다 신문에 보도되고 있어. 독일 사람들이란 참 영리한 민족이야! 과거에는 나도 독일 국민의 한 사람이었는데……. 히틀러가 나타나서 우리의 국적을 박탈해버렸지.

독일인과 유대인은 숙명적으로 원수인 모양이야.

안네.

1942년 10월 16일(금)

키티,

오늘은 몹시 바쁘단다. 《아름다운 니베른》을 한 장 번역하고 나서 새로운 단어들을 노트해두었어. 그리고 제일 싫은 수학과 프랑스어 문법 세 페이지를 공부했어. 매일 수학 공부를 해야 하는 것은 정말 고역이야. 아빠도 수학은 싫다고 하시더라. 내가 아빠보다도 더 잘하는 편이지만, 언니에게 물어보곤 해야 해. 그래도 속기는 내가 제일 잘한단다.

어제 《돌격》을 다 읽었어. 재미있는 책이기는 하지만, 《요프 텔 휼》만은 못해. 시시 반 마르크스펠트가 제일 깊이 있는 작가인 것 같아. 나는 장차 내 아이들에게도 꼭 마르크스펠트의 작품을 읽히겠어.

엄마와 언니와 나는 다시 사이가 좋아졌지. 이렇게 되니까 훨씬 생활이 자연스럽구나. 언니와 나는 어젯밤 같은 침대에서 잤어. 침대가 좁아서 좀 답답하긴 했지만 색다른 재미가 있었어. 언니는 내 일기를 읽어도 괜찮냐고 물어보았어.

"괜찮아, 조금은."

다음엔 내가 언니의 일기를 읽어도 되겠냐고 물었더니 좋다고 대답했어.

그리고 우리는 장래에 대한 이야기를 나누었어. 장차 무엇이 되고 싶으냐고 물었더니, 언니는 "비밀이야" 하고 방긋이 웃으면서 대답을 안 해. 언니는 아마 학교 선생이 될 거야. 확실히는 모르지만, 그게 언니의 취미에 맞는 것 같아. 물론 내가 상관할 일은 아니지만.

오늘 아침에는 페터를 방에서 몰아내고 그의 침대에 누워 있었단다. 그는 굉장히 화를 냈지만 그런 것쯤은 아무렇지도 않아. 나에게 친절하게 구는 것이 그로서도 이로울 거야. 어제는 내가 사과 한 개를 주었거든.

언니에게 내가 못생겼느냐고 물었더니, 퍽 매력적이고 특히 눈에 개성이 담겨 있다고 칭찬해주었어. 좀 막연한 말이지?

다음에 또 쓸게.

안네.

앗, 발각되다!

1942년 10월 20일(화)

키티,

소동이 벌어진 지 두 시간이나 지났는데 지금까지 손이 떨려. 이 건물 안에는 소화기가 다섯 개 비치되어 있어. 우리는 목수나 기술자가 소화기를 채우러 오리라고는 짐작하고 있었지만 언제 올 것인지는 몰랐어.

그래서 입구 쪽에서 쇠망치 소리가 들릴 때까지 조심을 하지 않았기 때문에 소동이 벌어진 거야. 나는 목수가 온 걸 짐작하고 우리와 같이 식사하고 있던 엘리에게 아래층으로 내려가지 말라고 주의시켰어. 아빠와 나는 문 옆에서 동정을 살피며 목수가 내려가기를 기다리고 있었어. 목수는 10여 분 동안 작업을 하고 나서 쇠망치와 도구들을 책장 위에 올려놓고(우리는 그렇게 생각했어) 문을 두드리지 않겠니. 우리는 놀라서 새파랗게 질려버렸어. 아마 목수가 안에서 나는 인기척을 깨닫고 의심을 품은 게 아닌가 싶었지. 꼭 그런 것 같았어. 그는 한참 동안 문을 두드리고 끌어당기고, 밀고, 비틀고 했어.

드디어 우리의 교묘한 은신처가 발각되었구나 하는 싸늘한 공포가 나를 엄습해왔어. 이제는 마지막이구나 하는 순간 속삭이는 듯한 코프하이스 씨의 목소리가 문틈으로 들려왔어.

"문 좀 여세요. 접니다."

나는 반사적으로 재빨리 문을 열었어. 이 비밀의 문을 아는 사람이라면 손쉽게 열 수 있는 고리가 제대로 열리지 않았던 거야. 목수는 이미 작업을 마치고 아래층으로 내려갔기 때문에 엘리를 부르러 올라오셨대.

키티, 정말 얼마나 다행이었는지 몰라. 누군가가 밖에서 문을 두드리고 떠밀고 했을 땐 당장이라도 거대한 괴물이 문을 박차고 뛰어들어 목을 조를 것만 같은 환상에 가슴이 죄어들었어.

이제는 다행히 두려움은 지나갔어.

월요일에는 재미있는 일이 있었어. 미프와 헨크가 이 은신처에서 자고 갔거든. 언니와 나는 아빠 엄마 방에서 자고, 그들 부부가 우리 방에서 잤어.

즐겁게 저녁을 먹고 있는데 정전이 됐어. 아빠 방의 전기 퓨즈가 끊어져서 갑자기 방 안이 암흑 세계가 되어버렸지. 집에 퓨즈가 있기는 하지만 어두운 창고에 두었기 때문에 쉽게 꺼낼 수가 없었어. 그래도 남자들이 수고를 해서 10분 만에 촛불을 켤 수가 있었어.

오늘 아침에는 퍽 일찍 일어났어. 헨크는 8시 반에 돌아갔고. 미프는 아침 식사를 하고 아래층으로 내려갔어. 밖에서는 구질구질하게 비가 내리고 있더군. 그녀는 자전거로 출근하지 않게 되어 기뻐했지.

다음 주에는 엘리가 와서 자고 가기로 되어 있어.

안네.

1942년 10월 29일(목)

아빠가 편찮으셔서 걱정이란다. 열이 심하고 붉은 발진이 돋았어. 홍역인 것 같아. 의사를 부를 수도 없잖니? 엄마는 열이 내리도록 아빠에게 땀을 빼시게 간호하고 계셔.

오늘 아침 독일군들이 판 단 씨 댁에서 가구들을 전부 몰수해 갔다고 미프가 전해주었어. 아주머니에게는 아직 알리지 않았어. 보통 때에도 성가신 분인데 집에 남겨두고 온 도자기나 의자 때문에 또 우는 소리나 하게 되면 우리만 답답해지니니 말야. 우리도 값진 물건은 거의 다 남겨두고 왔는데 지금 새삼스레 안타까워해야 무슨 소용이 있겠어?

나는 요즘 몇 권의 성인용 책을 읽어도 좋다는 허락을 받았어. 지금 니코 판 수흐텔렌의 《에바의 청춘》을 읽고 있어. 여학생들의 연애담과 별로 다를 것이 없는 내용이야. 골목에서 술취한 남자들에게 몸을 파는 여자 얘기가 조금 써 있기는 해. 그 대가로 여자는 돈을 요구한다는 거야. 만일 내가 이렇게 된다면 부끄러워서 죽어버릴 거야. 에바에게 월경이 있다는 얘기도 써 있어. 나도 빨리 그렇게 되고 싶어. 그것은 성인이 된 여자에게는 대단히 중요한 것인가 봐.

아빠는 창고에 넣어둔 짐 속에서 괴테와 실러의 희곡을 꺼내 오셨어. 밤마다 나에게 읽어주시기로 하셨지. 〈돈 카를로스〉부터 시작하기로 했단다.

대신 엄마는 기도책을 읽으라고 강요하고 계셔. 체면상 독일어 기도문을 조금 읽고 있어. 확실히 아름다운 문장이지만 별로 나를 감동시키지는 못해. 엄마는 어째서 나에게 신앙을 강요할까?

내일은 처음으로 불을 때기로 했어. 몇 년 동안 굴뚝을 청소한 적이 없다니 어쩌면 연기가 방 안에 꽉 들어차서 법석을 떨게 될지도 모르겠어.

안네.

엄마에 대한 불만

키티,

엄마는 몹시 화를 내고 계신단다. 이것은 언제나 나에게 불쾌한 일의 징조야. 아빠와 엄마가 언니는 절대로 야단치지 않고 무엇이든 전부 내 탓으로 돌리는 것은 우연한 일일까?

어제 저녁때였어. 언니는 훌륭한 그림이 들어 있는 책을 읽고 있다가 책을 펼쳐둔 채 아래층으로 내려갔어. 나는 할 일도 없어 책을 집어들고 그림을 보기 시작했지. 그때 언니가 돌아와서 내가 자기 책을 보고 있는 것을 보자 이맛살을 찌푸리며 책을 달라고 했어. 내가 조금만 더 보여달라고 했더니 언니는 점점 화를 내면서 신경질을 부리잖겠니. 그러자 엄마가 간섭하셨어.

"언니가 보던 책이니까 돌려주려무나."

그때 아빠가 들어오셨지. 아빠는 사정을 조금도 모르시면서 언니가 성이 난 것을 보시더니, "언니가 만약 네 책을 더럽히면 넌 가만 있겠니?" 하시며 나를 꾸중하셨어. 나는 곧 책을 내동댕이치고 방을 나와버렸어. 모두 내가 화가 났다고 생각했겠지. 그렇지만 나는 화도 나지 않았고 기분 나쁘지도 않았어. 그저 웬일인지 내가 비참하게만 느껴졌어. 아빠라고 사건의 원인도 모르면서 판단을 내릴 권리가 있는 것은 아닌데. 아마 나는 아빠 엄마가 간섭하지 않아도 자진해서 책을 돌려주었을 거야. 언니가 마치 굉장히 억울하게 희생이라도 당하는 것처럼 당장 언니만 옹호하려 들다니……

엄마가 언니만을 변호하는 것은 정해진 일이야. 언니도 엄마를 변호하는 편이니. 나는 이제 이런 일엔 익숙해져서 엄마의 잔소리나 언니의 기분 같은 것에는 전혀 관심이 없어.

물론 나는 엄마와 언니를 사랑해. 그것은 내 엄마요, 언니이기 때문이야. 그렇지만 아빠의 경우는 달라. 만일 아빠가 언니를 칭찬하거나 언니를 안아주기라도 하면, 나의 내부에서 알 수 없는 분노 같은 것이 치솟아올라. 그것은 내가 아빠를 사랑하고 있기 때문일 거야. 아빠는 내가 존경하는 유일한 사람이야. 나는 이 세상에서 아빠 이외엔 아무도 사랑하지 않아. 아빠는 자신이 언니와 나를 차별 대우하고 있다는 것을 모르고 계셔. 사실 언니는 아주 귀엽고 상냥하고 바람직한 소녀임엔 틀림없지만, 나 역시 좀 더 소중한 취급을 받을 권리는 있다고 생각해. 나는 언제나 집안에서 제일 못난 바보 취급을 받아온 셈이야. 무슨 일을 하든 처음부터 꾸중을 들어 감정을 상하게 되고, 따라서 같은 일을 하는데도 언니의 두 배는 힘이 들어. 이렇게 편파적인 역성을 드는 것은 이제 견딜 수가 없어. 나는 아빠에게 아빠가 나에게 줄 수 없는 그 무엇인가를 기대하고 있는 거야. 그렇다고 언니에게 질투를 느끼는 건 아니야. 내가 간절히 바라는 것은 아빠의 진정한 애정—아빠의 딸로서만이 아니라 '안네'라는 나 자신에 대한 애정이야.

　내가 아빠를 좋아하는 것은 아빠를 통해서 조금이나마 가정적인 감정을 가질 수 있기 때문일 거야. 아빠는 엄마에 대한 불평을 가끔 털어놓고 싶어 하는 내 기분을 모르셔. 아빠는 엄마의 결점에 대한 이야기는 일절 피하려고만 하셔. 그러나 나로서는 무엇보다도 엄마의 결점을 참을 수 없어. 이것을 내 가슴속에만 담아둘 수가 없단 말야. 그렇다고 어머니의 단정치 못한 일, 야유, 박정한 처사 따위에 대해 줄곧 항의할 수도 없는 노릇이야. 나는 언제나 나만 잘못했다고는 생각지 않아.

　엄마와 나는 성격이 정반대라 사사건건 충돌이야. 엄마 성격은 나로서는 어딘가 이해할 수 없는 점이 있으니까, 비평은 하지 않겠어. 다만 나는 엄마를 오직 '어머니'로서만 여기고 있을 뿐이야. 그렇지만 내게 대해선 어머니답지 못한 점도 있어. 그래서 나 자신이 나의 어머니가 되어야 해. 이렇게 나는 집안 사람들에게서 고립되어 있어.

　나 자신이 인생이란 항로의 항해사인 셈이고, 어디에 가서 안착하게 될 것인지는 후에 알게 되겠지. 나는 지금 마음속으로 훌륭한 현모양처 상을 상상하고 있어. 그러나 나는 엄마에게서 이 같은 이미지를 전혀 볼 수가 없어. 더욱 불행한 것은 아빠나 엄마가 나의 개성이나 세대의 차이를 이해하지 못하시는 거야. 이것은 부모의 잘못이라고 생각해. 아이들을 완전히 만족시킬 수 있는 부모는 없는 것일까?

　나는 하나님께서 현재 또는 미래의 나를 시험하려 하신다는 것을 믿고 있어. 나는 누구의 도움이나 충고도 없이 나 자신의 노력만으로 완전한 한 사람의 성인이 되어야 해. 좀처럼 흔들리지 않는 꿋꿋하고 개성이 강한 사람으로.

도대체 나 이외의 누구에게서 위안을 얻을 수 있을까? 문득 고독하다고 느낄 때면 나 자신이 얼마나 나약한가 하는 자신에 대한 불안을 억누를 수가 없어.

나에게는 참 단점이 많아. 나 자신도 이것을 알고 있기 때문에 꾸준히 나의 단점과 싸우고 있는 중이야. 어른들이 나를 대하는 태도가 그날그날에 따라 아주 달라. 어떤 날은 안네가 아주 예민하고 지성적이지만, 이튿날은 책에서 여러 가지를 배웠는데도 사실은 아무것도 모르는 바보라는 소리를 듣는단다.

나는 이제 어린애도 아니고 응석받이도 아니야. 아직 말로는 표현할 수 없지만 나 자신의 미래에 대한 나대로의 이상도, 계획도, 의견도 갖고 있어. 이렇게 내 감정을 곡해하는 사람들에 대해서 참고 견뎌야 한다는 것을 생각하면 나도 모르게 침대에 누워서 이런 여러 가지 불만을 마음속으로 중얼거리게 되는 거야. 그래서 나는 결국 일기장을 향하게 돼.

키티, 너는 참을성이 있으니까 끝까지 내 말을 들어주겠지? 어떤 일이 있더라도 눈물을 삼키고 내 생활의 길을 스스로 발견하리라는 것을 너에게 약속하겠어. 나는 다만 자신의 노력의 결정을 보고 나를 사랑해주고, 누군가로부터 진심에 찬 격려를 받고 싶을 뿐이야.

키티, 나를 책망하지 마. 나도 때론 가슴에 묻어둔 감정을 폭발시킬 때가 있으리라는 것을 기억해주렴.

안네.

1942년 11월 9일(월)

키티,

어제는 페터의 생일이었어. 이제 열여섯 살이 되었지. 그는 생일 선물로 모노폴리 게임 도구, 안전 면도기, 라이터 따위를 받았어. 그는 별로 담배를 피우지 않아. 그저 가끔 시위를 하는 것뿐이지.

오후 1시에 판 단 아저씨가 중대한 뉴스를 알려주었어. 영국군이 튀니지, 알제리, 카사블랑카, 오랑 등지에 상륙했다는 거야.

"이제 종말의 시작이구나" 하고 모두 안도의 숨을 내쉬었어. 그러나 영국에서 같은 뉴스를 아마도 희색이 만면해서 들었을 영국의 처칠 수상은 "이것은 종말이 아니다. 종말의 시작도 아니다. 아마 시작의 종말일 것이다"라고 말했단다. 너는 이것이 어떻게 다른 것인지 알겠니?

이제 전쟁은 낙관해도 좋을 만큼 되었어. 독일군이 석 달 동안이나 공격을 계속하고 있는 소련의 스탈린그라드는 아직도 소련군의 손에 건재하고 있어.

반면 우리의 은신처에는 식량 걱정이 생겼다는 것을 말해야겠어. 너도 알다시피 위층에는 엄청나게 많이 먹는 돼지들이 있잖니? 지금까지 우리는 코프하이스 씨 친구가 경영하는 빵집에서 빵을 구해왔는데 전처럼 많이 살 수 없는 것은 당연한 일이야. 그래서 암거래로 네 사람분의 배급 카드를 샀단다. 배급 카드도 점점 귀해져서 27플로린에서 33플로린으로 올랐대. 인쇄된 종이 한 장이 이렇게나 비싸단다.

지금 보관하고 있는 채소 이외에 무엇이든 오래 둘 수 있는 것을 더 저장하려고 말린 완두콩을 270파운드 샀어. 전부를 우리 몫으로 산 것이 아니라 그 중 일부는 사무실 사람들 몫이야. 콩을 자루에 넣어서 비밀의 문 안쪽 좁은 복도에 매달아두었더니 무거워서 자루가 뜯어졌어. 그래서 지붕 밑 다락방에 두기로 하고 페터에게 운반 작업을 맡겼지.

페터가 자루 여섯 개 중 다섯 개까지를 무사히 운반하고 나서 서둘러 마지막 자루를 끌어올릴 때 자루 밑이 찢어져서 콩이 소나기처럼, 아니 요란스레 쏟아지는 우박처럼 계단 바닥에 쏟아져버렸어. 자루에 들어 있던 콩이 20파운드가량이나 되었기 때문에 그 소리는 죽은 사람도 깨울 만한 것이었어. 아래층에 사람들이 있었다면 이 낡은 건물이 무너지는 줄 알았을 거야. 다행히 건물 아래층에는 아무도 없었어. 순간 페터는 무척 놀랐지만 계단 밑에서 콩 바다의 조그만 섬처럼 우뚝 서 있는 나를 보고 낄낄대며 웃기 시작했어. 나는 발목까지 콩에 묻혀 있었거든.

둘이서 곧 콩을 줍기 시작했어. 콩들은 워낙 작고 미끄러워서 사방 구석구석에까지 흩어져 있었어. 지금도 누구든 아래층으로 내려갈 때마다 흩어진 콩을 한 줌씩 주워서 판 단 아주머니에게 가지고 간단다.

깜빡 잊고 있었는데 아빠의 병환은 많이 호전되었어.

안네.

　추신―방금 라디오에서 알제리가 함락되었다는 뉴스가 방송됐
어. 모로코, 카사블랑카, 오랑은 이미 며칠 전부터 영국군이 점령했
대. 이제는 튀니지의 함락을 기다릴 차례야.

여덟 번째 동거인

1942년 11월 10일(화)

키티,

굉장한 뉴스야. 이 은신처에 여덟 번째 멤버를 가입시키려 하고 있어. 멋지지? 우리에게는 아직 한 사람분의 공간과 식량의 여유는 충분히 있는 셈이야. 단지 코프하이스 씨나 클라레르 씨에게 더는 폐를 끼치고 싶지 않을 뿐이지. 그렇지만 최근 유대인에 대해서 들리는 처참한 소문이 점점 더 심해졌기 때문에 아빠가 두 분에게 우리의 계획을 말씀드렸더니, 그들도 "일곱 사람이든 여덟 사람이든 위험한 건 마찬가지지요" 하면서 찬성하셨대.

이렇게 결정되자, 우리는 우리가 아는 범위 내에서 현재의 멤버들과 원만히 지낼 수 있을 듯한 독신자를 물색해보았어.

별로 어려운 일은 아니었어. 아빠는 판 단 씨 일가는 전부 거절하고, 알베르트 뒤셀이라는 치과 의사를 선택했어. 뒤셀 씨의 부인은 다행히도 전쟁이 일어났을 때 외국에 있었어. 그는 조용한 사람으로 알려져 있어서 우리 가족이나 판 단 씨 댁과 절친한 사이는 아니지만, 우리의 분위기와 잘 화합할 수 있을 것이라고 판단한 거야.

미프는 뒤셀 씨를 알고 있으니까, 그녀가 모든 준비를 맡아주겠지.
뒤셀 씨가 오면 언니 대신에 내 방에서 자게 될 거야.

언니는 캠프용 침대를 쓰기로 했어.

안네.

1942년 11월 12일(목)

키티,

뒤셀 씨는 미프에게서 피신할 장소가 있다는 말을 듣고 대단히
기뻐했대. 미프는 뒤셀 씨에게 될 수 있는 대로 빨리, 토요일까지는
준비하라고 부탁했는데, 그는 진찰 카드를 정리하고, 예약된 환자
들을 치료하고, 계산 관계를 처리해야 하므로 토요일은 좀 곤란하
다고 대답했다는 거야. 미프가 오늘 아침에 이 말을 전해주었어. 꾸
물거리는 것은 그로선 현명치 못한 일이야. 그런 걸 정리하고 준비
하는 것은 사정을 모르는 사람들에게 광고하는 거나 다름없는 짓이
잖아. 미프는 토요일에 올 수 없는가 다시 알아보기로 했어.

뒤셀 씨는 아무래도 안 되겠다고 대답했고, 결국 월요일에 오기
로 결정했대. 이런 일에 얼른 서두르지 않다니 이해할 수 없는 일이
야. 만일 그가 거리에서 잡혀도 진찰 카드를 정리한다거나 환자를
본다거나 계산을 마친다거나 할 수 있겠니? 도대체 무엇 때문에 연
기하는 것일까? 아빠가 양보하다니 어리석은 짓이지.

그 밖의 뉴스는 없어.

안네.

1942년 11월 17일(화)

키티,

뒤셀 씨가 오셨어. 모든 일이 순조롭게 되었어—미프가 그에게 어떤 남자가 우체국 앞의 지정한 장소에서 기다리고 있을 것이니, 오전 11시에 그곳으로 오라고 일러주었대. 뒤셀 씨가 약속한 장소로 갔더니, 안면이 있는 코프하이스 씨가 다가와 연락을 담당한 사람이 오지 못했는데 미프를 만나러 가지 않겠느냐고 했고, 코프하이스 씨는 전차를 타고 사무실로 돌아왔어. 뒤셀 씨는 전차를 탈 수 없으니 걸어서 11시 20분에 사무실에 도착했어. 미프는 그가 가슴에 달고 있는 노란 별표가 사람들 눈에 띄지 않도록 재빨리 그의 외투를 벗기고 전용 사무실로 안내했어. 거기서 코프하이스 씨는 청소부가 갈 때까지 그와 잡담을 하고 있었지.

청소부가 가고 난 뒤 미프는 전용 사무실을 사용할 일이 있다는 핑계를 대고 뒤셀 씨를 데리고 3층으로 올라와 비밀의 문을 열고 놀라서 어리벙벙해하는 뒤셀 씨를 안으로 밀어 넣었단다.

우리가 4층 거실에서 신입 멤버를 환영하기 위해 커피와 코냑을 준비한 테이블 주위에 둘러앉아 기다리고 있을 때야. 미프는 그를 먼저 우리의 거실로 안내했어. 그는 곧 우리 집 가구라는 것을 알았지만, 우리가 바로 위의 4층에 있다는 것은 꿈에도 생각지 못하고 있었어. 미프가 얘기를 해주자 그는 놀라서 어쩔 줄을 몰라 했어. 이내 미프는 그를 우리가 있는 4층 방으로 데리고 올라왔어.

뒤셀 씨는 마음을 진정시키느라고 의자에 걸터앉은 채 한참 동안 말없이 우리를 둘러보았단다. 이윽고 그는,

"그런데—그럼 댁에서는 벨기에로 가신 게 아니군요……. 독일군에게 쫓기지 않으셨나요? 결국 망명하지 못하셨군요" 하고 더듬더듬 말했어.

우리는 뒤셀 씨에게 일부러 나치를 속이려고 우리의 행방을 위장했다고 설명해주었지. 뒤셀 씨는 우리의 교묘한 행위와 은신처 내부의 실용적인 구조에 새삼 경탄하며 말없이 주위를 둘러볼 뿐이었어.

그러고 나서 모두 같이 점심 식사를 했어. 뒤셀 씨는 잠깐 낮잠을 자고 나서 함께 차를 마시고, 미프가 미리 준비해놓은 자기 짐을 정리했어. 차차 마음이 안정된 모양이야. 특히 '은신처의 규칙'이라고 타이프로 찍은 종이를 받았을 때에는 아주 명랑해졌어. 이 규칙은 판 단 아저씨가 작성한 거야.

〈은신처의 취지 및 안내〉
유대인 및 기타 망명객들의 임시 주거를 위한 특별 기관.
연중 무휴—암스테르담의 중심에 있고 아름답고 조용함. 13번
　과 17번 전차, 자동차, 또는 자전거로도 올 수 있음. 독일군
　이 수송 기관의 사용을 금지하는 경우에는 도보로도 올 수
　있음.
방세—무료. 체중을 줄이는 특별 다이어트를 제공함.
급수—상수도가 설치되어 있으나 목욕탕은 없음.
수납—모든 물건을 보관할 수 있음.
자기 라디오 센터—런던, 뉴욕, 텔아비브, 기타 많은 방송국과

직통. 라디오는 오후 6시 이후 이곳 거주자의 전용이 됨. 어느 방송을 듣더라도 무방하나, 독일 방송만은 고전 음악 등 특별한 프로에 한함.

휴식 시간—밤 10시부터 아침 7시 30분까지. 일요일은 10시 15분까지. 단 지휘자의 지시에 따라 낮일지라도 휴식할 수 있음. 공공 안전을 위하여 휴식 시간을 엄수할 것.

휴일(옥외)—무기 연기.

언어—항상 조용히 말할 것. 이는 명령임. 모든 문명국의 언어를 허락함. 따라서 독일어의 사용을 금함.

수업—매주 1회 속기 수업이 있음. 영어, 수학, 역사 수업은 매일 있음.

애완용 동물—우대함(허가를 요함). 단 빈대 따위는 사절함.

식사 시간—아침 식사는 일요일과 공휴일 이외에는 매일 오전 9시, 일요일과 공휴일에는 11시 30분경. 점심(그다지 많지 않음)은 오후 1시 15분부터 1시 40분까지. 저녁은 라디오의 뉴스 방송에 따라 일정치 않음. 저녁은 찬 것 또는 더운 것 혹은 두 가지 다 나오기도 함.

의무—거주자는 항상 자진하여 사무에 힘을 보탤 것.

목욕—매주 일요일 오전 9시부터 거주자는 빨래통을 사용할 수 있음. 화장실, 부엌, 전용 사무실, 기타 어떠한 장소라도 가능함.

알코올 음료—의사 허락이 있는 경우에 한함. 이상.

안네.

1942년 11월 19일(목)

키티,

뒤셀 씨는 우리의 상상대로 참 좋은 사람이야. 물론 그는 내 좁은 방을 같이 사용하는 데 동의했어.

솔직히 말해서 다른 사람이 내 물건에 손을 대는 것은 아주 싫지만, 좋은 일을 위해서는 누구든 어느 정도 희생할 필요가 있는 법이야. 그래서 나는 기꺼이 내 작은 희생을 제공하겠어. 아빠는 "단 한 사람이라도 구할 수 있다면 나머지 일들은 아무것도 아니다"라고 말씀하셨어. 옳은 말씀이야.

뒤셀 씨는 첫날 여러 가지를 물으셨어. 청소부는 언제 오느냐, 욕실은 언제 사용할 수 있느냐, 화장실에는 언제 갈 수 있느냐 등등. 너는 웃겠지. 이런 것은 숨어 사는 처지에서는 간단한 문제가 아니야. 나는 뒤셀 씨에게 이런 것들을 일일이 설명해주었어. 뒤셀 씨는 얼른 이해가 가지 않는 모양이야. 같은 말을 두세 번씩이나 듣고서도 잘 기억을 못 해. 갑자기 밀어닥친 환경의 급변으로 머릿속이 혼란해진 것이 아닐까?

그 밖의 일들은 순조롭게 되어가고 있어. 뒤셀 씨는 우리가 오랫동안 궁금해하던 바깥 세상의 일들을 전해주었어. 아주 슬픈 소식들이야.

수많은 친구들이나 친척들이 나치에 끌려가 비참한 운명에 처해 있다는 거야. 매일 저녁 유대인들을 가득 실은 트럭들이 먼지를 일으키며 독일 쪽으로 가고 있어. 독일군들은 집집마다 돌아다니면서 유대인들을 색출해내지. 만일 한 사람이라도 유대인이 같이 살고 있으면, 가족을 몽땅 연행해 가. 숨어 살지 않는 한 독일군의 마수를 피할 도리가 없어. 그들은 때로는 유대인 명부를 들고 다니면서 큰 수확이 있을 듯한 곳만을 조사하기도 해. 상당한 돈을 쥐어주고 난을 면한 사람도 있대. 옛날의 노예 사냥이 꼭 이랬을 거야. 농담같이 들리겠지만 너무나 비극적인 우리의 현실이야.

주위가 어둑어둑해질 무렵 간혹 착하고 죄 없는 사람들이 칭얼대는 어린애들을 데리고 독일군들에게 얻어맞아 비틀거리면서 줄을 지어 걸어가는 것을 창문으로 내다볼 수가 있어. 노인이건 어린이건, 임신한 여자건 병자건, 가릴 것 없이 모두 죽음의 행진을 하게 되는 거야. 이런 곳에서나마 아무런 박해 없이 살 수 있는 우리는 얼마나 행복한가 몰라! 우리가 도울 수 없는 사람들의 신상을 염려하는 것 이외에는 이 같은 불행을 우리의 것처럼 걱정할 필요가 없으니까.

내 친구들이 이 추운 밤에 어디선가 독일군에게 얻어맞아 쓰러지고 개천가에 뒹굴고 있는 동안 나만이 따뜻한 침대에서 잠들 수 있다는 것이 죄스럽기까지 해. 드디어 나의 친한 친구들까지 세상에서 가장 잔인한 짐승들의 손아귀로 넘어갔구나!

단지 유대인이라는 이유만으로.

안네.

1942년 11월 20일(금)

키티,

뒤셀 씨가 전해준 뉴스들을 어떻게 받아들여야 할지 모르겠어.

지금까지 우리는 유대인 박해에 대한 소식을 듣지 못하고 있었어. 우리 자신도 되도록이면 그런 것을 잊고 유쾌하게 지내려고 했어. 가끔 미프가 우리 친지들의 신상에 일어난 일들을 전해주면, 엄마와 아주머니는 눈물을 흘리고 말기 때문에 아예 말하지 않는 편이 낫겠다고 작정하고 있었지.

뒤셀 씨는 우리에게서 여러 가지 질문을 받았어. 그의 이야기는 너무 처참하고 무시무시해서 좀처럼 잊혀질 것 같지 않아. 우리는 차라리 이런 무서운 상념들을 지워버리려고 농담을 하거나 서로 웃기곤 해. 우리가 우울한 기분에 빠져 있다고 해서 이로울 것도 없고, 불안에 처한 사람들을 도울 수 있는 것도 아니잖아.

우리의 '은신처'를 '우울한 은신처'로 만들 필요가 있을까? 내가 어떤 처지에 있건 타인들의 불행만 염려하고 있어야 하겠어? 웃고 싶어도 곧 자책하고 자신이 유쾌하다는 것을 부끄러워해야 할까? 그럼 종일 울고 있어야 옳을까? 아니, 나는 절대로 그럴 수 없어.

이외에 또 우울한 일이 있어. 이것은 순전히 내 개인적인 문제이기 때문에 뒤셀 씨에게서 들은 비극에 비하면 하잘것없는 거야. 그러나 나는 요즈음 갑자기 고독감을 느끼기 시작했다는 걸 고백하지 않을 수 없어. 주위가 너무 공허하고 황량해진 것 같아. 불행한 일 따위는 생각지 않고, 내 머릿속에는 언제나 즐거운 일이나 친구들의 일로 가득 차 있어서 이런 심정을 느껴보기는 처음이야. 나는 아빠를 퍽 좋아하기는 하지만, 그래도 지난날 나만의 추억의 세계와는 비교할 수 없다는 걸 알게 되었어.

도대체 왜 갑자기 이런 따위 우스운 이야기를 너에게 하게 되었을까? 키티, 나는 몹시 불행해. 그것은 알고 있어. 그러나 어른들에게서 심한 꾸중을 들으면 갑자기 슬퍼지고 이런 비참한 일들이 새삼스레 떠오르곤 해.

안네.

1942년 11월 28일(토)

우리가 이 건물에 배당된 이상으로 전기를 많이 썼기 때문에 앞으로 절약하지 않으면 단전될 염려가 있다는구나. 앞으로 전등 없이 지낼 것을 생각하면 좀 재미있기도 하지만, 아마 그렇게까지 되지는 않겠지. 오후 4시가 좀 지나면 어두워져서 책을 읽을 수 없어. 그러면 우리는 수수께끼를 풀거나, 영어나 프랑스어 회화를 연습하거나, 책을 읽은 감상을 주고받는 등 실없는 짓을 하면서 시간을 보내지. 그렇지만 이런 것도 이제는 싫증이 났어.

어제 저녁에 새로운 방법을 발견했어. 망원경으로 불이 환하게 켜져 있는 뒷집을 들여다보는 거야. 낮에는 커튼을 조금도 들출 수 없었지만 어두워진 다음에는 아무에게도 들킬 염려가 없어. 나는 여태까지 이웃 사람들이 이렇게 스릴 있는 관찰의 대상이 될 줄을 몰랐어. 어느 집에서는 가정 영화의 한 장면처럼 모여 앉아서 저녁 식사를 하고 있었고, 건너편 집에서는 치과 의사가 나이 든 부인을 치료하고 있었는데 그 부인은 겁을 먹고 떨고 있었어.

뒤셀 씨는 아이들을 퍽 좋아하기 때문에 우리의 재미있는 말상대가 되어줘. 그런데 요새는 차차 그 본성을 나타내기 시작하고 있어. 그는 예의범절에 대해서 지루하게 잔소리를 늘어놓는 구식 훈

련주의자야.

나는 행복하게도 치과 의사 선생님과 침실을 같이 쓰게 되었고—아, 좁은 침실인데—게다가 나는 유난한 말괄량이기 때문에 그에게서 똑같은 잔소리를 몇 번이고 듣지 않을 수가 없어. 참기도 하고 가끔은 아주 못 들은 체하고 묵살해버려. 잔소리뿐이라면 괜찮겠는데 그는 아주 능구렁이여서 일일이 엄마에게 고해바쳐. 그래서 그의 잔소리에 면역이 생길라치면 이번엔 엄마가 똑같은 잔소리를 되풀이하는 거야. 마치 앞뒤로 태풍을 맞은 기분이야. 운이 좋으면(!) 판 단 아주머니에게까지 내가 저지른 일을 말해야 해. 그렇게 되면 그야말로 진짜 허리케인을 만난 것 같지.

솔직히 말해서, 숨어 살고 있는 복잡한 가정에서 '버릇 없는' 중심 인물 노릇을 하는 게 그리 쉬운 일이 아니라는 것은 너도 잘 알 거야. 침대에 누워서 나 자신의 잘못이나 결점을 곰곰이 들추어보노라면, 내 어린 가슴에 세상일들이 복잡하게 꽉 들어차서 그만 큰 소리를 내어 울거나 웃어버리고 말아. 그러면서 지금의 내가 아닌 다른 사람으로 태어난다면 이런 잘못 같은 것을 저지르지 않으리라는 엉뚱한 상상을 하다가 나도 모르게 잠들어버리지.

안네.

1942년 12월 7일(월)

키티,

올해도 하누카〔12월 7일부터 시작되는 유대인의 세례〕와 성 니콜라스의 날이 거의 같이 돌아왔어. 꼭 하루 차이로. 우리는 하누카에 대해서 별다른 행사는 하지 않았어. 촛불을 켜놓고 서로 선물을 교환했을 뿐이야. 초가 부족해서 10분밖에 켜놓지 못했지만 찬송가를 부를 동안은 되었어. 판 단 아저씨는 나무 촛대를 만드셨어.

토요일, 성 니콜라스의 날 전날 밤은 훨씬 더 유쾌했지. 미프와 엘리가 아빠에게 무언가 귓속말로 은근히 속삭이며 준비하는 눈치 였기에 우리는 틀림없이 멋진 일이 있을 것이라고 짐작하고 잔뜩 호기심에 부풀어 있었어. 8시에 우리는 한 줄로 나란히 서서 캄캄 한 복도를 돌아 나무 층계를 내려와 작고 어두운 방으로 들어갔어 (나는 무서워서 위층에 남아 있었더라면 좋았을 거라고 생각했지). 창문 도 없는 방이었어. 어둠 속에서 누군가 전등 스위치를 올렸어. 환하 게 방 안이 밝아지자 아빠는 벽장 문을 여셨지.

그러자 모두 환성을 지르며 기뻐했어. 성 니콜라스의 종이로 장 식된 커다란 바구니가 벽장 구석에 놓여 있고, 그 위에는 블랙 페터 의 마스크가 놓여 있었거든.

아이들이 달려들어서 그 바구니를 들고 다시 위층으로 올라왔 어. 바구니 안에는 각자에게 어울리는 시가 씌어진 소담한 선물이 들어 있었어. 내 몫은 인형이야. 인형의 스커트는 주머니로 되어 있 었어. 아빠에게는 책장이 배당되었어.

어쨌든 멋진 생각이었어. 우리는 아직 성 니콜라스의 날을 축하 한 적이 없었는데 앞으로도 이런 행사가 계속되면 어떨까?

안네.

1942년 12월 10일(목)

키티,

판 단 아저씨는 과거에 정육점을 경영하셨어. 아빠 상점에 관계하게 된 것은 이 방면에 대한 지식이 있어서였지. 그래서 아저씨는 소시지 만드는 솜씨를 보여 우리를 기쁘게 해주었단다. 우리는 닥쳐올 식량난에 대비해서 고기를 잔뜩 사놓았거든(물론 암거래로).

소시지 만드는 과정을 구경하는 것은 퍽 재미있어. 고기를 기계에 넣고 잘게 다져서 이것을 양념과 섞어서 대롱으로 창자 속에 집어넣어 소시지를 만드는 거야.

그날 저녁에는 소시지를 볶아 양배추 절임과 같이 먹었어. 그리고 헬더란드 소시지는 우선 잘 말려야 하기 때문에 천장에 실로 매달아놓았어. 방에 들어와 소시지가 줄을 지어 대롱대롱 매달려 있는 것을 보면 너도 웃음이 날 거야. 아주 우스꽝스런 모습이거든.

소시지를 만드는 방은 꽤나 야단법석이었어. 판 단 아저씨는 아주머니의 행주치마를 굵직한 허리에 두르고(아저씨는 전보다 살이 쪘거든!) 고기를 절이느라 열심이었지. 손과 행주치마는 붉게 핏물이 들고 얼굴마저 상기되어 딱 정육점 고기장수 같지 뭐니. 아주머니는 그 옆에서 수프를 젓거나 고기가 조리되는 것을 보거나 갈비뼈 다친 것을 한탄하면서 우왕좌왕하고 있었어. 나이 먹은 부인이 주책도 없이 체중을 줄이려고 미용 체조를 하다 넘어졌거든.

뒤셀 씨는 한쪽 눈에 염증이 생겨 불 옆에 앉아 눈을 씻고 계셨어. 의자에 앉아 창문을 통해 비치는 햇빛을 즐기고 계시던 아빠는 방해물 취급을 받고 이리저리 밀려다니셨어. 아빠는 류머티즘으로 고통받고 계시는 것 같았어. 아저씨 하는 것을 바라보면서 의자에 움츠리고 앉아 있는 모습은 웬일인지 양로원에 온 시든 노인네같이 보이기도 했지. 페터는 고양이에게 재주를 부리게 하며 놀고 있었어. 어머니, 언니와 나 세 사람은 감자를 벗겼는데, 아저씨 일하는 모습에 정신이 팔려 가끔 실수를 했어.

뒤셀 씨는 치과를 열었어. 첫 번째 환자는 판 단 아주머니였는데 재미있는 일이 벌어졌어. 우선 아주머니는 방 가운데 의자를 놓고 앉으셨지. 뒤셀 씨는 점잖게 기구 상자를 열고 소독제로 쓸 오데코롱과 왁스 대신에 바셀린을 달라고 했어.

뒤셀 씨가 입 속을 들여다보다 이를 두 개 건드렸더니, 아주머니는 금방 죽는 것처럼 알아듣지 못할 신음 소리를 내뱉으면서 몸을 움츠리는 거야. 얼마 동안 검사를 하고 나서(아주머니의 경우는 2분도 걸리지 않았어) 뒤셀 씨는 충치의 구멍을 닥닥 긁기 시작했어. 그러자 갑자기 아주머니가 팔다리를 마구 내두르며 버둥거리는 바람에 뒤셀 씨가 잠깐 스크레이퍼〔이 긁는 기구〕를 놓자 스크레이퍼는 그대로 이에 꽂혀버렸어.

그때부터 야단이 났지. 뚱뚱보 아주머니는 비명을 지르면서 스크레이퍼를 빼내려고 했지만 점점 더 깊이 박힐 뿐이었어. 뒤셀 씨는 두 손을 허리에 얹고, 이 조그만 희극을 흥미롭게 바라보았어. 다른 사람들은 웃음을 참다 못해 와그르 웃어댔지. 나 같으면 틀림없이 더 큰 소리로 울었을 텐데.

아주머니는 한동안 더 몸을 비틀며 발광을 하고 소리를 질렀어. 마침내 스크레이퍼가 빠지자 뒤셀 씨는 아무 일도 없었던 것처럼 다시 치료를 계속했어. 뒤셀 씨의 솜씨는 무척 재빨랐기 때문에 이 번에는 아주머니도 버둥댈 틈이 없었어.

뒤셀 씨는 지금까지 이 같은 도움을 받은 적은 없었을 거야. 임시로 채용된 두 사람의 조수, 즉 판 단 아저씨와 나는 조수역을 훌륭히 해치웠거든. 그때 광경은 마치 〈치료 중인 돌팔이 의사〉라는 중세의 그림 같았어. 어쨌든 오늘 일로 미루어 보아 아주머니가 두 번째 치료를 받지 않으리라는 것은 확실해.

안네.

창문으로 내다보는 거리

1942년 12월 13일(일)

키티,

나는 지금 커다란 사무실에 편안히 앉아서 커튼 사이로 밖을 내다보고 있단다. 저녁때지만 방 안은 너에게 편지를 쓸 수 있을 만큼은 환해.

여기서 내려다보는, 사람들이 걸어가는 광경은 정말 기묘해. 모두 바삐 서둘러 지나가고 있어. 자전거를 탄 사람은 어떤 사람이 타고 있는지도 모를 정도로 속도를 내기도 해.

이 근방 사람들은 별로 깨끗하지 못해. 특히 아이들은 더러워서 옆에 오는 것도 싫을 정도야. 빈민굴의 아이들인 것 같아. 나는 그 애들이 떠들어대는 말을 알아들을 수가 없어. 어제 오후에 언니와 목욕하고 있을 때 내가,

"그러니까 우리가 낚시로 저애들을 하나하나 낚아 올려서 목욕을 시키고 옷을 만들어서 입혀 돌려보내주고, 그러고 나서……" 하며 말을 꺼냈더니, 언니는 내 말을 가로막으며,

"내일이면 다시 더러워질 걸 뭐" 하고 말하더라.

나는 농담을 한 거였는데. 이 밖에도 구경거리가 있지. 자동차, 보트, 기차 등. 나는 특히 전차가 지나갈 때 울리는 소리를 좋아해. 우리가 생각하는 일은 뻔하지. 유대인의 일에서 식량에 관한 일, 식량에 관한 일에서 정치에 관한 일―이런 생각들이 회전목마처럼 머릿속을 빙빙 돌고 있을 뿐이야. 유대인―나는 어제 커튼 사이로 유대인을 두 사람 보았어. 그리고 눈을 의심했지. 나는 그들을 배반하고 그들의 불행을 보고 있는 듯한 무서운 심정이 되었어.

은신처 바로 맞은편에 보트 하우스가 있는데, 거기엔 뱃사공 가족이 살아. 그 집에는 덮어놓고 짖어대는 강아지가 있어. 우리는 짖는 소리와 배 위를 뛰어다닐 때 보이는 꼬리만으로 이 강아지를 알고 있어.

어머나, 비가 오기 시작하는구나. 사람들이 모조리 우산 밑으로 숨어버렸어. 그 밑에 흔들리는 비옷과 가끔 누군가의 모자 뒤끝이 보일 뿐이야. 이젠 내려다봐도 별것이 없어.

차츰 지나가는 여자들이 누구인지 첫눈에 알아볼 수 있게 됐어. 감자를 가득 이고 있고, 아니면 뒤꿈치가 닳아빠진 구두를 신고, 또는 가방을 들고 있는 여자. 그 여자들의 얼굴은 어두울 때도 있고, 명랑할 때도 있지만, 그것은 아마 남편의 기분에 달린 거겠지.

안네.

1942년 12월 22일(화)

키티,

'은신처'의 거주자는 크리스마스에 한 사람 당 4분의 1파운드의 버터를 특별 배급받을 수 있다는 반가운 뉴스를 들었어. 신문에는 반 파운드라고 하지만, 이것은 정부에서 배급 전표를 받을 수 있는 행복스러운 사람들의 일이고, 우리 유대인은 모두 여덟 명으로 넉 장의 암거래 전표밖에 없으니, 한 사람 당 4분의 1파운드밖에 안 되는 셈이지. 우리는 저마다 버터를 무엇에든 유용하게 쓰려고 고민 중이야. 오늘 아침에 비스킷과 케이크 두 개를 만들었어. 위층에선 모두 바쁜 듯이 수선을 피우고 있어. 엄마는 나에게 청소가 끝날 때까지 3층에서 공부를 하고 있으라고 하셨어.

판 단 아주머니는 갈비뼈를 다쳐서 온종일 끙끙 앓으면서 누워 계셔. 아무리 붕대를 갈아 대어주고. 간호를 해주어도 불평만 하고 말이야. 아주머니가 빨리 다 나아서 크리스마스 준비를 할 수 있게 되었으면 좋겠어. 이건 진심이야. 아주머니는 사실 보기 드물게 부지런하고 깔끔하고 또 쾌활한 분이야.

뒤셀 씨는 내가 움직이기만 하면 언제나 쉬쉬 소리를 하는데 요즘은 낮뿐만 아니라 밤에도 쉬쉬 소리를 연발해. 침대에서 돌아누울 수도 없어. 다음부터는 나도 뒤셀 씨에게 쉬쉬 소리를 해주어야 겠어.

아침 일찍, 더구나 일요일에 뒤셀 씨가 체조를 하려고 전등을 켜면 화가 나서 견딜 수가 없어. 체조는 몇 시간이나 걸리는 것같이 지루하게 느껴져. 그러고 있으면 침대가 작아서 덧대어놓은 침대 머리맡의 의자가 줄곧 이리저리 끌려다니곤 해. 마지막엔 근육을 부드럽게 한다고 팔을 두세 번 힘차게 흔들고는 옷을 찾으려고 이리저리 돌아다닌단다. 이제 끝났나 싶으면 이번에는 테이블 위에

둔 넥타이를 집으려고 또 의자를 밀어내거나 부딪히지.

하지만 노인들 이야기는 이제 그만두겠어. 이야기한다 해도 더 나아질 것도 없고, 그래서 여러 가지 보복 계획(불을 끈다든가, 문을 연다든가, 옷을 감춘다든가 하는 것 등)도 세워보았지만 평화를 유지하기 위해서 포기했어.

이제 나도 퍽 얌전해지는 것 같아. 이곳에 있는 한 어른들에게 복종하고 입을 다물고 집안일을 돕고 얌전히 있고 고집을 피우지 않고 모든 것을 이성에 호소해야 해. 그 밖의 모든 것에 너무 급히 머리를 써버려서 전쟁이 끝나면 머릿속이 텅 비어버리지나 않을까 걱정이야.

안네.

1943년 1월 13일(수)

키티,

오늘 아침에는 또 마음이 산란해서 아무것도 제대로 할 수 없었단다.

바깥 세상은 온통 공포와 불안에 차 있어. 밤이나 낮이나 비참한 유대인들이 가방 하나와 돈 몇 푼밖에 지니지 못한 채 끌려다닌단다. 도중에서 그들은 이런 소지품마저 빼앗긴다는 거야. 남자, 여자, 아이들은 따로따로 나뉘어 가족은 산산이 흩어지고 말아. 아이들이 학교에서 돌아와 보면 부모는 간 곳이 없고, 여자가 시장에 갔다 돌아와 보면 집에 못이 쳐져 있고 가족은 온데간데없다는군.

네덜란드 사람들도 자기 자식들이 독일로 끌려가지나 않을까 하고 걱정하고 있지. 이렇게 모두 공포에 사로잡혀 있어.

매일 밤 몇백 대의 비행기가 네덜란드 상공을 지나서 독일의 도시를 폭격하러 가고, 그 도시들은 폭탄 세례로 뒤집혀버리게 마련이야. 소련과 아프리카에서는 매시간 몇백 몇천이나 되는 사람들이 죽어가고 있어. 아무도 이것을 피할 도리는 없지. 온 세계가 전쟁에 휩쓸려가고 있다고. 전황은 연합군 측에 이롭게 되어가고 있지만 아직 언제 끝날지는 예측할 수 없어.

우리는 운이 좋아. 몇백만이란 사람들보다는 확실히 운이 좋지. 여기는 조용하고 안전해. 우리는 말하자면 돈으로 살고 있는 셈이야. 우리는 다른 사람들을 돕기 위해 한푼이라도 아끼고, 전쟁의 파괴를 피한 이들을 돕기 위해 절약해야 할 텐데, '전쟁이 끝난 후'에 새로운 옷과 구두를 마련해야겠다고 생각할 만큼 이기적이야.

이 근처에 뛰노는 아이들은 얇은 셔츠를 입고 나막신을 신었을 뿐 윗도리도, 모자도, 양말도 없어. 그애들을 도와줄 사람도 없어. 그애들은 허기에 지치면 공복감을 채우려고 오래된 당근을 질겅질겅 씹어대. 그리고 추운 자기 집에서 나와서 추운 거리를 지나 학교에 가면 한층 더 추운 교실만 그들을 기다리고 있을 뿐이야.

네덜란드 사람들의 생활도 점점 어려워져서 헤아릴 수 없이 많은 아이들이 지나가는 사람들에게 매달려 빵 한 조각을 구걸하고 있어. 전쟁이 가져온 불행에 대해 몇 시간이라도 얘기할 수가 있지만, 그것은 나를 한층 더 비참한 심정으로 만들 뿐이야. 우리는 불행이 끝날 때까지 참고 기다리는 수밖에 없어. 유대인도 기독교인도 기다리고 있어. 아니, 온 세계가 기다리고 있어. 하지만 눈앞의 죽음을 기다리고 있는 사람도 많아.

안녕.

1943년 1월 30일(토)

키티,

지금은 화가 치밀어 속이 끓고 있어. 그렇다고 겉으로 드러내면 안 되지. 엄마는 단단한 활줄로 내 몸을 겨냥해 힘껏 잡아당긴 화살처럼 계속해서 심한 말을 퍼붓고, 비웃는 얼굴로 악담과 비난을 내뱉기 때문에 울면서 발을 동동 구르고 달려들고 싶어. 언니에게나 판 단 씨나 뒤셀 씨, 아빠에게까지 "제발 나를 내버려둬요. 하룻밤쯤은 눈물로 베개를 적시지 않게, 머리가 아프고 눈이 붓지 않게 해줘요. 그런 일은 전부 잊게 해주세요" 하고 부르짖고 싶어. 하지만 그렇게 할 수는 없어. 그들에게 나의 절망적인 심정을 알려서는 안 돼. 나의 고통을 보여주어서는 안 된다고. 나는 그들의 동정과 선의의 농담을 참을 수 없어. 동정받거나 농담을 들으면 더 날카롭게 소리를 지르고 싶어.

가만히 있으면 우습다고 놀려대고, 말대답을 하면 건방지다고 해. 좋은 생각이 떠오르면 능청맞은 거고, 피곤하다면 게으르다고 하지. 조금만 더 먹으면 욕심쟁이고. 그 밖에도 멍청이고 겁쟁이고 간사하고 등등 다 말하기도 부족해.

하루종일 내가 듣는 소리는 미운 갓난아기라는 거야. 그런 말을 들어도 웃어버리고 말지만 사실은 그런 체할 수 없어. 하나님께 나에게 다른 성격을 주셔서 남을 도울 수 있게 해달라고 빌기도 하지만 소용없지. 나도 타고난 성격이 있고 그것이 나쁘기만 할 리는 없을 거야. 나는 그들이 감히 짐작도 못할 정도로, 모든 사람을 기쁘게 하려고 온 힘을 기울이고 있어. 모든 것을 웃어넘기는 이유는 그들에게 내가 괴로워하는 모습을 보여주고 싶지 않기 때문이야. 이유 없이 부당한 꾸중을 듣고 나서 몇 번 엄마에게 "뭐라 해도 좋아요. 그냥 내버려두세요. 어쨌든 난 희망 없는 애잖아요" 하며 발끈해서 대든 적이 있어. 그럴 때면 한 이틀 정도는 버르장머리 없는 애라며 본 체도 안 하시다가 곧 잊고 다시 다른 사람들과 마찬가지로 대해주시지. 하지만 하루는 얌전히 굴다가도 다음날이면 다시 아주 말괄량이가 되어버린다는 건 있을 수 없는 일이잖아. 난 중간 정도의 태도를 지키려고 해. (사실 그렇지도 않지만) 내 생각을 마음속에 간직해둬. 그리고 단 한번이라도 그들이 나를 대하듯 그들에게 거만하게 굴어보고 싶어. 정말 그래봤으면!

안네.

1943년 2월 5일(금)

키티,

그동안 우리의 불화에 대해서 쓰지 않았지만 사정은 지금도 역시 마찬가지야. 뒤셀 씨는 처음에 우리가 예사로 아옹다옹하는 것을 보고 놀랐지만 요즘은 면역이 될 만큼 익숙해지셨어.

언니와 페터는 이제 '어린애'들이 아니야. 모두 자기들의 분수를 알고 점잖아졌어. 그래서 어른들은 그들과 나를 비교하면서 "너는 언니나 페터가 하는 걸 모르니? 너도 좀 닮아봐라" 하고 나를 나무라서.

천만에, 나는 조금도 언니처럼 되고 싶지 않아요. 언니는 너무 수동적이라서 무슨 말을 들어도 화를 낼 줄 모르고 남이 시키는 대로 고분고분하지만 나는 그보다 더 강한 성격을 갖고 싶어요! 그렇지만 이렇게 항변할 수는 없어. 내가 그런 말을 하면 억지로 자기 태도를 변명한다고 모두 나를 비웃을 거야.

식사 때의 분위기는 어색하게 마련이야. 다행히 '수프 손님'이 동석하고 있을 땐 잠잠해. '수프 손님'이란 가끔 점심을 대접받는 사무실 직원들이야.

오늘 점심때, 판 단 아저씨는 언니가 음식을 조금씩밖에 먹지 않는다고 농담을 했어.

"너, 마르고 싶어서 그러는구나?" 하고 말했더니, 항상 언니 편을 드는 엄마가 큰 소리로, "그런 쓸데없는 소리 말아요" 하고 소리치셨어. 아저씨는 그만 무안해져서 얼굴을 붉히고 아무 소리도 하지 않으셨어.

그 밖에 우스운 일이 곧잘 생긴단다.

며칠 전에 판 단 아주머니는 자기가 아버지와 사이가 퍽 좋았으며 바람둥이였다고 이야기하고는 점점 신이 나서,

"그래서 말예요, 남자가 너무 적극적으로 나오면 아버지는 언제나 나에게 '얘야, 그런 때는 그 남자한테, 아무개 씨 제가 숙녀란 걸 잊지 말아주세요, 라고 말해야 한다. 그러면 그 남자는 네 말을 알아들을 거다' 하고 가르쳐주셨어요."

우리는 이 이야기를 듣고 참다 못해 웃음을 터뜨렸어.

패터는 언제나 조용하지만, 가끔 우리를 웃겨줘. 그는 외국어에
열심이지만, 어떤 때는 뜻도 모르고 사용하는 수가 있어. 어제 오후
에 사무실에 손님이 찾아와서 화장실의 물탱크를 쓸 수가 없었어.
그런데 그는 참지를 못하고 용변을 보고 나서 대신 화장실 문에
'S.V.P 가스'라고 써 붙여놓았다니까. 물론 '가스 조심'이란 뜻을 아
는 체하느라고 그랬던 거야.

그런데 사실 S.V.P는 프랑스어로 '부탁합니다'란 뜻이거든.

안네.

1943년 2월 27일(토)

키티,

아빠는 곧 연합군의 상륙 작전이 시작될 거라고 말씀하셔. 처칠
은 폐렴에 걸렸지만 호전되고 있고, 자유를 사랑하는 인도의 간디
는 몇십 번째의 단식을 계속하고 있대.

판 단 아주머니는 운명론자라고 자칭하며 태연한 체하지만 총
소리가 들릴 때마다 제일 겁을 내는 것은 누구일까?

헨크는 신부님이 신도에게 보낸 편지 사본을 가져다주었어. 그
편지는 아주 훌륭하고 고무적인 거야.

"네덜란드의 국민들이여, 쉬지 맙시다. 국가와 국민과 종교를
해방하기 위해서 모두 싸우고 있습니다."

"서로 돕고 자비를 베푸시오. 그리고 실망해서는 안 됩니다."

이런 따위의 말은 그들이 언제나 교회에서 설교하고 있는 말이
야. 그것이 도움이 될 수 있을까? 사실 우리와 같은 종교를 가진 사

람에겐 아무 도움도 되지 않아.

그리고 네가 상상할 수도 없는 엄청난 일이 일어날 뻔했어. 이 건물의 소유자가 우리의 은신처를 클라레르 씨나 코프하이스 씨에게 아무 말도 않고 팔아버린 거야! 어느 날 아침, 새로운 소유자가 건축가를 데리고 집을 살펴보러 왔어. 다행히 코프하이스 씨가 있어서 은신처를 빼놓고 구석구석 안내해주었어. 통로의 문 열쇠를 잊어버리고 왔다고 둘러댔더니, 주인은 그냥 돌아갔대. 주인이 다시 찾아와서 '은신처'를 보고 싶다고 하면 끝장이지만 그렇지 않는 한 염려는 없을 거야.

아빠는 나와 언니를 위해 판매용 색인 카드 상자를 비우고 새로운 카드를 넣어주셨어. 우리가 읽을 책의 제목과 저자를 카드에 써넣는 거야. 나는 이 밖에 외국어 단어를 적어 넣는 조그만 노트를 받았어.

요즘 엄마와의 사이는 전보다 좋아졌지만, 아직 마음을 털어놓을 정도는 되지 않았어. 아빠는 무언지 걱정거리가 생기신 모양인데 예전 그대로의 인자한 아빠야.

새 버터와 마가린이 배급되어서 각자의 접시에 조금씩 담겼어. 판 단 아주머니는 언제나 이런 것을 불공평하게 나누어놓는단다. 아빠는 말다툼이 일어날까 봐 잠자코 계시지만 나는 분해서 참을 수 없어. 이런 사람들에게는 할 말을 해주지 않으면 버릇이 된단 말야.

안네.

1943년 3월 10일(수)

키티,

어젯밤에는 정전이 된 데다가 밤새도록 총소리가 도시 전체를 흔들어댔어. 나는 아직도 총소리나 폭격기에 관련된 공포를 떨쳐버릴 수가 없어. 밤이 되면 나는 아빠의 침대 속으로 기어들어가지. 어린애 같은 짓이라는 건 잘 알고 있지만, 서로의 말소리가 들리지 않을 정도로 고사포 소리가 심해지면 어쩔 도리가 없어. 운명론자인 판 단 아주머니는 울상이 되어 겁에 질린 목소리로, "어머나, 대포를 너무 쏘아대네" 하고 염불처럼 중얼거리셔. 아주머니의 말은 "아유 무서워" 하는 말과 같은 뜻이야.

전등이 꺼진 어둠 속에서 떨고 있는 것보다는 촛불이라도 켜놓으면 한결 견디기 나을 것 같아 아빠에게 촛불을 켜달라고 졸라댔지만, 아빤 위험하다고 내 부탁을 들어주시지 않았어. 그래서 캄캄한 어둠 속에서 부들부들 떨면서 아빠 옆에 붙어 있었어. 그때 갑자기 기관총 소리가 가까운 곳에서 들려왔어. 기관총 소리는 고사포 소리보다 더 살벌하고 무서워. 엄마가 침대에서 벌떡 일어나 아빠의 만류를 뿌리치고 초에 불을 당겼어.

가느다란 불꽃이 어둠을 밀어내면서 초라한 방 안을 밝혀주었지.

"뭐니 뭐니 해도 안네는 전쟁에 익숙한 군인은 아니에요" 하고 엄마가 말씀하셨어. 아빠는 결국 입을 다물고 불꽃만 쳐다보고 계셨어.

너에게 판 단 아주머니가 공포에 떨던 다른 사건을 얘기했는지 모르겠네. 아마 아직 말하지 않았을 거야. '은신처'에서 일어난 일들을 모두 털어놓는 마당에 그 얘기를 빼놓을 수는 없어.

어느 날 밤, 아주머니는 다락방에서 들리는 발소리를 들으셨어. 아주머니는 도둑놈인 줄 알고 크게 놀라서 아저씨를 깨우셨는데, 아저씨가 눈을 떴을 때 들린 것은 도둑놈의 발소리가 아니고 겁 먹은 운명론자의 심장 고동 소리뿐이었지.

"여보, 도둑놈들이 소시지와 콩을 전부 훔쳐갔을 거예요. 그리고 페터는 어떻게 됐을까?" 하고 아주머니는 안달했어.

"설마 페터를 훔쳐가지는 않았겠지. 걱정 말고 나 좀 자게 해 줘" 하고 아저씨는 다시 침대 속으로 기어들어갔어. 그날 밤은 물론 아무 일도 없었지만, 아주머니는 떨기만 하면서 밤을 새웠어.

며칠 후에 판 단 아주머니는 다시 기분 나쁜 소리에 잠이 깨었어. 이번에는 페터가 램프를 들고 다락방으로 달려올라갔대. 도대체 무엇이 달아났을까? 그것은 큰 쥐들의 떼였대. 도둑의 정체를 안 다음, 무쉬를 수문장으로 세웠더니 불청객들은 다시 나타나지 않았어—적어도 그날 밤만은.

그런데 페터가 얼마 전에 묵은 신문을 가지러 다락방으로 올라갔다가 무심코 문에 손을 댄 순간 외마디 소리를 지르며 사다리에서 굴러떨어졌어. 한눈을 팔다가 큰 쥐에게 손가락을 물렸다는 거야. 새파랗게 질려서 우리 있는 곳으로 달려온 그의 파자마에는 점점이 피가 배어 있었어. 쥐를 보기만 해도 몸서리쳐지는데 게다가 물리기까지 했다니—.

안네.

1943년 3월 12일(금)

키티,

너에게 특별히 소개해야 할 사람이 있어. 젊은이들의 옹호자인 엄마란다. 우리에게 버터를 특별 배급해주시고, 무슨 일이 생기면 우리를 변호해주신단다.

병 속에 넣어 말려둔 혀가자미가 상해서 무쉬와 보쉬에게 잔치를 베풀어주었어. 보쉬를 본 적이 없겠지? 보쉬는 우리가 이 은신처로 오기 전부터 이 집에서 창고와 사무실의 쥐를 지키던 고양이야. 보쉬(독일 병정)라는 괴상한 이름이 붙은 데는 특별한 이유가 있단다. 원래 이 집에는 두 마리의 고양이가 있었어. 한 마리는 창고, 다른 한 마리는 다락방의 수문장이었는데 이 두 고양이가 가끔 마주치면 곧 끔찍한 싸움이 벌어지곤 했어. 싸움을 거는 쪽은 언제나 창고의 고양이지만, 이기는 쪽은 다락방 고양이였지. 그래서 창고의 고양이는 보쉬, 다락방 고양이는 토미(영국 병정)라고 이름 지은 거야. 그 후 토미는 없어졌고, 보쉬만이 남아서 우리가 아래층으로 내려가면 반가이 맞아줘.

요즈음 우리는 강낭콩만 먹었기 때문에 그 콩을 보기만 해도 싫증이 날 정도야. 빵도 이제 동이 나버렸어. 아빠는 슬픈 듯한 시선으로 식탁을 둘러보고 침울한 표정이셔. 가엾은 아빠.

나는 이나 보디어 바케르가 지은 《문 두드리는 소리》에 몰두하고 있어. 가정 생활에 대한 이야기가 신선하게 묘사되어 있어. 그렇지만 전쟁이며 작가며 여성 해방에 대해서는, 솔직히 말해서 몰두할 만한 책은 아니야.

독일 본토에 굉장한 공중 폭격이 있었다는 뉴스. 판 단 아저씨는 담배 부족으로 저기압 상태.

깡통 채소를 먹을까 남겨둘까 하고 토론이 벌어졌는데 결국 내가 이겼단다. 내 구두는 스키화 외에는 모두 못 쓰게 되어버렸어. 6플로린 반을 주고 산 샌들은 겨우 일주일밖에 신지 못했어. 미프가 다시 암거래로 사다주겠지.

아빠의 머리는 내가 깎아드리고 있어. 아빠는 내 솜씨가 좋으니까, 전쟁이 끝나도 이발소에는 갈 필요가 없다고 농담을 하셔. 단지 내가 아빠의 귀에 너무 자주 상처를 내지만 않는다면.

안네.

1943년 3월 18일(목)

키티,

터키 참전.

모두 흥분해서 다음 뉴스를 기다리고 있단다.

안네.

1943년 3월 19일(금)

키티,

겨우 1시간 후에 기쁨은 실망으로 변해버렸다. 터키는 아직 참전하지 않았다는 거야. 단지 외무부 장관이 터키는 곧 중립을 포기할 것이라고 말했을 뿐이야. 담 광장〔영국 런던의 왕궁 앞에 있는 광장〕에서 신문팔이가 "터키가 드디어 연합군에 가담했다!"고 외쳤더니 사람들이 아우성을 치며 덤벼들어 신문을 빼앗아갔다는 거야. 그래서 이 기쁜 뉴스가 우리에게 전해진 거야.

5백 길더나 1천 길더〔1길더는 약 1백 원〕짜리 지폐는 통용을 금지한 다고 발표되었어. 그것은 암거래 상인이나 우리같이 불법 지폐를 가지고 있는 사람들을 찾아내기 위한 함정이야. 만약 1천 길더짜리 지폐를 쓰려면 그 지폐의 입수 경로를 정확히 밝혀야만 해. 그리고 세금을 지불할 때에는 가능하지만, 그것도 다음 주까지뿐이란다.

뒤셀 씨는 구식 치료기를 구했어. 곧 내 이〔齒〕를 전부 검사해 주실 거야.

'전 독일의 지도자'가 부상병과 이야기하는 것이 방송되었어. 가련한 느낌이었어. 그들의 문답은 이런 식이었어.

"하인리히 셰펠입니다."

"어디서 부상당했나?"

"스탈린그라드 부근입니다."

"어디를 부상당했나?"

"양쪽 발을 동상으로 절단하고, 왼쪽 팔 관절이 부러졌습니다."

이것은 소름끼치는 꼭두각시 극과 같은 거야. 부상병들은 자기 들이 당한 일에 긍지를 느끼는 것 같았어. 그들이 부상당한 만큼!

어떤 부상병은 총통과 악수할 수 있는 영광에 감격한 나머지 (아직 손이 제대로 남아 있었다면) 말도 제대로 못 하고 있었어.

안네.

도둑 소동

1943년 3월 25일(목)

키티,

어제 저녁 우리 가족들이 한 자리에 모여 이야기를 나누고 있을 때 갑자기 페터가 뛰어들어와서 아빠의 귀에 대고 뭐라고 소곤거리는 거야. 나는 "창고 안에 있는 통이 넘어졌어요", "문 옆에서 누군가가 부스럭거리고 있어요" 하는 말을 들을 수 있었지. 언니도 물론 그런 말을 들었어. 아빠는 페터와 함께 즉시 뛰어나가셨어. 내가 종잇장처럼 새하얗게 질려 어쩔 줄 몰라 하니까 언니가 나를 부둥켜안고 진정시켜주려고 애썼어.

우리는 마음을 죄며 기다렸어. 조금 있으니까 아래층에서 라디오를 듣고 있던 아주머니가 겁에 질린 표정으로 올라오시더라. 아빠가 라디오를 끄고 조용히 위층으로 올라가라고 주의를 주셨던 거야. 너도 한번 상상해봐. 조심해서 살금살금 올라가려 하면 낡은 나무 계단이 삐걱거리는 소린 더욱 크게 울리는 법이야. 5분쯤 후에 아빠와 페터가 나타났어. 그들은 새파랗게 질린 채 자초지종을 들려주었어.

아빠와 페터는 계단 밑에 숨어 있었는데, 처음에는 아무런 소리도 들리지 않았대. 그러더니 별안간 가까이서 탕탕 하고 문 닫히는 소리가 잇달아 들려오더래. 아빠는 단숨에 위층으로 뛰어올라오셨어. 페터가 급히 뒤셀 씨에게 알렸더니, 뒤셀 씨도 허둥지둥 올라오셨어.

우리는 모두 맨발로 살금살금 기어서 판 단 씨네 방으로 올라갔지. 판 단 아저씨는 독감으로 누워 있었기 때문에 우리는 침대에 둘러앉아 아저씨에게 방금 전의 사건을 보고했어.

아저씨가 자꾸 기침을 해서 아주머니와 나는 질겁을 하고 얼른 아저씨 입에 코데인을 부어주었어. 그랬더니 기침은 곧 가라앉았어.

우리는 한참 동안 숨을 죽이고 귀를 기울였지만 인기척은 다시 들리지 않았어. 우리 발소리를 듣고 달아난 모양이야.

그런데 난처한 것은 아래층에 있는 라디오의 다이얼이 영국 방송에 고정되어 있고, 그 둘레에 의자가 놓여 있다는 사실이야. 만약 경비병이 이것을 발견하여 경찰에 알린다면……?

결국 판 단 아저씨가 자리에서 일어나 아빠와 함께 조심조심 아래층으로 내려가셨어. 페터가 만약의 경우에 대처해서 큰 망치를 들고 그 뒤를 따랐고.

여자들은 위층에 남아 불안에 떨면서 기다렸지. 5분쯤 지나니까 남자들이 돌아와 건물 안은 조용할 뿐이라고 말했어.

우리는 수도나 화장실 물을 쓰지 않으려고 조심했지만 흥분과 불안 때문에 잇달아 화장실에 드나들었어. 너도 이런 분위기를 상상해봐.

이런 일이 한번 우리를 놀라게 하면 잇달아 불길한 징조가 나타나는 듯한 기분이 든단다. 첫째, 언제나 나에게 위안을 주는 베스텔토렌의 시계가 울리지 않았어. 둘째, 보센 씨가 평소보다 일찍 퇴근했기 때문에 엘리가 열쇠를 받아서 틀림없이 문을 잠갔을까 하는 점이야. 도둑이 들어온 듯한 소리를 들은 8시쯤부터 10시 반까지 아무 소리도 들리지 않았다는 사실에 다소 안심이 되기는 하지만, 잘 생각해보면 거리에 사람들이 왕래하는 초저녁에 도둑이 문을 비틀어 연다는 것은 불가능한 일이야. 또 옆에 있는 창고의 목수가 아직 일하고 있었으니까 우리가 그를 도둑으로 착각한 것은 아닐지― 이런 경우의 공상은 갖가지 심각한 불안과 황당무계한 유머를 만들어내는 법이거든.

우리는 모두 어젯밤을 뜬눈으로 새웠어. 엄마도, 아빠도, 뒤셀 씨도, 그리고 나도.

아침 일찍 남자들이 밖으로 나가서 바깥문이 잠겨 있는 것을 확인했어. 그리고 출근하는 사무실 손님에게 어젯밤의 미스터리를 자세히 들려주었어. 모두 우리의 이야기를 듣고 웃어넘겼지만, 지난 이야기니까 웃음도 나오지. 그땐 정말 살아 있는 것 같지 않았단 말이야. 엘리만 관심을 가지고 이야기를 열심히 들어주었어.

안네.

1943년 3월 27일(토)

키티,

우리는 속기의 초보를 대강 마스터하고 이제 곧 속도 연습을 할

참이야. 멋지지?

잠깐 나의 '소일거리'에 대한 이야기를 하겠어(이런 단어를 쓰는 것은 한시바삐 이런 은신처 생활이 끝나려면 될 수 있는 한 시간을 바쁘게 보내는 것 외에는 아무 할 일도 없기 때문이야). 나는 신화, 특히 그리스 로마의 신화에 열중하고 있어. 어른들은 이것이 단지 일시적인 흥미일 뿐 아이들이 신화에 열중한다는 말을 들은 적이 없다고 말씀하신단다. 그렇다면 내가 최초의 예외가 되는 셈이야.

판 단 아저씨는 독감으로 고생하고 계셔. 자주 양치질을 하고 목에 빨간 약을 바르고 가슴, 코, 이, 혀 같은 곳에 유칼립터스 기름을 바르고, 그러고도 안절부절못하셔.

독일의 거물급 인사인 라우터가 다음과 같은 담화를 발표했대.

"유대인은 4월 1일 이내로 독일 점령 지역 안에서 말끔히 청소된다. 4월 1일부터 5월 1일까지는 위트레히트 지방을 청소하고(유대인은 마치 휴지 조각이기나 한 것처럼) 5월 1일부터 7월 1일까지는 전 네덜란드 지방을 청소한다."

여기에 걸린 가련한 유대인들은 병든 가축들처럼 도살장으로 끌려가게 마련이야. 아, 이런 악몽 같은 이야기는 그만두겠어.

약간 유쾌한 뉴스는 독일 노동성 건물이 폭동으로 불타고, 그 며칠 후에는 등기소가 같은 방식으로 불탔다는 거야. 독일 경찰의 제복을 입은 사람이 수위의 눈을 속이고 건물 안으로 들어가 중요한 서류에 불을 질렀대.

안네.

1943년 4월 1일(목)

키티,

나는 지금 만우절 장난을 할 기분이 아니야. 오히려 '불행은 결코 혼자서 오지 않는다'는 말을 실감하고 있어. 항상 우리에게 용기를 북돋워주던 코프하이스 씨가 위궤양으로 3주일 정도 누워 계셔야 한다고 해. 엘리는 인플루엔자에 걸렸고, 보센 씨는 내주에 입원하기로 되어 있어. 십이지장궤양인 것 같대.

다음은 상업상의 회의에 대한 것인데 중요한 점에 대해서는 아빠가 코프하이스 씨와 자세히 의논하셨지만, 클라레르 씨와는 이야기할 시간이 없었어. 아래층 사무실에서 회의가 열리자, 아빠는 회의 결과가 걱정되셔서 방 안을 서성거리며 초조해하셨어.

"내가 회의에 참석할 수만 있다면, 내가 아래층에 내려갈 수만 있다면……" 하고 안절부절못하시기에 "마룻바닥에 귀를 대면 모두 들릴 거예요" 하고 내가 말했더니, 아빠는 갑자기 얼굴이 밝아지시며 나의 힌트를 반가워하셨어.

아빠는 언니와 함께(혼자보다는 둘이 듣는 것이 더 낫겠지!) 마룻바닥에 귀를 대고 아래층 이야기를 엿들으셨어. 회의는 오전 중에 끝나지 않았어. 아빠는 너무 오랫동안 몸을 쭈그리고 계셨기 때문에 몸의 한쪽에 신경통이 생겨 기권하고, 오후에 다시 회의가 시작되었을 때는 내가 아빠 대신 언니와 마룻바닥에 귀를 대고 소리를 들었어. 이야기는 나에게 무척 까다롭고 지루해서 나도 모르는 사이에 리놀륨 바닥에 쪼그린 채 잠이 들고 말았어. 언니는 아래층에 있는 사람들에게 들리지 않도록 나를 가만히 놓아두었어. 반 시간쯤 잔 다음 눈을 떴을 때 나는 그 소중한 이야기를 모조리 놓쳐버린 것을 깨달았어. 그러나 언니는 의무를 충실히 다해주었어.

안네.

1943년 4월 2일(금)

키티, 난 또 내 이름을 더럽힌 듯해. 어젯밤 아빠가 함께 기도하고 밤 인사를 하러 오시기를 기다리는데 엄마가 오시더니 침대에 걸터앉아 "안네, 아빠는 아직 못 오시니까 오늘밤엔 나하고 기도할까?" 하고 다정하게 물으셨어.

"싫어요, 엄마"라고 대답해버렸더니 엄마는 벌떡 일어나 침대 옆에서 잠깐 망설이다가 천천히 문 쪽으로 가셨어. 그러곤 찌푸린 얼굴로 나를 쳐다보며 "안네, 난 화내고 속썩이고 싶지 않다. 억지로 사랑할 수는 없으니까" 하고 말씀하셨어. 방에서 나가실 때 엄마 눈에는 눈물이 글썽거리시더라.

난 곧 엄마를 쫓아낸 걸 후회하면서 그대로 자리에 누워 있었어. 하지만 달리 뭐라고 대답할 수 있었겠어? 어쩔 수 없는 일이지. 그래도 엄마한테 미안하다는 생각이 들었어. 냉정하게 구는 나를 안타까워하시는 엄마 모습은 처음 봤거든. 억지로 사랑할 수 없다고 말씀하실 때의 슬픈 표정을 보았어. 사실 나를 멀리 한 건 엄마 자신이니까. 엄마의 분별없는 말이나 내가 듣기엔 전혀 우습지 않은 노골적인 농담으로 엄마는 나를 애정에 무감각하게 만들었어. 내가 엄마의 지나친 말에 움츠러들듯이 나와 엄마 사이에 애정이 없다는 것을 깨달았을 때 엄마의 마음도 움츠러들었나 봐.

엄마는 밤새 못 주무셨어. 아빠는 내 얼굴을 안 보려고 애쓰시다가 눈길이라도 마주치면 "얘, 어쩜 그렇게 쌀쌀하냐, 엄마를 괴롭혀서야 되겠니" 하는 듯한 눈빛을 보내셨어.

엄마 아빠는 내가 사과하기를 바라서. 하지만 난 사실대로 말한 거고, 엄마도 어차피 알게 될 거였으니까. 난 엄마의 눈물에도 아빠의 표정에도 무관심해. 왜냐하면, 이제야 그들은 내가 느꼈던 것을 모두 눈치채고 있었으니까. 이제 와서 내가 엄마를 상대할 수 있는 개성을 가진 애라는 걸 깨달은 엄마가 불쌍할 뿐이지. 난 나 자신을 위해서는 말없이 초연한 태도를 지켜야 해. 그러나 진실을 말하는 데 더 주저하지는 않을 거야. 그대로 있으면 나중엔 엄마 아빠의 놀라움이 더 클 테니까.

안네.

1943년 4월 27일(화)

키티,

집 안은 온통 불화에 차 있단다. 엄마와 나, 판 단 씨 가족과 아빠, 엄마와 판 단 아주머니, 이렇게 서로들 맞서고 있어. 어때, 굉장한 분위기 아니야?

보센 씨는 이미 빈네하스트피스 병원에 입원했어. 코프하이스 씨는 위출혈이 예상보다 빨리 멎어서 사무실에 나오게 되셨어. 코프하이스 씨는 등기소 화재 때 소방대원이 불을 껐을 뿐만 아니라, 부근 일대를 온통 침수시켰다고 알려주셨어. 멋지지?

칼튼 호텔이 산산이 부서져버렸어. 폭탄을 가득 실은 영국 비행기 두 대가 이 독일군 장교 클럽에 추락했거든. 비젤 가와 징겔 가의 모퉁이가 모조리 폭파되었어.

독일 대도시에 대한 연합군의 폭격은 나날이 심해지고 있어. 매일 밤 비행기 소리가 지축을 흔들어대서 나는 수면 부족으로 눈 언저리에 검은 테두리가 생겼어.

우리의 식사는 비참할 지경이야. 아침에는 말라빠진 빵과 커피뿐이고, 저녁에는 두 주일 동안 시금치와 상추만으로 만족해야 해. 감자에서는 썩은 냄새가 나.

—마르고 싶은 사람은 누구든지 은신처로 오세요.

판 단 씨 가족은 몹시 불평을 늘어놓고 있지만 우리는 아직 참을 만해.

1940년에 출전한 사람이나 동원되었던 사람들은 포로로서 일하기 위해 소집되었어. 연합군의 상륙 작전에 대비하기 위한 것인 것 같아.

안네.

1943년 5월 1일(토)

키티,

이곳에서는 우리 생활을 되돌아볼 때마다 피신하지 못한 다른 유대인들에 비하면 우리는 낙원에 살고 있는 것이라는 생각이 들어. 그렇다 해도, 평상시에 항상 깔끔하게 살던 우리가 이토록 형편없는 생활에 젖어버리고 말았는가 하고 스스로 놀랄 정도야. 이것은 예의나 생활 습관에 무관심해졌다는 뜻이야.

예를 들면 이곳에 온 이후 죽 사용한 테이블보가 오랫동안 써서 아주 낡고 더러워졌지. 가끔 걸레로 닦아보았지만 역시 더럽기는 마찬가지야. 판 단 씨 부부는 겨울 내내 플란넬 이불 한 장으로 지냈어. 배급 나오는 비누가 적고 질도 나빠서 세탁할 수 없기 때문이야. 아빠의 바지는 낡아서 너덜너덜하고 넥타이도 볼품없게 되었어. 엄마의 코르셋은 찢어졌는데 너무 낡아서 고칠 수도 없어. 언니는 사이즈가 작은 브래지어를 아직도 사용하고 있어.

엄마와 언니는 둘이서 세 벌의 내의를 번갈아 가며 입어왔어. 내 내의도 이젠 너무 작아서 배꼽까지밖엔 내려가지 않아.

이런 정도는 어떻게든 견뎌 나갈 수 있을 거야. 그렇지만 혼자 이렇게 자문해볼 때도 있어.

"이런 낡아빠진 것들, 가령 나의 팬티에서부터 아빠의 면도기 브러시까지 모두가 전쟁 전의 상태로 쉽게 복귀될 수 있을까?" 하고.

어젯밤에는 대포 소리가 너무 심하게 울려서 나는 네 번씩이나 내 짐을 꾸려놓았어. 피난갈 때에 대비해서 제일 귀중한 것들을 슈트 케이스에 챙겨놓은 거지. 엄마가 이것을 보시고, "넌 또 어디로 피난갈 생각이야?" 하고 물으셨단다.

네덜란드 전국 각지에서 벌어지고 있는 파업 때문에 아우성이야. 계엄령이 선포되고 버터 배급권이 줄어들었어. 아, 정말 지긋지긋한 독일 사람들이야!

안네.

1943년 5월 18일(화)

키티,

독일과 영국 비행기의 굉장한 공중전을 지켜보았단다. 불행히도 연합군의 비행사 두 사람은 불붙는 비행기에서 낙하산으로 뛰어내렸어.

할프베크에 사는 우유 장수가 4명의 캐나다 병정이 길가에 앉아 있는 것 보았대. 그 중 한 사람은 네덜란드 말이 능숙하더래. 그는 우유 장수에게서 담뱃불을 빌려 불을 붙인 다음, 비행사는 여섯 명이었는데 조종사는 타 죽고 다른 한 사람은 어디론가 숨었다고 얘기하더래. 독일 경찰이 나타나서 그들을 끌고 갔대. 낙하산으로 뛰어내렸는데 어떻게 그렇게 상처 하나 없는지 이상하지 않니?

요즘 날씨는 따뜻하지만, 채소 껍질과 쓰레기를 태워버리기 위해 하루 걸러 불을 때야 해. 창고지기 소년 때문에 쓰레기통에는 쓰레기를 버릴 수 없어. 조금만 부주의해도 꼬리가 잡히는 판이니. 올해 학위를 받으려는 학생과 공부를 계속하려는 학생들은 독일에 동조하고 독일의 새로운 질서를 승인한다는 각서에 서명할 것을 강요당하고 있어. 80퍼센트의 학생은 그들의 양심과 신념을 배반할 수 없다고 거절했지만, 그 결과는 정해진 것이었어. 서명 안 한 학생은 모조리 독일의 노동 캠프로 끌려가게 마련이야. 그들이 모두 독일에서 중노동을 하게 된다면 이 나라에는 젊은이들이 몇 사람이나 남게 되겠니?

밤에는 대포 소리가 심하게 들려와서 엄마가 창문을 닫으셨어. 나는 아빠의 침대로 기어들었어. 그때 판 단 아주머니가 보쉬에게 물리기라도 한 듯이 별안간 침대에서 뛰어 일어나는 소리가 들렸어. 그리고 곧이어 탕 하는 소리가 났어. 마치 폭탄이 떨어진 듯한 소리였어. 나는 소스라쳐 놀라 "불, 불을 켜요!" 하고 소리쳤어. 아빠가 재빨리 스위치를 올렸어. 나는 이 짧은 순간에 방이 불타버리지나 않나 하고 놀랐던 거야. 대체 무슨 일이 일어났는가 하고 우리는 위층으로 뛰어올라갔어.

판 단 아저씨와 아주머니는 열린 창문 너머로 붉게 타오르는 불덩이 같은 걸 보았다고 말했어. 아저씨는 근방에 불이 났다고 했고, 아주머니는 바로 이 집에 불이 났다고 겁을 먹었던 거야. 탕 하는 소리가 났을 때는 아주머니는 벌써 벽에 붙어 벌벌 떨고 있었어. 그러나 결국 아무 일도 없었어. 모두 다시 침대로 돌아갔지.

그런지 얼마 되지도 않아서 또 대포 소리가 울리기 시작했어. 아주머니는 곧 막대기처럼 벌떡 일어나 자기 남편과 같이 있는 것조차 불안했는지 아래층에 있는 뒤셀 씨 방으로 내려갔어. 뒤셀 씨는 아주머니를 보고, "아가야, 자 내 침대로 들어온" 하고 말하여 모두 와르르 웃음을 터뜨렸지 뭐니.

이젠 대포 소리도 예사롭게 느껴지고 별로 무섭지 않단다.

안네.

1943년 6월 13일(일)

키티,

아빠가 내 생일을 축하하며 써주신 시가 퍽 훌륭해서 너에게 들려주겠어. 아빠는 언제나 독일어로 시를 쓰시기 때문에 이 시는 언니가 번역해준 거야. 언니의 번역 솜씨가 어떤지는 네가 판단해 봐.
시는 지난해의 사건들을 대강 회고한 다음 이렇게 씌어 있어.

너는 여기서 제일 어리지만 어린애는 아니구나.

그러나 인생은 고된 행로,

우리 모두 너의 선생이 되련다.

우리는 경험했으니 우리를 본받으라.

우리는 옛날부터 살아왔으니 너보다 잘 알고 있다.

나이 먹은 자는 너보다 올바르니 명심하라.

이것은 천지창조 이래의 법칙이다.

자기 허물은 작게 보이는 법,

남의 허물은 크게 보이고, 탓하기 쉬운 법.

부모의 말을 참고 견뎌라.

너의 허물을 이해하고 동정하련다.

자기 허물을 고치는 것은 쓴 약과 같으나, 이를 실천하라.

가정에 평화가 깃들게 하려면, 이를 실천하라.

세월이 가면 괴로움은 끝나리.

너는 독서하고 공부하며 소일하는구나.

누가 이런 색다른 생활에 적응할 수 있을까?

너는 그래도 싫증내지 않고, 우리에게 신선한 공기를 공급해준
다.

너의 넋두리는 이렇다.

도대체 어떤 옷을 입으란 말예요? 옷들은 이제 모두 작아요. 구

두를 신으려면 발가락을 잘라야 해요.

아, 괴롭고 비참할 뿐이에요.

시에는 식량난에 대한 것도 몇 구절 있었지만, 언니가 번역하지 못했기 때문에 생략했어. 어때 근사한 시지?

이 밖에도 많은 선물을 받았어. 그 중에는 내가 좋아하는 그리스 로마의 신화를 다룬 두툼한 책도 있지. 그리고 지금 과자가 적다고 불평할 처지는 못 되잖아? 모두 아끼면서 마지막에야 손을 댔어. 나는 은신처 식구들의 막내로서 분에 넘치는 축하를 받은 거야.

안네.

1943년 6월 15일(화)

키티,

여러 가지 사건이 있었지만 네가 재미없는 넋두리에 싫증이 날 것 같아 간단히 뉴스만 전하겠어.

보센 씨는 십이지장궤양 수술을 받지 못했단다. 의사가 그를 수술대에 눕히고 배를 열어보니 궤양이 아니고 암이었대. 게다가 무척 악화되어 있어서 수술해야 소용없다는 것을 깨달았어. 그래서 의사는 손도 못 대고 다시 봉합하여 3주일 동안 휴양하게 한 다음 퇴원시켰어. 아, 불쌍한 일이야. 문병이라도 가서 위로해드리고 싶지만 밖으로 나갈 수가 없구나. 선량한 보센 씨가 밖의 소식이나 창고에서 들은 사건 따위를 우리에게 들려주지 못하게 된 것도 유감이야. 그는 우리의 훌륭한 협조자였지.

새로운 라디오 한 대를 다음 주에 들여오기로 되어 있단다.

코프하이스 씨가 집에 가지고 있는 조그마한 라디오를 우리의 대형 필립스 라디오와 교환해주기로 했어. 좋은 라디오를 놓치는 것은 섭섭한 일이지만, 은신처에서는 당국의 주의를 끌지 않도록 조심하지 않으면 안 돼. 이제 우리는 숨어 사는 유대인으로서 불법 돈, 암거래로 산 물건 외에 비밀 라디오를 갖게 된 셈이야. 밖의 사정이 악화되면 라디오는 그 독특한 기계음으로 "기운을 내라. 견디어라. 좋은 결과가 곧 올 것이다" 하고 우리의 사기를 북돋워주겠지.

안네.

1943년 7월 11일(일)

키티,

속기 연습은 당분간 중지하기로 했어. 첫째, 다른 학과에 좀 더 시간을 배당하기 위해서이고, 둘째, 시력이 나빠졌기 때문이야. 나는 이제 심한 근시안이 되어 안경을 써야 하는데(훗, 안경을 쓰면 어떤 모양이 될까?) 여기에서는 물론 안경을 살 수 없잖니.

어제는 내가 코프하이스 씨 댁 아주머니와 함께 안경점을 찾아가면 어떨까 하고 엄마가 말씀하셔서, 모두 내 눈 얘기만을 화제로 삼았어. 나는 엄마의 말을 듣자 별안간 다리가 덜덜 떨렸어. 큰일이거든. 너도 생각해봐. 내가 거리로 나간다! 아, 생각만 해도 머리가 아찔해.

처음에 나는 깜짝 놀랐지만 한편 스릴을 느끼기도 했어. 그러나 어른들의 의견은 좀처럼 일치되지 않았어. 미프는 언제든지 나와 같이 나갈 수 있겠지만, 그보다 먼저 모든 위험과 가능성을 신중히 고려해보지 않으면 안 되겠지.

어른들이 의논하고 있는 사이에 나는 슬그머니 벽장에서 잿빛 코트를 꺼내 입어보았어. 코트는 작아서 마치 동생 것을 빌려서 입은 것 같았어.

외출 문제가 어떻게 결정될 것인지 궁금하지만, 영국군이 시실리 섬에 상륙했다는 뉴스가 있어서 아빠는 또 '조기 종전'의 희망을 품게 되었으므로, 결국 외출이 실현되지 않으리라고 생각해.

엘리는 언니와 나에게 종종 사무실 일들을 배당해준단다. 그러면 우리는 어쩐지 대견한 기분이 들어. 엘리에게는 우리가 퍽 도움이 되는 모양이야. 상업상의 서신을 정리하거나 판매 장부를 복사하는 일은 누구라도 할 수 있지만 우리에게는 벅찬 일이야.

미프는 마치 운반용 당나귀처럼 여러 가지 물건을 우리에게 가져다 준단다. 거의 매일같이 채소나 손에 넣을 수 있는 것들을 시장바구니에 담아 자전거로 운반해 와. 우리는 산타클로스의 선물을 기다리는 어린아이들처럼 미프가 책을 가져다주는 토요일을 초조하게 기다리고 있어. 보통 사람들은 이런 곳에 갇혀 있는 우리에게 책이 얼마나 고마운 것인지를 모르겠지. 독서와 공부와 라디오가 우리의 소중한 오락이란다.

안네.

치과의사 뒤셀 선생님

1943년 7월 13일(화)

키티,

어제는 아빠의 허락을 받아 일주일에 두 번, 오후 4시에서 5시 반까지 우리 방에 있는 작은 탁자를 내가 쓰게 해달라고 뒤셀 씨에게 부탁했어. 그보다 더 정중할 수는 없었을 거야.

지금은 매일 2시 반부터 4시까지 뒤셀 씨가 낮잠을 자는 동안에만 쓸 수 있어. 그 외에는 방도, 탁자도 쓸 수가 없어. 우리가 공동으로 쓰는 방에서 뒤셀 씨가 일을 하기 때문에 공부를 할 수 없거든. 때론 아빠도 이 방 탁자에서 일을 하시고.

그러니 내 요구는 정당했고, 매우 정중하기까지 했어. 그런데 이에 대해 학식이 높다는 뒤셀 씨는 "안 돼!"이 한마디뿐이었어. "안 돼!"

넌 어떻게 생각하니? 나는 발끈해서 이유가 뭐냐고 물었어. 뒤셀 씨는 처음부터 비꼬아대더니 나중에는 소리를 질렀어.

"나도 일을 해야 해. 오후가 아니면 일할 시간이 없어. 무슨 일이 있어도 꼭 끝내야 할 일이야. 안 그러면 시작한 의미가 없으니까. 뿐만 아니라 넌 성실하게 공부하지도 않잖아. 뜨개질이나 독서는 일이라고 할 수도 없고. 탁자는 꼭 내가 쓸 거야. 나중에라도 비켜줄 생각은 없어!"

"아저씨, 저도 부지런히 공부해요. 오후에는 공부할 곳도 없구요. 다시 한번 생각해주세요" 하고 부탁했어. 화가 난 안네는 이 말만 하고 그 똑똑한 학자 선생에게 등을 돌리고 완전히 무시해버렸어. 속이 부글부글 끓었지. 그렇게 정중하게 부탁했는데, 이건 너무 무례하잖아. 나 혼자 그렇게 생각하는 게 아니라 정말이라구.

저녁때 아빠에게 이 일을 그대로 얘기하고 어떻게 할까 여쭈어봤어. 이렇게 포기할 수는 없었고, 어떻게든 내가 문제를 해결하고 싶었거든. 아빠는 내가 너무 흥분해 있으니 내일로 미루라고 하셨지만 난 저녁 설거지를 끝내고 나서 뒤셀 씨를 기다렸어. 아빠가 옆방에 계시니 맘이 좀 놓였지.

"아저씨, 그 문제에 대해 다시 한번 얘기해봐요" 하고 말을 꺼내자 뒤셀 씨는 싱글싱글 웃으면서 "언제라도 얘기를 할 생각은 있어. 하지만 그 문제는 끝난 거야" 하고 대답하더군.

뒤셀 씨가 몇 번이나 말을 끊었지만 난 포기하지 않고 계속 얘기했어.

"아저씨가 처음 여기 왔을 때 이 방은 둘이 같이 쓰기로 정했잖아요. 서로 공평하게 시간을 나눈다면, 아저씨가 오전 내내 탁자를 사용하면 전 오후 내내 사용해야 한다고 생각해요. 그렇지만 그렇게까지 하자는 게 아니잖아요. 일주일에 이틀, 그것도 오후에만 양보해주는 게 그렇게 힘든가요?"

뒤셀 씨는 벌에 쏘이기라도 한 듯 의자에서 벌떡 일어나더니 "여기선 그런 권리를 주장할 수 없어. 그럼, 난 어디로 가라고? 판 단 씨에게 부탁해 다락방을 조금 나눠 달라고 할까? 거기 앉을 자 리는 만들 수 있겠지. 하지만 일할 수는 없어. 이런, 너하고 얽히면 늘 문제가 생겨. 마르고트가 그렇게 요구한다면 또 몰라. 마르고트 라면 무슨 이유가 있을 거고, 그랬다면 나도 무턱대고 거절하지는 않아. 너는……" 하면서 정신 없이 떠들어대더군.

그러고는 또다시 신화나 뜨개질은 공부가 아니라는 말을 반복 하며 나를 모독했어. 그래도 끝까지 참고 뒤셀 씨의 말을 들었어.

"너하고는 대화라는 것이 불가능해. 이기적인 데다가 저만 좋 으면 남은 어떻게 되든 상관없지. 너 같은 애는 본 적이 없어. 결국 은 네가 하고 싶은 대로 되겠지. 안 그러면 내가 탁자를 양보해주지 않아서 시험에 떨어졌느니 하는 소리를 듣게 될 테니 말이야!"

이 지독한 소리들은 끝도 없이 계속되어서, 점점 말이 거칠어지 고 알아듣지도 못할 만큼 빨라졌어. 중간에 주먹을 날리고 싶다는 생각이 들었어. 그렇지만 '진정하자, 이 인간에게는 그럴 가치가 없 으니까' 하고 마음을 가라앉혔어.

뒤셀 씨는 드디어 만족했는지 화가 나지만 이겼다는 듯한 표정 으로 나가버리더군. 곧 옆방으로 가서 아빠가 듣지 못하셨을 만한 부분들을 모조리 일러바쳤어. 아빠는 밤에 뒤셀 씨랑 얘기를 해보 겠다고 하셨고. 곧 아빠가 뒤셀 씨를 만나 30분 이상이나 이야기를 하셨어. 먼저 내가 탁자를 쓸 수 있는지 없는지에 대한 것을 얘기하 셨는데, 전에도 말했지만 아이 앞에서 뒤셀 씨가 무안할까 봐 그 의견에 동의했지 공평한 결정은 아니라고 하셨어.

그랬더니 뒤셀 씨는 내가 자기를 뭐든 독점하려는 침입자라고 했다고 씩씩거렸는데, 아빠가 단호하게 잘라 말하셨어. 내가 그런 말을 하지 않았다는 걸 알고 계셨으니까.

아빠는 내가 이기적인 아이가 아니며, 그 공부가 '허섭쓰레기 같은' 것도 아니라고 설명했지. 뒤셀 씨가 계속 투덜거리는 바람에 얘기는 좀처럼 끝나지 않았어.

어쨌거나 뒤셀 씨가 마음을 돌려서 난 일주일에 두 번, 오후에는 탁자를 쓸 수 있게 되었어. 뒤셀 씨는 뚱해져서는 이틀 정도는 내게 말도 걸지 않았어. 유치하지?

쉰넷이나 되었다는데, 그렇게 잘난 척에 마음까지 좁은 걸 보니, 타고 났나 봐. 고칠 수가 없는 거겠지.

안네.

1943년 7월 16일(금)

키티,

또 도둑 소동이 벌어졌어. 이번에는 진짜 도둑이야. 오늘 아침 페터가 여느 때처럼 7시에 창고로 올라갔다가 바로 창고의 문과 거리를 향한 바깥 문이 열려 있는 것을 발견했어. 페터는 곧 아빠에게 알려서 아빠는 전용 사무실에 있는 라디오의 다이얼을 독일 방송에 고정시켜 놓고 위층으로 올라오셨어.

이런 사태가 발생했을 때 우리가 지켜야 할 기본 규칙은 이런 거야. 수도꼭지를 틀지 말 것, 침묵할 것, 용변은 8시까지 마치고 그 이후에는 화장실을 사용하지 말 것 등.

우리가 어젯밤에 깊이 잠이 들어서 아무 소리도 듣지 못한 것이 오히려 다행이야. 도둑이 바깥 문의 자물쇠를 부수고 들어왔다는 것을 11시 반이 지나서 코프하이스 씨에게 들었어. 도둑은 창고 안에는 값진 물건이 없어서 계단을 올라와 사무실로 들어가 40플로린과 우편환 수표 책, 그리고 제일 애석한 것은 150킬로그램의 설탕 배급 카드가 든 손금고를 훔쳐갔어. 코프하이스 씨는 6주일 전에 침입했던 도둑과 같은 패거리일 것이라고 말씀하셨어. 그때는 미수에 그쳤지.

이 소동으로 건물 안이 떠들썩했지만 은신처의 사람들에게는 이런 정도의 흥분이 지루한 생활을 그런 대로 견뎌낼 수 있게 해주는 법이야. 옷장에 넣어둔 타이프라이터와 돈이 무사한 것이 퍽 다행이야.

안네.

1943년 7월 19일(월)

키티,

암스테르담 북부가 일요일에 굉장한 폭격을 받았대. 피해가 막심한 모양이야. 거리는 송두리째 폐허가 되고, 파묻힌 사람들을 구해내려면 상당한 시일이 걸리겠지. 지금까지 2백여 명이 죽고 수많은 사람들이 부상당했대. 병원은 초만원이고.

부모를 찾아 헤매다가 화염에 휩싸인 빈터에서 행방불명이 된 어린애도 있다나 봐!

그때 멀리서 들려오던, 언젠가 우리 머리 위에 떨어질지도 모르는 탁한 비행기의 폭음을 생각하면 지금도 온몸이 조여드는 듯한 기분이란다.

안네.

1943년 7월 23일(금)

키티,

재미있는 유머를 들려줄게. 우리가 다시 바깥 세상으로 나갈 수 있게 될 때의 희망을 각각 소개하겠어.

언니와 판 단 아저씨는 무엇보다도 뜨겁고 물이 철철 넘치는 목욕탕에 들어가 푹 잠겨보겠대. 판 단 아주머니는 즉시 크림 케이크를 먹으러 제과점으로 달려가겠다고 하고, 뒤셀 씨는 그의 부인인 로체 여사를 만날 일에 흥분하고 있고, 엄마는 구수한 커피를, 페터는 영화관을, 그리고 아빠는 보센 씨를 문병 가시겠다고 해.

아, 자유라는 것을 생각만 하고도 가슴이 뿌듯해서 나는 어디로 달려가야 할지 모르겠어. 그러나 우선 내 집, 자유롭게 즐길 수 있는 내 집이 필요할 것이고, 다음은 공부를 계속할 수 있는 학교야.

엘리가 과일을 구입해주기로 했어. 퍽 싸서, 포도가 킬로그램 당 5플로린, 구즈베리가 파운드 당 0.7플로린, 복숭아 한 개에 0.5플로린, 메론이 킬로그램 당 1.5플로린이야.

그렇지만 신문에선 매일 굵직한 활자로 '공정하게 물가를 내려라!'고 우아성이야.

안네.

1943년 7월 26일(월)

키티,

어제는 온통 불안과 흥분의 도가니였어. 흥분의 여운은 아직도 나를 움켜쥐고 있구나. 너는 흥분하지 않는 날이 없다고 하겠지?

어제 아침 식사를 하고 있을 때 최초의 공습 경보가 났지. 그것은 비행기가 해안을 통과했다는 것일 뿐이어서 우리는 아무 관심도 두지 않았어. 나는 머리가 아파 식사를 마치고 한 시간쯤 누워 있다가 아래층으로 내려갔어. 그때가 2시쯤이었지. 언니가 마침 사무실 일을 다 마치고 그것을 정리하기도 전에 두 번째 사이렌 소리가 들려 우리는 황급히 위층으로 올라왔어. 고사포 소리가 들리기 시작했어. 우리는 복도에 나와 서 있었는데, 건물이 와르르 흔들리고 곧이어 굉장한 소리를 내면서 폭탄이 떨어지기 시작했어.

나는 피난용 가방을 가슴에 꽉 부둥켜안았어. 피신해야겠다는 생각보다 무엇이라도 꼭 붙들고 있고 싶은 심정에서였어. 피난간다 한들 달리 갈 곳도 없고, 만일 여기를 벗어나 거리로 나간다 해도 위험하기는 이곳이나 마찬가지니까. 30분쯤 지나자 공습이 끝났지만 집 안의 소란은 가라앉지 않았어. 그동안 페터는 다락방에 있었고, 뒤셀 씨는 큰 사무실에, 판 단 아주머니는 전용 사무실에, 그리고 우리는 좁은 계단참에 쪼그리고 앉아 떨고 있었어. 다락방에서 주위를 지켜보고 있던 판 단 아저씨가 항구 쪽에서 불길이 오른다고 소리쳐서 나도 그곳으로 올라갔어. 이윽고 타는 냄새가 나고 바깥에서 짙은 안개와 같은 연기가 피어 오르는 것이 보이더군. 큰 화재를 구경한다는 건 유쾌한 일이 아니었어. 다행히 우리에 관한 한 모든 것이 끝났기 때문에 각자 자기 일을 시작했지.

저녁 식사 때 또 공습 경보가 났어. 식탁에는 맛있는 음식이 많이 나왔지만, 공습 경보를 들으니 먹고 싶은 생각이 없어졌어. 그러나 별일 없이 45분 후에는 경보 해제가 되었단다.

온종일 설거지를 미뤄두어서 지저분한 접시들이 산더미같이 쌓여 있어. 공습 경보, 포성, 수많은 폭격기……. "아, 하루에 두 번씩은 너무해" 하고 모두 투덜거렸지만, 어쩔 수 없는 일이야. 영국 측에 의하면 이번엔 반대편인 시폴 비행장〔암스테르담의 비행장〕에 폭격이 있었대.

비행기가 원을 그리며 급강하할 때의 쇠를 긁는 듯한 엔진 소리만 들어도 이젠 소름이 끼치는구나.

9시쯤에 침대로 들어갔지만 여전히 다리는 후들후들 떨려왔어. 잠이 들었는가 싶었는데, 12시쯤 되어서 비행기 소리에 눈을 떴어. 뒤셀 씨가 옷을 벗는 중이었어. 이윽고 첫 번째 고사포가 터지자 나는 침대에서 벌떡 뛰어 일어났어. 아빠 침대로 기어들어 두 시간가량 기다렸는데, 비행기 소리는 잇달아 들려왔어. 마침내 포 소리가 멎자, 내 침대로 돌아가 2시 반쯤에 잠들었지.

아침 7시에 나는 깜짝 놀라 잠이 깨었어. 판 단 아저씨와 아빠가 들어와 있어서 도둑이 들어온 줄로만 알았지 뭐야. 판 단 아저씨가 "모조리……" 하고 중얼거리는 것을 듣고, 모조리 도둑맞았다는 뜻인 줄 알았지. 그러나 아마 전쟁이 일어난 후 처음 듣는 반가운 뉴스였어.

'무솔리니가 물러나고, 이탈리아 국왕이 정권을 인계받았다'는 뉴스였어.

우리는 감격해서 눈물을 흘렸어. 어제의 불안과 공포 뒤에 마침내 희망이, 종전의 희망이, 평화와 자유의 희망이 찾아와주었구나!

클라레르 씨가 와서 독일군의 훠커 기(機)들이 파괴되었다고 알려주었어. 오늘도 공습 경보가 울리고 비행기가 머리 위를 날았단다. 나는 이제 경보에 지쳐서 공부할 생각도 나지 않아. 그러나 이탈리아의 정변으로 전쟁이 곧—아마 금년 내로는 끝나리라는 희망이 솟아 오르는구나.

안네.

1943년 7월 29일(목)

키티,

판 단 아주머니와 뒤셀 씨와 나는 설거지를 하고 있었어. 그때 나는 유난히 얌전을 피우고 있었으니 두 사람도 내 의식적인 침묵을 알아챘을 거야.

나는 두 사람의 질문을 피하기 위해 언뜻 《헨리, 나타나다》란 책 이야기를 생각해냈어. 그러나 그것은 잘못이었어. 그 책은 소년의 심리를 잘 묘사한 것으로 예전에 뒤셀 씨가 언니와 나에게 추천한 적이 있었지만, 언니와 나는 신통치 않은 작품이라고 생각하는 책이야.

접시를 닦고 있는 사이에 내가 뒤셀 씨에게 이런 내용의 이야기를 한 것이 바로 사건의 발단이었단다.

"너 같은 아이가 인간의 심리를 알겠니? 그 책은 너에겐 어려운 책이야. 스무 살 난 애라도 거기 써 있는 걸 이해하긴 어려울 거야”
하고 뒤셀 씨는 나를 공박했어(그렇다면 왜 우리에게 읽으라고 권했을
까?). 그러자 이번엔 판 단 아주머니까지 끼여들어, “넌 어린애답지
않게 너무 많이 알고 있어서 탈이야. 가정 교육이 틀렸어. 이제 더
나이를 먹게 되면 아무것도 즐길 수 없게 될 거야. ‘그건 20년 전에
읽었어’ 하고 투덜대겠지. 결혼을 하고 싶거나 연애를 하고 싶으면
서두르는 게 좋을걸. 그렇잖으면 무슨 일이든지 실망하고 말 거야.
넌 이론에 있어선 벌써 어른이야. 모자라는 건 경험뿐이지!”

이 사람들은 걸핏하면 나와 부모 사이를 이간하는 소리만 하는
데, 그것이 그들이 생각하는 이상적인 교육일까? 그리고 나 같은
아이에게 어른들의 얘깃거리만을 일러주는 것 역시 이상적인 교육
일까? 이런 교육 방법이 어떤 결과를 가져오나 하는 것은 나도 알
고 있어.

아아, 나는 이런 사람들하고 하루라도 빨리 헤어지고 싶구나.

아주머니는 너무 좋은 사람이야! 좋은 모범을 보여주지! 아주
형편없는…… 참견 잘하고, 이기적이고, 교활하고, 타산적이고, 결
코 만족할 줄 모르는 걸로 유명하지. 게다가 허영심이 강하고 바람
둥이라는 걸 덧붙여두겠어. 난 아주머니에 대해선 책을 한 권 쓸 수
가 있어.

누구든 겉치레를 할 수는 있어. 아주머니는 모르는 사람, 특히
남자에게는 친절하니까 잠깐의 교제론 좋은 사람으로 인정받을지
몰라. 엄마는 이야기할 가치도 없는 사람이라 생각하고, 언니는 하
찮은 사람으로 치고, 아빠도 문자 그대로 불쾌하기 짝이 없는 여자

라고 말하고 있어. 나는 오랫동안 관찰한 결과―나는 누구에 대해서든 처음부터 결코 편견을 갖지는 않아―그녀는 이 세 가지를 합한 것, 아니 그 이상이라는 결론에 이르렀어.

안네.

추신―이 글을 쓰고 있을 땐 아직 화가 풀리지 않았다는 것을 알아줘.

1943년 8월 3일(화)

키티,

정치 뉴스는 굉장한 것이구나. 이탈리아에서는 파시스트 당이 금지되고 국민들은 각지에서 파시스트와 싸우고 있단다. 육군마저 전투에 참가하고 있어. 이런 나라가 어떻게 영국과 싸울 수 있었을까?

세 번째 공습이 지금 막 끝났어. 나는 이를 악물고 용기를 내려 했어. 제일 겁쟁이인 판 단 아주머니는 "아무리 무서운 종말이라도 끝나지 않은 것보다는 낫지" 하고 스스로 위안하고 있지만, 오늘 아침엔 부들부들 떨며 울기까지 했어. 일주일가량 아주머니와 싸우다가 가까스로 화해한 아저씨가 아주머니를 위로해주었어.

고양이를 기르면 좋은 일도 있지만 좋지 못한 일도 있단다. 보쉬 때문에 벼룩이 더 많아졌어. 코프하이스 씨가 구석구석에 노란 가루를 뿌려주었지만, 도무지 효과가 없는 모양이야. 모두 신경질이 되어 온몸이 근질근질한 것만 같아 견딜 수가 없어. 그래서 우린 자주 팔과 다리를 움직여 체조를 해보지만 얼마 동안 체조를 한 적이 없어서 몸이 굳어져 목도 제대로 돌아가지 않아.

안네.

피신 생활의 여러 가지 일

1943년 8월 4일(수)

키티,

피신 생활을 하게 된 지 벌써 1년이 넘었구나. 너도 우리의 생활을 대강 알겠지만 말하기 거북한 일도 많아. 이야기할 것은 너무 많고 게다가 모든 것이 보통 사람들과는 너무 거리가 먼 것들이지만, 너에게 우리의 생활을 모두 알리기 위해서 이따금 평범한 일상 생활까지 말할 작정이야.

오늘은 저녁때와 밤의 일들부터 시작하겠어.

오후 9시—은신처의 취침 시간이 시작된다. 이것은 하나의 작업처럼 진행된다. 의자를 치우고 침대를 꺼내어 담요를 펴면 낮에 있던 장소에 그대로 있는 것은 하나도 없다. 나는 긴 의자에서 자는데 그것은 1미터 반도 못 되기 때문에 의자를 붙여놓아야 한다. 내가 덮는 얇은 새털 이불과 담요, 베개 등은 낮에 뒤셀 씨의 침대 위에 쌓아놓았다가 가져온다. 옆 방에서 삐걱거리는 소리가 난다. 언니가 접는 침대를 꺼내는 소리다. 이것이 끝나면 담요와 베개를 꺼내는 소리가 들린다. 그리고 우리 머리 위에서는 멀리서 들리는 우렛소리와도 같은 소리가 난다. 판 단 아주머니가 침대를 창가로 끌고 가는 소리다. 핑크색 파자마를 입은 '여왕 폐하'의 우아한 콧구멍을 신성한 공기로 간지럽히기 위해서다!

페터가 목욕을 끝내면 나는 욕실로 가서 목욕을 한다. 가끔 (특히 날씨가 더울 때는) 조그만 벼룩이 물 위에 둥둥 뜬다. 그리고 이를 닦고, 머리를 말고, 매니큐어를 바르고, 얼굴에 난 잔털이 눈에 띄지 않도록 옥시돌을 바른다. 이걸 30분 이내에 해치운다.

9시 반—급히 실내복을 입고 비누, 더운 물을 담은 그릇, 헤어핀, 크림 등을 들고 욕실에서 나오지만, 대개 다시 욕실로 불려가게 마련이다. 다음 사람이 세면기에 묻은 내 머리카락을 보고 깨끗이 치우라고 하기 때문이다.

10시—전등을 끈다. 불을 끈 다음, 적어도 15분 동안은 침대의 삐걱거리는 소리가 들리거나 끊어진 용수철의 '한숨 소리'가 들리지만, 얼마 후면 조용해진다. 위층 사람들도 잠자리에서는 싸우지 않는 모양이다.

11시 반—욕실 문이 삐걱하며 열리고 가느다란 불빛이 방으로 새어든다. 구두 소리, 약간 큰 윗도리를 입은 사람의 그림자. 클라레르 씨의 사무실에서 일을 하고 있던 뒤셀 씨가 돌아온 것이다. 그는 10분 동안 방 안을 오락가락하면서 침대를 꾸민다. 이윽고 그림자가 없어진다. 그 뒤로는 가끔 화장실에서 발소리가 들릴 뿐이다.

새벽 3시—잠에서 깨어나 침대 밑에 놓아둔 요강을 꺼내 소변을 본다. 요강이 새지 않도록 밑에는 고무를 깔아놨다. 소변이 함석 요강에 떨어질 때는 마치 골짜기에 떨어지는 여울물 소리 같아서 나는 언제나 숨을 죽인다. 소변이 끝나면 요강을 제자리에 밀어놓고 하얀 잠옷을 입은 나는 다시 침대 속으로 기어들어간다. 언니는 나의 하얀 잠옷을 싫어한다. 매일 밤 이것을 볼 때마다 "아이, 촌스러운 잠옷이야" 하고 짜증을 낸다.

그리고 15분가량 눈을 뜬 채 가만히 귀를 기울이고 있다―우선 아래층에 도둑놈이 들어오지나 않았나, 그리고 모두 잘 자고 있는가를 알아보기 위해서 옆방, 윗방, 내 방, 차례차례 귀를 기울여 들으면 모두 잘 자고 있는지, 누가 잠 못 이루고 뒤척이는지 알 수 있다.

뒤셀 씨가 자는 모습을 관찰하는 것은 불쾌하기 짝이 없다. 그는 물고기가 뭍에서 헐떡이는 듯한 소리를 낸다. 이렇게 한참 동안 되풀이한 다음 몸을 이리저리 뒤척이거나 베개를 고쳐 베거나 혀를 차거나 입술을 핥거나 하면서 온갖 수선을 다 떤다. 잠깐 동안 조용하구나 싶으면 같은 짓을 다시 되풀이한 다음 그제야 겨우 조용히 잠이 든다.

깊은 밤중에 고사포 소리가 들릴 때도 있다. 그러면 나는 버릇처럼 무의식적으로 침대에서 벌떡 일어난다. 어떤 때는 프랑스어의 불규칙 동사를 외거나 위층 사람들이 싸우는 꿈을 꾸어서 고사포 소리가 들리기 시작한 뒤에도 얼마 동안 깨닫지 못할 때도 있지만, 대개는 금방 눈을 뜨게 마련이다. 나는 급히 실내복을 입고 슬리퍼를 신고, 베개와 손수건을 안고 아빠 방으로 달려간다. 언니는 이 모양을 생일의 시 속에 이렇게 썼다.

한밤중에 최초의 총소리가 울리면,

어머나, 저것 봐요. 문이 삐이걱 하는 소리와 함께

한 소녀가 베개를 끌어안고 들어옵니다.

아빠의 커다란 침대에 기어들면 총소리가 아무리 심해져도 마음이 가라앉는다.

6시 45분—따르릉. 자명종 시계가 울리면 판 단 아주머니가 눌러버린다. 아저씨는 침대에서 일어나 급히 욕실로 간다.

7시 15분—문이 또다시 삐걱 울리면 뒤셀 씨가 욕실로 간다. 나는 등화 관제의 차광막을 뗀다. 그러면 은신처의 새로운 하루가 다시 시작되는 것이다.

안녕.

1943년 8월 5일(목)

키티,

오늘은 점심 시간 이야기를 하겠어.

12시 반—모두 침묵에서 벗어나게 된다. 창고에서 일하는 사람들도 집으로 돌아가고 없기 때문이다. 판 단 아주머니가 하나뿐인 아름다운 양탄자에 진공 청소기를 돌리고 있는 소리가 들린다. 언니는 책을 몇 권 안고 뒤셀 씨가 비꼬는 이른바 '제자리 걸음'인 네덜란드어 공부를 시작하고, 아빠는 언제나 손에서 뗀 일 없는 디킨즈의 책을 가지고 어디론가 조용한 곳으로 물러간다. 엄마는 부지런한 아주머니를 거들러 위층으로 가시고 나는 욕실을 청소하거나 몸단장을 한다.

12시 45분—모두 한층 바쁘게 움직인다. 우선 헨크 판 산턴 씨, 다음에 코프하이스 씨나 클라레르 씨와 엘리가 올라온다. 미프가 올 때도 있다.

1시—소형 라디오 주위에 모여 앉아 영국 BBC 방송을 듣는다. 모두 입을 다물고 조용히 라디오에 귀를 기울인다.

1시 15분—식사 시간. 아래층 사람들은 수프 한 접시나 푸딩을 대접받는다. 산턴 씨는 기분 좋게 긴 의자에 앉거나 테이블에 기대어 있다. 신문, 커피 잔, 고양이가 그 옆에 있게 마련이다. 이 중 하나만 없어도 그는 불만이다. 코프하이스 씨는 우리에게 바깥의 뉴스를 알려준다. 그는 항상 정통한 소식통이다. 클라레르 씨는 위층으로 올라가 문을 노크하고 그때그때의 기분에 따라 활기 있게 이야기를 꺼내거나 입을 다물고 있다.

1시 45분—모두 테이블에서 일어나 제각기 위치로 돌아간다. 언니와 엄마는 설거지를 시작하고, 판 단 씨 부부는 자기들의 긴 의자로, 페터는 다락방으로, 아빠는 아래층 긴 의자로, 뒤셀 씨는 침대로 간다. 나는 이때부터 공부를 시작한다. 모두 낮잠을 자기 때문에 얼마 동안은 하루 중 제일 조용한 시간이다. 뒤셀 씨는 맛있는 음식을 먹는 꿈을 꿀 때가 있는 모양이다. 그것은 그가 자는 얼굴로 알 수 있다. 5시가 되면 뒤셀 씨는 시계를 쳐다보며 내 옆에 서 있는다. 내가 뒤셀 씨에게 테이블을 비워주는 것이 1분이라도 늦어질까 봐이다.

안네.

1943년 8월 9일(월)

키티,

오늘은 계속해서 저녁 식사 때의 모습을 이야기하겠어.

판 단 아저씨—제일 먼저 음식을 나누어 받는데, 자기가 좋아하는 것은 듬뿍 담아간다. 아저씨는 음식을 접시에 받으면서 으레 얘기를 꺼낸다. 무엇이든지 자기 의견만이 제일 가치 있다는 태도로 이야기를 하는데, 누가 반대라도 하면 곧 펄펄 뛰며 덤벼든다. 그때의 모양은 꼭 고양이가 털을 곤두세우고 성낸 모양 같다. 그래서 판 단 아저씨와 토론을 하게 된다면 아마 두 번 다시 되풀이할 생각은 하지 않게 될 것이다. 그는 자기가 제일 훌륭한 의견을 가졌으며 무슨 일이든 제일 잘 알고 있다고 생각한다.

판 단 아주머니—아예 노 코멘트 할 수밖에 없다. 더구나 기분 좋지 않을 때는 얼굴을 쳐다봐서도 안 된다. 어떤 말다툼이든 잘 검토해보면 아주머니가 언제나 잘못이다. 아무도 말다툼은 하고 싶지 않지만, 아주머니가 부채질을 하는 셈이다. 아주머니는 남의 싸움에 흥미를 갖고 있다. 하지만, 언니와 아빠에게 싸움 붙인다는 것은 그리 간단하지 않을 것이다.

식탁의 세 번째 친구 페터—항상 입을 다물고 있기 때문에 별로 남의 주의를 끌지 않는다. 그러나 식욕은 극히 왕성하여 잔뜩 먹고 나서는 두 사람분은 먹었다면서 조용히 물러난다.

네 번째 언니—생쥐처럼 오물오물 소리 없이 먹고 또 말도 없다. 먹는 것은 채소와 과일뿐이다. '버릇이 나쁘다'는 것이 판 단 부부의 판단이고, '신선한 공기와 운동이 모자란다'는 것이 우리의 의견이다.

언니 옆의 엄마—식욕도 좋고 얘기도 잘한다. 엄마에게서는 아무도 판 단 아주머니와 같은 인상은 받지 않는다. 꼭 현모양처 타입이다. 아주머니는 식사 준비를 맡고, 엄마는 설거지를 맡고 있다.

여섯 번째와 일곱 번째, 나와 아빠—길게 이야기하지 않겠다. 아빠는 제일 사양하시는 편이어서 우선 음식이 고루 돌아갔나를 살피고 좋은 것은 우리에게 먹이려고 애를 쓰신다. 아빠는 훌륭한 모범가다. 아빠 옆에는 피신처에서 가장 신경질적인 사나이가 앉아 있다.

뒤셀 씨—식사 시간에는 한눈도 팔지 않고 말도 없이 먹기만 한다. 대식가여서 "아니, 이제 됐습니다" 하는 말은 좀처럼 들을 수 없다. 가슴까지 오는 긴 바지, 붉은 윗도리, 검은 침실용 슬리퍼, 굵은 테 안경—이것이 식사를 할 때거나 여느 때거나 한결같이 볼 수 있는 그의 모습이다. 뒤셀 씨는 오후 낮잠 잘 때, 식사할 때, 그리고 좋아하는 장소인 화장실에 있는 시간을 제외하고는 언제나 일을 하고 있다. 하루에도 서너 번은 꼭 화장실 문 앞에서 참을 수 없이 발을 구르고 기다리는 사람이 있게 마련이다. 그래도 그는 만사태평이다. 아침 7시 15분부터 반까지, 낮 12시 반부터 1시까지, 2시에서 2시 15분까지, 4시 반부터 4시 46분까지, 6시부터 6시 15분까지, 11시 반부터 12시까지—이것이 그가 화장실에 가는 정해진 시간이다. 그는 누가 더 참을 수 없으니 어서 나와달라고 밖에서 부탁을 해도 결코 도중에 나와주지 않는다.

아홉 번째 엘리—은신처 사람은 아니지만, 빼놓을 수 없는 동료다. 그녀는 잘 먹는다. 음식을 가지리 않고 뭐든지 말끔히 먹는다. 쾌활하고 온순하고 붙임성이 있다는 것―이것이 그녀의 특징이다.

안네.

1943년 8월 10일(화)

키티,

멋진 생각이 떠올랐어.

이제부터 식사 때는 아무 말도 하지 않고 혼자 마음속으로 자신과 이야기하기로 결정했어.

이것은 두 가지 이유 때문이야. 첫째 내가 입을 다물고 있는 것을 모두 좋아해. 둘째는 남의 의견에 시달릴 염려가 없어. 나는 그렇게 생각지는 않지만, 다른 사람들은 나의 의견이 설익은 것이라고 생각하는 모양이야. 그러므로 차라리 잠자코 있는 편이 낫겠어. 나는 싫어하는 음식을 먹어야 할 때도 같은 방법을 쓰지. 접시를 내 앞에 놓고 퍽 맛이 있는 것처럼 야금거리며 딴전을 피우면 어느 틈에 그것은 없어지고 말아.

아침에 일어날 때도 불쾌한 과정을 겪어야 한단다. 졸린 눈을 비비면서 용기를 내어 벌떡 일어나 창가로 가서 커튼을 걷고 창문 틈으로 신선한 공기를 마시면 그제야 정신이 들어. 다시 침대로 기어들지 않도록 빨리 침대를 치워야 해. 엄마가 이것을 뭐라고 부르시는지 알아? '생활의 예술'이라나. 우스꽝스런 표현이지.

지난 주일부터 시간을 알 수 없어 답답해. 우리가 사랑하는 베스텔토렌의 시계가 전쟁용으로 징발되었기 때문에 밤이나 낮이나 정확한 시간을 알 수 없어. 그러나 곧 대용품(주석이나 구리 같은)으로 바뀌리라 생각하고 아직은 얼마쯤 희망을 가지고 있어.

요즘 나는 번쩍번쩍하는 멋진 구두를 신었기 때문에 위층이건 아래층이건 어디를 가든지 구두 칭찬을 받는단다. 이것은 미프가 20플로린 반으로 사다준 중고품이야. 포도빛 나는 염소 가죽으로 지은 굽이 상당히 높은 구두야. 그것을 신으면 마치 댓돌 위에 선 듯이 키가 커 보여.

뒤셀 씨는 간접적이나마 우리의 생명을 위태롭게 할 뻔했어. 그는 무솔리니와 히틀러의 욕을 쓴 발매 금지의 책을 미프에게 구해 오도록 부탁했어. 그런데 돌아오다가 SS의 지프에 치일 뻔해서 화가 난 미프가, "빌어먹을 자식!" 하고 욕을 해댔다는 거야. 만일 미프가 SS 사령부로 끌려갔더라면 어떻게 되었을까? 차라리 생각하지 않는 편이 낫겠지.

안네.

1943년 8월 18일(수)

키티,

오늘 편지의 제목은 '공동 작업, 감자 벗기기'라고 하겠어.

우선 첫 번째 사람이 신문지를, 두 번째 사람이 칼(물론 제일 좋은 것으로)을, 세 번째 사람이 감자를, 그리고 네 번째 사람이 물을 담은 냄비를 준비해 오는 거야.

뒤셀 씨가 먼저 시작하는데, 훌륭한 솜씨는 아니지만 여기저기를 둘러보면서 열심히 벗겨. 간혹 내가 뒤셀 씨와 같은 방법으로 벗기지 않으면, "안네, 이걸 봐. 이런 식으로 칼을 들고 위에서부터 벗겨 내려가는 거야. 아니, 틀렸어. 이렇게 하란 말야."

"저는 이렇게 하는 편이 더 쉬워요" 하고 내가 공손히 말하면,

"아니 이렇게 하는 게 제일 좋은 방법이야. 그렇지만 난 네가 어떻게 하든 상관 안 해. 너도 잘 알고 있을 테니까."

계속 감자를 벗기면서 힐금 뒤셀 씨를 훔쳐보면, 그는 나를 향해 고개를 끄덕이면서 말이 없어. 이번에는 반대편에 앉은 아빠 쪽을 보지. 아빠에게는 감자 벗기는 것이 귀찮은 잔일이 아니야. 소중한 정밀 작업과 같은 거야. 아빠는 독서할 때면 늘 이마에 깊이 주름이 잡혀 있게 마련인데, 감자 벗기는 따위의 일을 도울 때는 그것에만 몰두하시는 모양이야. 이런 표정을 짓고 있을 때면 아빠는 적당히 벗긴 감자는 절대로 내놓지 않아.

일을 계속하면서 잠깐 주의를 기울여보면(벌써부터 눈치채기는 했지만) 판 단 아주머니가 뒤셀 씨의 관심을 끌려고 애쓰고 있는 거야. 처음에 아주머니는 열심히 뒤셀 씨를 쳐다보다가 슬쩍 윙크를 해. 그래도 뒤셀 씨에게서 아무 반응이 없으니까 이번에는 의식적으로 웃음 소리를 내지, 뒤셀 씨는 여전히 관심을 보이지 않아. 그러면 엄마까지 웃게 되지. 뒤셀 씨는 여전히 말이 없어. 판 단 아주머니는 이제 초조해져서 다른 방법을 쓰지 않을 수 없게 되는 거지.

잠깐 동안 말이 없다가,

"여보, 앞치마를 입고 와요. 내일 당신 옷에서 얼룩진 것을 지우려면 힘들잖아요?"

"더럽히지 않도록 조심하지."

다시 또 침묵.

"여보, 왜 앉질 않아요?"

"나는 서 있는 것이 더 편해."

침묵.

"여보, 당신 엉터리로 하는군요?"

"걱정 마. 조심하고 있으니까."

아주머니는 곧 다른 화제를 꺼내지.

"여보, 요즘은 왜 연합군의 폭격이 없을까요?"

"날씨가 나쁘니까 그렇지."

"어제는 날씨가 좋았는데도 아무 일 없었잖아요?"

"그 얘기는 그만둬."

"왜요? 누구든 자기 의견을 말할 자유는 있잖아요?"

"그만둬!"

"왜 그만둬요?"

"조용히 해, 제발."

"프랑크 댁 주인께선 언제든지 대답해주시던데……. 그렇잖아요?"

판 단 아저씨는 치미는 화를 누르고 있어. 이 점이 아저씨의 약점이니까. 그것을 건드리면 참을 수 없는 거지. 판 단 아주머니는 계속해서 말해.

"상륙 작전은 아예 없는 모양이죠?"

판 단 아저씨는 점점 얼굴이 창백해져. 아주머니는 이것을 보고 자신도 얼굴색이 붉어지지만 모른 체하고 계속해서 말하지.

"영국은 도대체 무얼 하는 걸까?"

이러면 드디어 참고 있던 폭발물이 터지고 말아.

"잠자코 있어! 제길."

엄마는 터지는 웃음을 간신히 참고 계시는 거야.

이런 일은 매일같이 일어나. 이렇게 말다툼을 하고 나면, 그들은 모두 입을 다물고 말아.

나는 감자를 가지러 다락방으로 가야 해. 페터는 그곳에서 고양이의 이를 잡아주고 있어. 그가 나를 쳐다보면, 그 사이에 고양이는 들창 너머로 도망가버려. 그는 욕지거리를 하고 투덜거리지. 나는 생긋 웃어주고는 다락방에서 내려와.

안네.

1943년 8월 20일(금)

키티,

5시 반이 되면 창고에서 일하던 사람들이 퇴근하기 때문에 우리가 자유롭게 되는 시간이야.

5시 반―우리의 저녁 자유 시간을 메워주기 위해 엘리가 올라온다. 우리는 곧 일에 착수할 준비를 한다. 먼저 나는 엘리와 함께 위층으로 올라간다. 엘리는 대개 잠깐 동안 남은 것을 먹는다.

엘리가 앉기도 전에 판 단 아주머니는 부탁할 것을 생각해내곤, "오, 엘리, 좀 부탁할 것이 있는데……" 하고 말을 꺼낸다. 엘리는 웃으면서 나에게 윙크를 보낸다. 아주머니는 누가 올라오든지 무언가 부탁할 기회를 놓치지 않는다. 이것이 바로 누구든 위층으로 올라가기를 꺼리는 이유다.

5시 45분―엘리가 돌아간다. 나는 동정을 살펴보러 아래층으로 내려간다. 부엌으로, 전용 사무실로, 그리고 석탄 창고로 가서 보쉬에게 문을 열어준다. 마지막으로 나는 클라레르 씨의 사무실로 들어간다. 판 단 아저씨가 우편물을 찾으려고 서랍을 뒤지고 있다. 페터가 창문 열쇠를 가지고 들어온다. 아빠는 아래층에서 타이프라이터를 청소하고 계신다. 언니는 엘리가 부탁한 일을 할 조용한 장소를 찾고 있다. 판 단 아주머니는 물주전자를 가스 레인지에 올려놓고, 엄마는 감자가 담긴 냄비를 들고 아래층으로 내려오신다. 각자 저마다의 일을 분주히 하고 있다.

페터는 곧 창고에서 돌아와서 빵이 어디에 있는가 묻는다. 빵은 언제나 부엌 찬장에 넣어두는데 그곳에 없기 때문이다. 잃어버렸다? 페터가 큰 사무실로 가보기로 한다. 그는 밖에서 보이지 않도록 몸을 웅크리고 손발로 기어가서 철제 선반에 있는 빵을 집는다. 그가 돌아서려고 할 때, 갑자기 무엇인가 그를 훌쩍 뛰어넘어 테이블 위에 주저앉는다. 그가 놀라서 뒤돌아보면―바로 고양이 무쉬다. 그가 무쉬의 꼬리를 잡으려고 하면 무쉬가 몸을 비튼다. 페터는 한숨을 쉰다. 고양이는 어느새 창틀에 앉아서 페터를 놀리듯 앞발로 얼굴을 문지르고 있다. 페터는 빵 한 조각을 떼어 고양이 코 앞에 대고 유인한다. 그래도 고양이는 거들떠보지도 않으니까 할 수 없이 페터는 문을 닫고 사무실을 나온다.

나는 문틈으로 이 희극을 모두 지켜보았지.

톡, 톡, 톡—식사 준비 완료를 알리는 신호 소리가 들리는구나.
안네.

1943년 8월 23일(월)

키티,

은신처의 일과표의 계속.

아침 8시 반이 되면, 언니와 엄마가 수선을 피운다.

"쉬— 아빠, 조용히 해요."

"여덟 시 반이에요. 빨리 나오세요. 수도를 틀면 안 돼요. 조용히!"

욕실에 계신 아빠에게 이렇게 속삭인다. 시계추가 정확히 8시 반을 알리면 아빠는 벌써 방에 돌아와 계신다.

물을 쓸 수도 없고, 화장실에 갈 수도 없고, 걸어다닐 수도 없다. 사무실에 아무도 없으면 작은 소리까지 창고에 들리기 때문이다.

8시 20분이 좀 지나면 위층의 문이 열리고 마룻바닥을 가볍게 세 번 두드리는 소리가 들린다—나의 오트밀이다. 나는 위층으로 올라가 깊은 접시에 오트밀을 담아서 내 방으로 돌아온다. 그리고 모든 일들을 재빨리 해치워야 한다. 머리를 손질하고, 요란한 소리를 내는 요강을 치우고, 침대를 제자리에 놓는다. 시계추가 8시 반을 알리기 전에 위층에서는 판 단 아주머니가 구두를 슬리퍼로 바꾸어 신고 있다. 판 단 아저씨도. 주위는 정적 속에 잠겨 있다.

이제부터 가정적인 분위기가 된단다. 식구들이 모두 책을 읽거나 일을 하려고 한다. 아빠는 납작하고 찌그러진 침대에 걸터앉는다(대개 디킨스의 작품과 사전을 가지고). 침대에는 매트리스가 없지만, 베개를 두 개 포개면 편한데 아빠는 "그래선 안 돼, 나는 없어도 좋아" 하고 사양하신다.

아빠는 책을 읽기 시작하면 좀처럼 얼굴을 들지 않지만, 가끔 빙긋 웃으시며 엄마에게 읽고 있는 재미있는 구절을 들려주려 하신다. 그러나 엄마는, "난 지금 시간이 없어요" 하신다. 아빠는 실망한 표정을 짓고 다시 책으로 시선을 돌리신다. 잠시 후, 특별히 재미있는 구절에 다다르면 다시 말을 꺼내신다.

"여보, 여긴 꼭 좀 읽어봐."

엄마는 오프크랩 침대〔네덜란드식 침대로서, 세워두면 책장같이 보이고 그 앞에 커튼을 달아둔다〕에 앉아 책을 읽거나 바느질을 하거나 다른 일을 하신다. 그러다가 엄마는 문득 무엇을 생각해내고,

"안네야, 너 ××를 알고 있니? 마르고트야, ××를 적어둬라."

잠시 후 다시 주위는 정적에 잠겨든다.

언니가 책을 탁 덮는다. 아빠가 언니를 쳐다보며 눈살을 찌푸리곤 다시 책을 읽으신다. 엄마는 언니와 이야기하기 시작하신다. 나는 호기심에 끌려 그 이야기에 귀를 기울인다. 아빠도 한몫 끼어드신다.

9시, 아침 식사 시간이다.

안네.

이탈리아의 항복

1943년 9월 10일(금)

키티,

내가 너에게 편지를 쓸 때마다 특별한 일이 일어나는 것 같지만, 즐거운 일보다는 불쾌한 일이 더 많더라. 그렇지만 오늘은 굉장한 뉴스를 알려주겠어. 우리가 8일 저녁때 7시 뉴스를 들으려고 라디오 주위에 모여 앉았을 때 우리가 제일 먼저 들은 방송은 이런 거야.

"청취자 여러분, 이제 전쟁 중 가장 통쾌한 뉴스를 알려드리겠습니다. 이탈리아가 항복했습니다."

이탈리아의 무조건 항복! 영국의 네덜란드어 방송은 8시 15분부터 시작되었어.

"청취자 여러분, 한 시간 전에 제가 오늘의 뉴스를 정리하고 났을 때 이탈리아 항복이라는 굉장한 뉴스가 들어왔습니다. 제가 이렇게 기쁨에 넘쳐 뉴스용 노트를 휴지통에 내던졌던 적이 지금까지 없었다는 것을 여러분에게 알려드립니다."

"영국 만세!"

곧이어서 미국 국가와 영국 국가가 흘러 나왔어. 네덜란드어 방송은 언제나처럼 고무적인 것이었지만 별로 낙관적인 것은 아니었어.

우리에게는 아직 걱정거리가 있어. 코프하이스 씨에 대한 거야. 너도 알다시피 우리는 그를 좋아하고, 그는 항상 우리에게 용기를 북돋워주고 있잖니? 그런데 코프하이스 씨는 건강이 나쁘고, 요즈음 고통 때문에 잘 먹지도 못하신단다.

"코프하이스 씨가 들어오시니까 태양이 빛나는 것 같아요" 하고 언젠가 엄마가 말하셨어. 사실이란다. 이번에 복부 수술을 받기 위해 입원하면 적어도 4주일 동안은 병원에 누워 계셔야 해. 그는 입원할 때 잠깐 담배라도 사러 나가는 것처럼 "안녕" 하셨지만, 네가 그때의 모습을 보았다면 어떤 표정을 지었을까?

안네.

1943년 9월 16일(목)

키티,

이곳에 있는 사람들의 사이가 점점 나빠지고 있구나. 식사 때 아무도 입을 열지 않아(음식을 먹을 때 외에는). 무슨 말을 하면 남을 괴롭히거나 오해받게 되기 때문이야. 나는 우울한 기분에서 벗어나려고 진정제를 먹지만 이튿날은 한층 더 가련한 심정이 될 뿐이야. 진정제보다 웃고 지내려 하지만 거의 웃음을 잃어버렸어. 이토록 우울하기만 하면 얼굴이 길어져서 양입 가장자리가 축 늘어지지나 않을까 걱정이야. 모두 공포와 기대에 지쳐서 겨울이 다가오는 것을 기다리고 있어.

또 불안한 것은 창고지기가 은신처에 대해 의심하는 것 같다는 사실이야. 그 정도라면 별로 걱정할 것까지는 없지만, 그 창고지기는 남의 일에 간섭을 잘하는 신용할 수 없는 사람이야.

어느 날 클라레르 씨는 1시 10분 전에 외투를 입고 거리의 약방에 갔다가 돌아와 살그머니 우리 은신처에 올라왔어. 1시 15분에 클라레르 씨가 돌아가려고 할 때 엘리가 달려와 창고지기가 사무실에 들어와 있다고 주의를 주었어. 클라레르 씨는 1시 반까지 우리 방에 있었어. 그리고 그는 구두를 벗고 양말 바람으로 다락방의 앞문을 열고 계단으로 내려가 밖으로 돌아서 무사히 사무실로 돌아갔어.

그러는 사이에 엘리는 창고지기를 밖으로 유인해내고 클라레르 씨를 데리러 올라왔어. 그러나 클라레르 씨가 이미 돌아간 뒤였지. 만일 길 가는 사람들이 회사의 지배인이 양말 바람으로 돌아다니는 것을 보았다면 어떻게 생각했을까?

훗— 지배인이 양말 바람으로.

안네.

1943년 9월 29일(수)

키티,

판 단 아주머니의 생일이란다.

우리는 병에 든 잼과 치즈, 고기, 빵의 배급권을 선물했지. 아저씨와 뒤셀 씨와 사무실 사람들은 먹을 것과 꽃을.

이런 서글픈 시대에 우리는 살고 있구나!

엘리는 요즘 신경과민이 되어 있어. 너무 자주 이곳저곳 심부름을 가야 할 일이 생길 뿐 아니라 사무실에는 일이 잔뜩 밀려 있잖니? 코프하이스 씨는 입원해 있고, 미프가 독감으로 누워 있고, 엘리 자신도 발을 삔 데다 사랑 싸움, 투정이 심한 그녀의 아버지……. 우리가 그녀를 위로하여 한번 더 심부름을 다녀와달라고 부탁해도 그녀는 시간이 없고, 따라서 쇼핑 리스트는 점점 줄어든단다.

판 단 아저씨가 기분이 좋지 않은 모양이야. 나는 벌써부터 눈치채고 있었어. 아빠도 무슨 일 때문인지 단단히 화가 나 계셔. 어떤 식으로 폭발할지 모르겠어. 나만이라도 이런 싸움판에 끼어들지 않을 수 있다면! 어디론가 멀리 가버릴 수만 있다면! 미칠 것 같은 심정이구나.

안네.

1943년 10월 17일(일)

키티,

코프하이스 씨가 돌아오셨단다. 반가운 일이야. 아직 얼굴색이 창백한 것은 숨길 수 없지만 판 단 아저씨가 옷가지를 팔아달라고 부탁하자 그는 기분 좋게 응했어.

판 단 씨 댁에 돈이 바닥난 것은 불행한 일이겠지. 아주머니는 코트, 드레스, 구두 등을 잔뜩 가지고 있으면서도 자기 것은 절대로 내놓으려 하지 않아. 아저씨는 옷을 너무 비싸게 팔려고 해서 잘 처분되지 않고. 결과는 아직 알 수 없어. 아주머니도 모피 코트를 처분해야 할 거야. 그 때문에 위층에서 끔찍한 싸움이 벌어졌지만, 지금은 화해가 성립되어 서로 "여보, 미안해" 하며 위로하고 있어.

나는 지난 날부터 이 집의 갑작스런 변화에 어리둥절해하고 있어.

아빠는 굳게 입을 다물고 계셔. 누가 말을 걸면 아빠는 깜짝 놀라서 쳐다보시지. 다시 묘한 관계에 말려들까 봐 겁을 먹고 계신 거야. 엄마는 흥분으로 얼굴이 상기되어 있어. 언니는 두통 때문에, 뒤셀 씨는 불면증 때문에 투덜거리고, 판 단 아주머니는 온종일 불평이야. 나는 거의 미쳐버린 것 같아. 때때로 누구와 누가 싸우고, 누구와 누가 화해를 했는지 잊어버릴 정도야.

아무래도 나 자신이 정신을 바짝 차릴 수 있는 길은 공부뿐이야. 열심히 노력하고 있어.

안네.

1943년 10월 29일 (금)

키티,

판 단 아저씨와 아주머니가 다시 싸움을 벌였어. 싸움의 발단은 이런 거야. 이미 너에게 이야기한 바와 같이 판 단 씨 댁은 돈이 궁해졌어. 얼마 전 코프하이스 씨가 판 단 아저씨에게 잘 아는 모피 상회가 있다고 말씀하셨어. 아저씨는 그 이야기를 듣고 아주머니의 모피 코트를 팔기로 했지. 이 코트는 토끼털로 된 것인데 17년 동안이나 사용해온 거야. 아저씨는 코트 값으로 325플로린이란 엄청난 값을 받았어. 아주머니는 전쟁이 끝나면 더 좋은 코트를 사려고 이 돈을 간직해두려고 했는데 당장 생활에 돈이 급한 아저씨와의 사이에 트러블이 생긴 거야.

고함 소리, 퉁탕거리는 소리, 욕지거리―너는 아마 이런 광경을 상상할 수 없을 거야. 우리 가족들은 아래층에서 숨을 죽이고 필요할 때 달려가 두 사람을 떼어놓을 준비를 하고 있었지. 이런 고함 소리, 울음 소리나 긴장에 나는 완전히 지쳐서 저녁때는 침대에 쓰러져 울음을 터뜨렸어. 잠깐이라도 정신을 가다듬을 수 있는 시간이 주어진 것을 감사하면서.

코프하이스 씨는 다시 병석에 누워 계시단다. 위(胃)가 잠시도 그를 편하게 해주질 않아. 위의 출혈이 멎었는지 자신도 모를 지경이야. 몸이 불편해서 집에 돌아가겠다고 말할 때 그는 처음으로 우울한 표정을 지으셨지.

나는 식욕이 없는 것 이외에는 아무 일도 없어. "얼굴색이 좋지 않은데!" 하고 어른들이 걱정해주면, 어른들이 괴롭히기 때문이라고 정면으로 말해주고 싶어. 포도당, 간유, 효모정, 칼슘 등이 내 옆에 갖추어져 있단다.

내 신경은 극도로 피로해 있어. 특히 일요일에는 견딜 수 없는 우울함에 빠져들어. 주위의 분위기가 너무 딱딱하고 단순하고 납덩이처럼 무겁기만 해. 밖에서는 새소리 하나 들리지 않고 죽음과 같은 정적만이 감돌아, 마치 지옥에라도 끌려가는 듯한 기분이구나.

이런 때 아빠나 엄마나 언니는 나에게 관심도 두지 않아. 나는 마치 날갯죽지가 찢어져서 어둠 속에서 파닥거리고 있는 새와 같은 기분이 되어 이 방 저 방을 오락가락하거나, 위층 아래층을 오르락 내리락하지. "밖에 나가서 웃고 신선한 공기를 마음껏 들이켜라!" 하고 마음속의 소리가 부르짖어. 그러나 아무런 반응도 없어.

나는 시간이 어서 빨리 지나가서 숨막히는 고요와 공포에서 헤어나도록 긴 의자에 누워 잠을 청하지. 그 밖에 무슨 방법이 있겠니?

안네.

1943년 11월 3일(수)

키티,

아빠는 우리의 교육에 도움을 주려고 라이덴에 있는 사범 학교에 안내서를 신청하셨어. 언니는 보내온 안내서를 세 번씩이나 읽었지만, 마음에 드는 과목이 없고, 또 경제 사정에 맞지 않은 것뿐이었지. 그래서 단념하려 하자, 아빠가 초급 라틴어 통신 교재를 신청해버리셨어.

아빠는 나에게도 새로운 공부를 시작할 수 있도록 코프하이스 씨에게 어린이용 성서를 사오도록 부탁하셨단다. 신약 성서를 읽으라는 거야.

"하누카를 위해 안네에게 성경을 주는 건가요?" 하고 언니가 놀라서 물었어.

"응, 성 니콜라스의 날이 더 낫겠지. 예수는 하누카와 어울리지 않는단 말이야" 하고 아빠가 대답하셨지.

안네.

1943년 11월 8일(월) 저녁

키티,

네가 만일 내가 보낸 편지를 한 장 한 장 다시 읽어보면, 그 편지가 씌어질 때의 내 기분이 제멋대로여서 너도 놀랄 거야. 나의 기분이 이곳 분위기에 좌우되는 것은 나도 괴로운 일이지만, 그것은 나만이 겪는 일은 아니란다. 우리 모두가 마찬가지야. 내가 책을 읽고 깊은 감명을 받으면 다른 사람과 섞이지 않도록 나 자신을 보호해야 해. 그렇지 않으면 모두 나를 괴상한 아이로 취급한단다.

오늘 저녁 엘리가 아직 이곳에 있었을 때 길고도 섬뜩하게 벨소리가 울려왔어. 나는 공포에 질려서 배가 아프기까지 하고 심장의 고동 소리에 압도당해버렸어. 캄캄한 밤에 홀로 침대에 누워 있으면 부모와 떨어져서 감옥에라도 갇혀 있는 듯한 기분에 사로잡힌단다. 어떤 때는 내가 혼자 길거리를 헤매거나, 은신처에 불이 나거나, 독일군에게 끌려가는 장면을 지워버릴 수가 없어. 이런 비현실적인 상상이 현실처럼 생생하게 눈앞에 어른거리는 거야.

미프는 이런 적막한 곳이 조용해서 부럽기까지 하다고 하는구나. 공포와 불안만 걷어버릴 수 있다면 사실이겠지. 우리를 둘러싸고 있는 세계에 다시 예전처럼 정상적인 평화가 찾아올 수 있으리라고는 생각되지 않아. 물론 나는 '전쟁 후'에 대해서 이야기하지만, 그것은 결코 실현될 수 없는 바벨 탑과 같은 것이겠지. 햇볕이 가득한 집과 정원과 친구들과 학교와 이 모든 것들이…….

우리 은신처의 여덟 명은 검은 비구름에 쫓기는 비둘기 떼와 같단다. 우리가 모여 있는, 뚜렷이 구분된 이 밀폐된 장소는 아직은 안전해. 그러나 우리를 향해 밀려오는 검은 구름으로부터 우리를 보호해줄 벽은 점점 얇아져가고 있어.

지금 우리는 빈틈없이 에워싼 위험과 암흑 속에서 안주할 구멍을 찾아 발버둥치고 있는 거야.

아래에서는 인간과 인간이 서로 싸우고 있고, 위에는 조용하고 푸르른 세계가 펼쳐져 있지만 우리는 감히 뛰어오를 수 없는 위만 쳐다보면서 캄캄한 암흑 속에 갇혀 있어.

나는 울면서 이렇게 신에게 호소한다.

"아, 우리를 희롱하는 저 검은 구름을 거두시고, 우리에게 길을 열어주소서."

안네.

만년필에 얽힌 추억

1943년 11월 11일(목)

키티,

오늘 편지의 제목은 '만년필에 얽힌 추억에 바치는 시'.

내 만년필은 나의 가장 소중한 소지품의 하나였지. 나는 만년필을 사랑했고, 특히 뭉툭한 펜촉이 좋았어. 펜촉이 뾰족하면 글씨를 잘 쓸 수 없거든. 나와 함께한 만년필의 이력은 길고 재미있어.

내 만년필은 내가 아홉 살 때 멀리 아헨에서 할머니가 '견본'으로서 소포로 보내주신 거야. 그때 2월의 찬 바람이 집 주위에 몰아치고 나는 감기로 누워 있었어. 소포를 뜯으니 멋진 만년필이 가죽 케이스에 들어 있었지. 나는 만년필을 갖게 된 게 기뻐서 친구들에게 자랑을 해댔어.

열 살이 되었을 때 나는 만년필을 학교에 가지고 가도 좋다는 허락을 받았고, 선생님도 그것으로 필기를 해도 좋다고 말씀하셨어. 그러나 이듬해 6학년이 되자, 선생님이 학생용 펜으로만 필기를 하라고 하셨기 때문에 나는 내 보물을 다시 간직해두어야 했지.

열두 살이 되어 유대인 중학교에 입학하자, 그 기념으로 만년필은 새 케이스에 들어가게 되었어. 이 케이스는 연필도 함께 넣을 수 있는 것인데, 지퍼로 잠그게 되어 있어서 한층 빛나 보였지.

열세 살이 되자, 만년필은 나와 함께 '은신처'로 옮겨 와서 내가 일기와 작문 쓰는 것을 도와주었고.

지금 나는 열네 살인데 만년필은 나와 함께 이 수난의 세월을 증언하고 있어.

지난 금요일 저녁 5시쯤이었어. 방에서 나와 테이블 앞에 앉아 무엇을 쓰려고 하는데 아빠와 언니가 라틴어를 공부하러 들어왔어. 나는 자리를 양보해주고 만년필을 놓아둔 채 테이블 구석에 우두커니 앉아 콩을 비비고 있었어. 콩을 비벼주면 곰팡내가 없어지거든. 나는 5시 45분에 마루를 청소하고 썩은 콩과 함께 쓰레기를 신문지로 싸서 난로 속에 던져 넣었어. 꺼져가던 난롯불이 붉은 불꽃을 피우며 확 타올랐다가 잠시 후 주위는 다시 조용해지더군.

라틴어 학자들이 돌아가자 나는 쓰던 것을 끝내려고 다시 테이블 앞에 앉았어. 그런데 만년필이 보이지 않는 거야. 언니도 함께 찾아주었지만 그림자도 찾을 수 없었어.

"아마 콩과 함께 난로 속에 던져 넣은 모양이야" 하고 언니가 말하기에,

"아냐, 그럴 리 없어" 하고 대답했어.

저녁때가 되어도 만년필이 나타나지 않았는데, 쓰레기를 난로 속에 던졌을 때 불꽃이 피어오른 것이 떠올라 만년필이 쓰레기에 섞여 타버린 것이 아닌가 하는 생각이 들었어.

내 염려가 사실이라는 것이 곧 판명되었어. 이튿날 아침, 아빠

가 난로를 청소하실 때 만년필의 클립이 재 속에서 발견되었단다. 금박의 펜촉은 찾을 수 없었고.

"아마 돌 같은 것에 녹아 붙었을 거야" 하고 아빠는 말씀하셨어.

나는 섭섭하지만 위안이 되기도 했단다. 내 만년필은 내가 죽을 때 바라는 것과 같이 화장된 거니까.

안네.

1943년 11월 17일(수)

키티,

곤란한 일이 생겼구나. 엘리네 집 식구가 모두 디프테리아에 걸려 엘리는 6주일 동안 우리와 만나는 것이 금지되었어. 그 때문에 섭섭한 것은 말할 것도 없고, 음식과 물건을 사오는 데 곤란을 겪게 되었어. 코프하이스 씨는 아직 병석에 누워서 3주일 동안이나 죽과 우유만으로 지내고 계셔. 클라레르 씨가 무척 바쁘게 되었어.

언니의 라틴어 답안지가 수정되어 돌아왔어. 언니는 엘리의 이름으로 수강하고 있지. 선생은 아주 재치 있는 사람이야. 그는 언니와 같은 훌륭한 제자를 갖게 되어 영광으로 생각한대.

뒤셀 씨는 무척 기분이 상해 있어. 아무도 그 이유는 몰라. 그는 판 단 아저씨와 아주머니에게는 아무 말도 않고 침묵으로 항변하는 거야. 이런 어색한 관계가 며칠 계속되자 엄마가 그들을 중재하려고 해봤어.

뒤셀 씨는 처음에 상대하지 않은 쪽은 판 단 아저씨이므로 이쪽에서 먼저 말을 걸고 싶지 않다고 거절하더군.

어제 11월 16일은 뒤셀 씨가 이 은신처로 온 지 꼭 1년째 되는 날이었어. 엄마는 그 기념으로 그에게서 화분을 하나 받았지만, 몇 주일 전부터 뒤셀 씨에게 한턱 내야 한다고 수선을 떨던 판 단 아주머니는 아무것도 받지 못했어.

뒤셀 씨는 자기를 은신처의 멤버로 가입시켜준 우리의 친절에 대해 아무런 감사의 말도 없이 음울한 표정만 짓고 있구나.

오늘 아침 내가 그의 처지를 축하해야 할까, 위로해야 할까 슬쩍 물어보니 아무래도 상관없다는 퉁명스런 대답이야. 평화의 중재자인 엄마도 속수무책이시란다. 이런 상태가 얼마나 계속될까.

인간의 정신은 위대하도다.

그러나 그 초라한 행위를 보라!

안네.

1943년 11월 27일(토)

키티,

간밤에 잠들려고 할 때 무엇인가 눈앞에 어른거리는 그림자가 있었어. 바로 리스였어.

그녀는 초라한 옷을 입고, 초췌한 얼굴로 내 앞에 서 있었어. 그 눈은 슬픈 듯이, 그리고 비난하는 듯이 나를 쳐다보았어. 그녀는 눈은 나에게 이렇게 호소하는 듯했어.

"오, 안네, 너는 왜 나를 버렸니? 나를 도와줘! 이 지옥에서 나를 구해줘!"

그러나 나는 그녀를 구할 수도 없고 찾을 수도 없어. 수많은 사람들이 고통 속에서 죽어가고 있는 것을 괴롭게 보고 있을 수밖에 없구나. 그리고 리스를 돌려보내달라고 하나님께 기도할 뿐이야. 내가 본 건 리스뿐이었어. 이제야 나는 내가 그녀를 오해하고 있었고, 어린 탓으로 그녀를 이해하지 못했다는 사실을 깨달았어. 리스는 새 친구를 사귀었을 때 내가 그 사이를 갈라놓으려 했다고 생각한 모양이야. 가엾게도, 리스는 어떤 기분이었을까. 알아, 난 리스의 마음을 잘 알 수 있어. 아, 나는 원하는 대로 살아갈 수 있는데 리스는 그런 무서운 운명에 빠져 있다니. 리스를 구할 수만 있다면!

나는 리스보다 착한 인간이 아니야. 리스는 착하게 살려고 했지. 그런데 어째서 나는 살아 있고 리스는 죽어야 하는 걸까? 우리 사이에 다른 점이 뭐지? 지금 우리의 처지는 왜 이렇게 거리가 멀까? 솔직히 말해, 몇 달 동안, 아니 거의 1년 동안 리스를 잊고 있었어. 완전히 잊은 것은 아니었지만 내 앞에 나타난 불쌍한 리스를 보기 전엔 이런 생각을 해본 적이 없어.

오오, 리스여, 만약 네가 전쟁이 끝날 때까지 살아 있어서, 우리가 다시 만날 수 있다면, 나는 너를 맞아 너에게 범한 죄를 용서받을 수 있겠지.

하나님, 리스를 지켜주소서. 적어도 그녀가 불행하지 않도록. 하나님, 제가 얼마나 리스를 그리워하고 있는지를 그녀에게 전해주신다면, 그녀에겐 틀림없이 용기가 솟아 오를 것입니다.

안네.

1943년 12월 6일(월)

키티,

성 니콜라스의 날이 다가오니 우리는 모두 작년에 장식했던 바구니를 생각하지 않을 수 없었어. 특히 나는 올해 니콜라스의 날은 따분하고 처량할 것이라는 생각을 지워버릴 수 없어 궁리 끝에 좀 이색적인 방안을 찾아냈단다.

나는 아빠와 의논해서 일주일 전에 집안 식구들을 위한 짤막한 시를 썼어.

일요일 저녁, 8시 15분 전에 우리는 위층으로 올라가 조그만 인형과 빨갛고 파란 카본지로 만든 리본으로 장식한 빨래 바구니를 가운데 두고 자리를 잡았어. 바구니는 갈색 포장지로 덮여 있고 한 통의 편지가 핀으로 꽂혀 있었어. 모두 이 놀라운 꾸러미를 기뻐서 어리둥절한 표정으로 지켜보았지.

나는 포장지에서 편지를 떼어 읽었단다.

산타클로스가 다시 찾아왔습니다,

지난 해와 같지는 않지만.

우리는 오늘 호화롭고 유쾌하게

그의 날을 축하할 순 없습니다.

그때의 희망은 높고 밝았고,

모든 낙관론은 옳은 것 같았지요.

아무도 올해는,

여기서 산타를 맞을 줄은 몰랐습니다.

아직도 우리는 그의 정신을 받들고,

선물할 것은 없지만,

다른 방법으로 기념하렵니다.

각자 당신의 구두 속을 보세요.

모두 바구니에서 자기 구두를 꺼내들고 웃음바다가 되어버렸
지. 구두 속에는 구두 소유자의 주소를 적은 쪽지가 들어 있었거든.
안네.

1943년 12월 22일(수)

키티,

인플루엔자의 습격으로 오늘까지 너에게 편지를 쓰지 못했단
다. 기침이 치솟아 오르면 이불을 뒤집어쓰고 소리를 내지 않으려
고 조심해야 했어. 밀크나 꿀, 사탕 같은 것을 먹었지만 목구멍이
가려워서 좀처럼 참을 수가 없었어. 땀을 내고, 목과 가슴에 찜질을
하고, 뜨거운 물을 마시고, 목에 약을 바르고, 그 밖에 두꺼운 이불,
레몬 스카치, 체온 검사 등 집안 식구들이 시도한 치료법을 다시 생
각해보면 현기증이 날 지경이야.

이 따위 어설픈 치료법으로 고칠 수 있겠니? 무엇보다 제일 기
분 나빴던 것은 임시 의사 뒤셀 씨가 심장의 고동 소리를 듣는다고
번들번들하게 기름 바른 머리를 내 가슴에 들이대었을 때였단다.
그는 30년 전에 의학을 공부해서 의사 자격을 가지곤 있지만, 도무
지 믿음직스럽지가 못해. 대체 이 사나이는 어째서 내 가슴에 머리

를 바짝 댈까? 나의 연인도 아니면서. 게다가 그는 요즘 귀가 먹어서 먼저 자기 귀 청소부터 하는 것이 좋지 않을까?

병에 대한 이야기는 그만 할게. 나는 이제 건강해졌어. 키가 1센티미터 자라고, 체중도 2파운드나 늘었지. 그러나 아직 안색은 좋지 않아.

별로 전할 만한 뉴스도 없구나. 은신처의 식구들은 새로운 기분 전환으로 사이가 좋아졌어. 반 년 동안이나 싸움이 그칠 날이 없더니.

엘리는 아직 병석에 누워 있어.

크리스마스 특별 배급으로 기름, 과자, 시럽 등을 받았지. 가장 멋진 선물은 브로치였어. 값싼 재료로 만든 것이지만 아름답게 반짝이는 거야.

뒤셀 씨는 미프에게 부탁해서 만든 과자를 엄마와 판 단 아주머니에게 나누어드렸어. 여러 가지 일로 바쁜 미프가 이런 일까지 맡아주다니―나도 미프와 엘리에게 부탁하고픈 게 있어. 나는 몇 달 동안 설탕을 절약했고, 코프하이스 씨에게서 얻은 것도 있어서 그것으로 사탕을 만들어달라고 했지.

밖에서는 부슬부슬 가랑비가 뿌리고 있어. 난로에서 냄새가 나고, 먹은 것이 잘 소화되지 않아서 배에서 꾸룩꾸룩하는 소리가 나는구나.

전쟁은 소강 상태에 빠져 있어.

안네.

1943년 12월 24일(금)

키티,

나는 전에 우리가 이곳 분위기에 얼마나 좌우되고 있는가에 대해서 썼지만, 나의 경우는 그런 상태가 점점 더해가는 기분이야.

"인생의 길은 천당인가, 지옥인가?" 하는 괴테의 시구(詩句)를 실감하게 되는구나. 다른 유대인들에 비하면 이곳에 있는 우리는 천당에 있는 편이고, 오늘처럼 코프하이스 부인이 찾아와 그들의 딸 콜리의 하키 클럽, 카누 여행, 연극 공연 따위의 이야기를 들려주게 되면 우리의 현실은 '지옥'에 떨어지고 마는 거야. 콜리를 부러워한다기보다 인생의 낙원으로 뛰어들고 싶은 충동을 억제할 수 없단다.

키티, 이제 크리스마스와 새해의 송가가 울리기 시작할 텐데, 집 잃은 무리처럼 이런 답답한 공간 속에 머물러 있어야 한다니 쓸쓸해지지 않을 수가 없어. 이런 것은 말하지 않으려 해도 마음속 깊은 곳에 간직해둘 수만은 없구나. '종이는 참을성이 많다'는 처음 말을 부디 기억해줘.

문득, 누군가가 코트 안에 찬 바람을 가득 안고 들어오면 '바깥 세계의 신선한 공기'에 대한 향수를 지울 수 없단다. 그러면 담요를 뒤집어쓰고 잊어버리려고 하지만, 그럴 때마다 머리를 높이 들고 용기를 내어야 한다고 자신을 타이르고 있어. 사실 너도 1년이나 그 이상 방 안에 갇혀 지내고 보면 나의 넋두리를 이해할 수 있을 거야. 아무리 감사의 마음을 잊지 않으려 해도 자신의 감정을 속일 수는 없어. 자전거를 타고, 댄스를 하고, 휘파람을 불고, 거리를 돌아다니며 젊은 날을 즐기고 자신에게 주어진 자유를 만끽하는 것—이것이 내가 동경하고 있는 거야. 그러나 이런 것을 말할 수는 없지. 우리 여덟 사람이 이런 것을 동경하고 불평에 찬 얼굴을 한들 무슨 소용이 있겠니?

"유대인이든 아니든 나는 명랑한 분위기와 찬란한 햇빛이 필요한 한 소녀에 지나지 않아요" 하고 자신에게 항변할 때도 있어. 만일 누구에게 이런 말을 한다면 나는 곧 울어버리고 말 거야. 사실 운다는 것은 때론 크나큰 구원이 되기도 해.

키티, 나는 아무리 참으면서 어떤 이유를 붙여봐도 나를 감싸주는 엄마다운 엄마가 없는 걸 매일 쓸쓸하게 느끼지 않을 수 없어. 내가 어떤 일을 하든 무엇을 쓰든, 장래 내 아이들을 위해선 다정한 마마가 되어야겠다고 다짐하는 것은 이 때문이야. 다정한 마마는 평범한 대화는 심각하게 듣지 않고 진지하게 말하는 것만 진지하게 들어주어야 하겠지. 특별히 '마마'라고 한 것은 엄마란 말과는 좀 색다른 이미지를 얻기 위해 의식적으로 사용한 거야.

오늘은 이만. 너에게 이 글을 쓰는 동안은 '지옥'을 잠시 잊을 수 있었구나.

안네.

1943년 12월 25일(토)

키티,

해마다 크리스마스가 다가오면 나는 아빠에 대한 일, 즉 아빠가 젊은 시절의 연애에 대해 이야기해주신 것을 생각하게 된단다. 작년만 해도 나는 아빠가 해주신 이야기의 뜻을 이해하지 못했어. 그러나 다시 한번 들려주신다면 세세한 점까지 모조리 이해할 수 있을 것 같아.

아빠가 그 연애 이야기를 하신 것은 자신의 가슴속에 숨어 있는 비밀을 털어놓고 싶은 심정에서였을 거야. 그렇지 않으면, 아빠 자신에 대해 한마디도 말할 기회가 없었기 때문이야. 언니는 아빠의 그 괴로운 경험을 전혀 모르고 있어. 가엾은 아빠! 나는 아빠가 모든 것을 잊으셨다고는 아직 생각지 않아. 아니, 아빠는 결코 잊어버리지 않으실 거야. 아빠는 퍽 참을성이 많아지셨어. 나는 아빠 같은 괴로움을 겪지 않고 아빠 같은 사람이 되고 싶어.

안네.

1943년 12월 27일(월)

키티,

금요일 저녁때 나는 생전 처음으로 크리스마스 선물을 받았어. 코프하이스 씨와 클라레르 씨와 여사무원들이 남모르게 놀랄 만한 음모를 꾸몄던 거야. 미프가 '평화의 1944년'이라 쓴 크리스마스 케이크를 만들고, 엘리는 전쟁 전과 같이 맛있는 고급 비스킷을 한 파운드 가져왔어. 그리고 페터와 언니에게는 요구르트를 한 병씩, 어른들에게는 맥주를 한 병씩. 선물들은 맵시있게 포장되어 있고, 포장마다 카드가 핀으로 꽂혀 있었어. 이런 선물이 없었더라면 우리의 크리스마스는 덧없이 지나가버렸을 거야.

안네.

1943년 12월 29일 (수)

키티,

어젯밤에 또다시 가련한 심정이 되더구나. 할머니와 리스 생각이 떠올랐어. 오오, 그리운 할머니!

우리는 할머니의 괴로움을 조금도 이해하지 못했지. 훌륭한 분이셨어. 뿐만 아니라 할머니는 자신의 무서운 비밀―불치의 병환에 걸리신 것을 우리에게 숨기고 계셨어. 할머니는 결코 우리를 실망시키려 하지 않으셨어. 나쁜 짓을 하든지 지나친 장난을 하든지 언제나 우리를 편들어주셨어.

할머니, 할머니는 저를 사랑해주셨나요? 그렇잖으면 제 심정을 이해 못 하셨나요? 난 모르겠어. 아무도 할머니에 대해 얘기하는 사람은 없어. 우리가 옆에 있었지만, 할머니는 얼마나 쓸쓸하셨을까? 사람이란 아무리 여러 사람에게서 사랑을 받아도 고독할 때가 있는 법이야. 그 사람이 그 누구에게도 '사랑하는 유일한 사람'이 못 되기 때문이야.

리스는 아직도 살아 있을까? 그녀는 무엇을 하고 있을까? 오, 하나님, 그녀를 보호하시어 우리에게로 데리고 돌아와주소서.

리스, 나는 언제나 네 입장에다 나 자신을 놓고 내 운명이 어떠했을까를 생각한단다. 그렇다면 나는 왜 이곳에서의 생활을 불행하게만 생각하는 것일까. 나는 정말 그녀와, 시련을 겪고 있는 그녀의 친구에 대한 생각을 할 때 말고는 언제나 기뻐하며 만족해야 하지 않을까? 왜 나는 언제나 무서운 꿈을 꾸거나 상상하거나 하는 걸까?

그러나 나는 무서워서 가끔 큰 소리로 비명을 지르고 싶은 충동을 느껴. 그것은 하나님에 대한 신앙이 부족하기 때문이겠지.

사실 하나님은 내가 도저히 받을 자격이 없을 만한 많은 것을 나에게 내려주셨어. 그런데도 나는 매일 딴 사람들 일을 생각하면 그저 울고 싶어질 따름이야. 아마 온종일이라도 울 수 있을 거야. 단지 내가 할 수 있는 일은 신께서 몸소 기적을 부르시어 비참한 사람들을 구원해주십사고 기도하는 것뿐이야. 난 이것만큼은 충분히 해온 셈이야.

안네.

반성

1944년 1월 2일(일)

키티,

오늘 아침엔 별로 일이 없어서 일기장을 펴봤더니, 마구 흥분해서 격정적으로 엄마 욕을 한 부분이 눈에 들어왔어. 난 깜짝 놀라 "안네, 엄마 욕을 쓴 게 정말 너니? 어떻게 그럴 수가 있지!" 하고 나에게 물었어.

일기장을 펴놓은 채, 이토록 증오심에 불타 키티에게 털어놓을 만큼 흥분했었나 생각해봤어. 나는 모든 기쁨과 슬픔, 남에 대한 멸시를 일기장에 적어놓았어. 이 일기는 나에게 커다란 가치를 가지고 있어. 여러 가지 점에서 하나의 비망록이 되니까. 그렇지만 이런 페이지에는 "과거의 일이다, 이미 끝나버린 일이다"라고 분명히 썼어야 해. 난 엄마에게 미친 듯이 대들기도 했어. 지금도 가끔 그러지만 엄마가 나를 이해해주지 않는 것은 사실이고, 나 역시 엄마를 이해하지 못해. 엄마는 나를 무척 사랑하시고 온화하시지. 하지만 나 때문에 자주 불쾌해하실 뿐만 아니라 여러 가지 걱정거리 때문에 짜증과 신경질을 내시고 나에게 화풀이를 하시는 것도 충분히 이해할 수 있어. 그게 너무 엄격하다고 생각해서 엄마에게 화를 내고 괴롭혀 불행하게 만든 것이지.

그렇지만 엄마 앞에서 직접 소리내서 마음을 상하게 한 게 아니라 키티에게 말한 것이 다행이라고 생각하고 있어.

안네.

1944년 1월 5일(수)

키티,

오늘은 좀 시간이 걸리겠지만 너에게 꼭 고백해야 할 일이 두 가지 있어. 그리고 이런 고백은 비밀을 지켜주는 네가 가장 적당한 상대구나.

첫째, 엄마에 대한 일.

너도 알다시피 나는 엄마에 대한 불평을 여러 번 했지. 사실 나는 엄마를 이해하려고 노력해왔어. 그런데 이제 와서 엄마의 결점이 무엇인가를 갑자기 알게 되었어. 엄마는 우리에게 말씀하시기를, 우리를 딸이라기보다는 친구로서 생각해오셨다는 거야. 퍽 훌륭한 생각이긴 하지만, 친구란 역시 엄마를 대신할 수는 없잖겠니? 나에게는 내가 본받을 수 있고 존경할 수 있는 엄마가 필요해. 언니는 다르기 때문에 내가 지금 한 말을 이해하지 못할 거야. 또 아빠도 엄마에 대한 이야기는 일절 피하고 계셔.

나는 엄마란 우선 첫째로 자식이 내 나이쯤 되면 잘 리드할 줄 알고, 아이들이 울더라도 비웃지 않는 믿음직한 보호자여야 한다고 생각해.

사소한 일이지만, 엄마를 절대 용서할 수 없는 사건이 하나 있어. 그것은 예전에 치과에 갔을 때의 일이야. 엄마와 언니도 함께 갔는데 나는 자전거를 타고 갔지. 치료가 끝난 뒤 엄마와 언니는 무슨 물건을 사러 가겠다고 했어—무엇이었는지는 똑똑히 기억나지 않지만—내가 같이 따라가겠노라고 했더니, 자전거를 가지고 와서 안 된다고 거절하셨어. 순간 나의 눈에 눈물이 넘치는 걸 보자, 엄마와 언니는 웃어댔어. 나는 화가 나서 길 한복판에서 혀를 쑥 내밀어 보였어. 마침 지나가던 나이 많은 부인이 이 모습을 보았지. 나는 마구 자전거를 달려서 집으로 돌아왔어. 나는 마음속으로 줄곧 울고 있었어.

그때 일을 생각하면 엄마가 내 마음에 준 상처는 지울 수가 없어.

둘째, 좀 거북한 얘기. 왜냐하면 나 자신에 관한 일이니까.

어제 나는 시스 헤이스터가 쓴 생리(生理)에 관한 글을 읽었어. 마치 나를 위해서 쓴 것 같을 정도로 나의 경우를 설명한 글이지만, 얼굴을 붉힐 만한 내용은 아니었어.

"소녀는 나이가 들면 얌전해지고, 자기 신체에 일어나는 이상한 변화에 머리를 쓰기 시작한다."

나는 지금 그것을 경험하고 있어. 요즘 아빠, 엄마, 언니에게 사뭇 자연스럽게 대할 수 없는 것은 그 탓이야. 이상한 것은 언니가 나보다 훨씬 수줍어하는 성격인데도 조금도 그런 일이 없는 거야.

내게 일어나고 있는 변화—신체적인 것뿐만 아니라 마음속에 일어나고 있는 변화—는 참 멋지다고 생각해. 그러나 난 아무와도 이런 걸 얘기해본 적은 없어. 자신하고만 이야길 하지.

나는 월경이 있을 때마다—아직 세 번 밖에 없었지만—고통스럽고 불쾌하고 우울함에도 불구하고 달콤한 비밀이라도 간직한 듯한 기분이 들었어. 때문에 어떤 의미로는 귀찮을 때도 있지만, 마음 속으로 이 비밀을 향락하는 순간이 자주 오기를 기다리는 심정이기도 하단다.

시스 헤이스터는 또 사춘기 또래의 소녀는 자아에 대한 의식을 똑똑히 자각하지 못하지만, 차차 자기도 사상, 감정, 인격을 가진 하나의 인간이라는 의식을 얻게 된다고 말하고 있어. 나는 이곳에 왔을 때 열네 살이었지만, 다른 소녀들보다 빨리 자기 자신에 대한 것을 생각하기 시작했고, 나 스스로가 떳떳한 한 사람의 인간이라는 걸 깨닫게 되었어. 잠자리에 누웠을 때 문득 가슴에 손을 얹고 심장의 규칙적인 고동 소리에 가만히 귀를 기울이고 싶은 충동에 사로잡힐 때도 있어.

이곳에 오기 전에도 어렴풋이 그런 자각은 가지고 있었지. 어떤 여자 친구와 같이 놀러 갔을 때 그녀에게 키스하고 싶은 충동을 누를 수 없어 키스한 일이 있단다. 그리고 그녀가 항상 제 몸을 감추려 하자 그녀의 몸에 대한 호기심을 누를 수가 없었어. 그래서 우정의 증거로서 서로 젖가슴을 만져보자고 했으나, 그녀는 거절했지. 나는 가령 비너스와도 같은 여자의 나체를 볼 때마다 마음이 황홀해졌어. 그럴 땐 너무나 감동되어 눈물이 흘러 뺨을 적시는 것을 주체할 수조차 없단다.

진정한 여자 친구가 있었으면!

안네.

1944년 1월 6일(목)

키티,

대화를 나눌 상대를 물색하다가 페터를 생각해냈단다.

낮에 나는 이따금 위층 페터의 방에 놀러 가지. 놀기에는 안성
맞춤인 방이긴 하지만, 페터는 지나치게 소극적이어서 귀찮아도 나
가달라는 말은 할 줄 모르기 때문에, 혹시라도 귀찮아할까 봐 오래
앉아 있지는 못해. 나는 남의 눈에 띄지 않게 페터의 방으로 가서
이야기할 구실을 찾고 있었는데 어제 그 기회를 잡았어.

페터는 요즘 '단어 찾아내기' 퀴즈에 열중해서 다른 일은 전혀
하지 않아. 나는 페터를 도와 그것을 풀어주기로 했어. 우리는 테이
블을 사이에 두고 그는 의자에, 나는 긴 의자에 마주 앉아 있었어.

그의 깊고 푸른 눈을 들여다보는 순간마다 나는 떨리는 듯한 의
식이 들었어. 그는 입가에 야릇한 미소를 띠고 앉아 있었는데, 나는
단번에 그의 마음을 알아차릴 수 있었어. 그의 미소는 여자에게 어
떤 태도를 취해야 할지 모르는 자신 없는 표정과 자기도 남자라는
의식의 그림자를 드러내주고 있었어. 그의 거북해하는 태도를 보고
나는 안온하고 부드러운 기분에 젖을 수 있었어.

나는 몇 번이고 그와 시선을 마주쳐가며 진심으로 "지금 마음
속으로 무슨 생각을 하고 있는지 말해줘. 이런 쓸데없는 얘기 이외
에는 다른 할 얘기가 없니?" 하고 그에게 호소하고 싶었어.

그러나 그날 밤은 아무 일 없이 지나갔어. 다만 나는 그에게
'부끄러운 현상'에 대해 말했을 뿐이야—물론 어제 일기에 쓴 것이
아니고, 그가 성장한 후 자신을 갖도록 하기 위한 것들이야.

나는 침대에 누워서 주위의 환경을 다시 더듬어보았지만 결국 나의 용기를 북돋워주는 것은 없었어. 나에게 호감을 가져달라고 페터에게 부탁할 수도 없잖니?

누구든 제 나름의 방법으로 자신의 동경을 만족시킬 수 있는 법이야. 나는 이제 가끔 페터를 찾아가 어떤 방법으로든 그와 대화의 길을 터보겠어.

페터를 사랑하고 있는 것은 아니야. 절대 그런 일은 없어! 만일 판 단 씨 댁에 사내아이가 아니라 계집아이가 있었다면 나는 그애와도 사이가 좋아졌을 거야.

오늘 아침에는 7시 5분 전에 잠에서 깨었는데 꿈에서 본 것을 뚜렷이 기억할 수 있었어. 내가 의자에 앉아 있고 그 앞에 페터— 페터 판 단이 아니라 페터 베셀이 앉아 있었어. 우리는 함께 마리보소가 그린 그림책을 보았어. 너무나 생생한 꿈이어서 지금도 그 그림의 한 장면을 기억하고 있어. 꿈은 이것뿐만이 아니야. 별안간 페터의 시선이 내 시선과 마주쳤어. 나는 언제까지나 그의 아름다운 갈색 눈을 들여다보았어. 그러자 페터는 상냥한 목소리로 "내가 일찍 알기만 했더라면 진작 너한테 달려왔을 것을" 하고 말했어. 나는 목이 메어 눈물이 나올 것만 같아 갑자기 얼굴을 돌려버렸어. 곧 내 볼에 부드럽고 따스한 볼이 살며시 와 닿는 것을 느꼈어. 황홀한 기분이었어.

여기서 잠이 깨었지. 그러나 잠이 깬 뒤에도 그의 볼이 내 볼에 닿아 있고, 그의 갈색 눈이 내 눈을 지그시 바라보고 있는 듯한 착각을 떨쳐버릴 수 없었어. 그는 내 마음에서 내가 얼마나 그를 사랑했는지, 그리고 지금도 사랑하고 있는지 보았을 거야.

새로운 눈물이 눈에 솟아났어. 나는 그를 잃은 것은 안타까워했지만 동시에 페터 베셀이 지금도 나에게 선택된 유일한 남자라는 것을 기쁘게 생각했어.

요즈음 꿈에 가끔 사람들의 얼굴이 뚜렷이 나타난다는 것은 이상한 일이야. 얼마 전에는 할머니의 꿈을 꾸었는데, 주름 잡힌 벨벳 같은 할머니의 피부마저 분명히 알 수 있었어. 그때 할머니는 우리를 보호하는 천사로 나타났지. 다음에 꾼 것은 리스의 꿈이야. 그녀는 나의 여자 친구와 유대인 수난의 상징처럼 생각돼. 그녀를 위해 기도할 때는 수난을 겪는 모든 유대인들을 위해 기도한단다. 그리고 이번에는 페터—내가 사랑하는 페터의 꿈이야. 마음속으로 이처럼 생생하게 그의 모습을 본 적이 없어. 그의 사진이 필요 없어. 눈앞에 그의 모습을 분명히 그릴 수 있으니까.

안네.

뽑히지 않은 화살

1944년 1월 7일(금)

키티,

나 좀 봐, 바보같이! 남자 친구와의 관계에 대한 이야기를 여태까지 잊고 있었구나.

내가 아주 어렸을 때—유치원에 다닐 때—나는 카렐 삼손과 가까웠어. 그는 아버지를 여의고 어머니와 함께 작은어머니네 집에서 살고 있었어. 카렐의 사촌인 로비는 날씬하고 멋진 소년이어서 꼬마 익살꾼 카렐보다 귀염을 받았지만, 나는 아무래도 카렐이 좋았어.

우리는 늘 단짝이 되어 오랫동안 함께 지냈지만 단지 그뿐, 내 사랑은 아무 열매도 맺지 못했어. 다음으로 내 앞에 나타난 사람이 페터였단다. 나는 어린 마음 그대로 그에게 열중했어. 그도 나를 꽉 좋아하여 우리는 여름 방학 때도 떨어지지 않고 같이 지냈어. 그는 흰 무명 옷을 입고, 나는 짧은 여름 드레스를 입고, 손을 잡고 함께 거리를 거닐던 일을 지금도 기억하고 있어.

여름 방학이 끝나자 그는 중학교 1학년이 되었어. 우리는 학교에서 만나 함께 돌아오곤 했지.

페터는 성실하고 침착하고 영리한 얼굴을 한, 날씬하고 키가 큰 소년이었어. 그의 머리는 검고 눈은 고운 갈색이고, 붉은 볼에 코는 뾰죽했어. 웃으면 장난꾸러기처럼 보였지만, 나는 그것이 견딜 수 없도록 마음에 들었어.

내가 방학 동안에 시골에 갔다가 돌아와 보니, 페터는 이사를 가버리고, 그가 살던 집에는 그보다 훨씬 나이 들어 보이는 소년이 살고 있었어. 이 애가 페터에게 날 젖비린내 나는 말괄량이 계집애라고 해서 페터는 날 버린 모양이야. 나는 페터를 무척 사랑했기 때문에 이 사실을 믿을 수가 없었어. 단념할 수가 없어 그의 생각을 돌이키려고 해보았지만, 페터는 자기와 같은 또래의 계집애와 놀면서 나와는 길에서 만나도 말 한마디 걸어주지 않았어. 그래도 그를 잊을 수가 없었어.

유대인 학교에 입학하고는 나에게 반한 남학생들이 우리 반에 많이 있었어. 나는 재미있다고 생각하기도 하고 우쭐해지기도 했지만, 그저 그뿐 별로 마음이 움직이지는 않았어.

그 후 해리가 나에게 열중했지만, 이미 말한 것처럼 나는 두 번 다시 사랑을 느끼지 못했어.

세월은 모든 상처를 씻어준다는 말이 있는데 옳은 말이야. 나는 페터의 일을 잊고, 또 그를 조금도 좋아하지 않게 되었다고 생각하고 있었어. 그러나 그애의 추억은 내 마음 깊은 곳에서 아직도 강하게 살아 꿈틀거리고 있었던 거야. 다른 여자 친구들에게 질투를 느끼거나 그가 싫어지거나 한 것은 역시 그를 잊을 수 없기 때문이 아니겠니?

오늘 아침에 나는 내 마음이 조금도 변하지 않고 있었다는 것을 알았어. 뿐만 아니라 성장하면서 그를 한층 더 사랑하게 된 거야. 지금에야 나는 페터가 나를 젖비린내 난다고 생각한 것을 이해할 수 있어. 그래도 그가 나를 완전히 망각 속에 묻어버렸다면 슬퍼지지 않을 수 없어. 꿈에서 본 그의 이미지는 너무나 생생했기 때문에 아무도 나의 가슴속에 페터와 같은 흔적을 남길 수는 없을 거야.

나는 꿈에 완전히 매혹되어버렸어. 아빠가 아침 키스를 했을 때, 나는 "오, 아빠가 만일 페터라면!" 하고 소리칠 뻔했어. 나는 종일 페터를 생각하고 그의 이름을 끊임없이 되뇌었어.

지금 누가 나를 위로해줄 수 있단 말인가? 내가 끝까지 살아서 이 밀폐된 곳에서 벗어나 페터 앞에 나타날 수 있을 때 그가 나의 애정에 찬 시선을 보고 "오, 안네, 내가 알기만 했더라면 진작 너한테 달려왔을걸" 하고 말해주도록 하나님께 빌어야겠어.

거울에 비친 나의 얼굴이 전과는 아주 달라 보이는구나. 눈은 맑고 뺨은 몇 주일 만에 붉은 빛을 띠고 입술은 촉촉이 물기를 머금고 젖어 있어. 난 행복해 보여. 그렇지만 내 표정엔 어딘지 쓸쓸한 그늘이 드리워져 있고, 입가에는 웃음이 떠올랐다간 이내 사라져버려. 난 행복하지 못해. 페터가 나와 같은 기분이 아님을 알고 있기 때문이야. 그래도 나는 나를 응시하는 페터의 빛나는 눈, 볼에 닿은 페터의 따뜻하고 부드러운 볼의 감촉을 아직도 잊을 수 없어.

—오, 페터! 내 어찌 그대의 모습을 잊을 수 있겠어요? 그대를 대신할 사람은 없어요. 난 그대를 사랑해요. 그대에게 바치는 사랑

은 너무나 커서 이제는 가슴속에 묻어둘 수가 없어요. 분명 가슴을 박차고 나와 악귀처럼 미친 듯이 날뛸 거예요.

일주일 전, 아니 어제라도 누가 "남자 친구들 중에서 결혼 상대로 누가 제일 적당하냐?" 하고 묻는다면, 나는 "모르겠어요" 하고 대답했겠지만, 지금이라면 "페터예요. 나는 그를 진정으로 사랑하고 있어요. 내 모든 걸 전부 그이한테 바치겠어요!" 하고 외치겠어. 그가 이 말을 듣는다면 내 뺨을 어루만져줄지도 모르지만 아마 그것뿐일 거야.

전에 가족들이 성(性)에 대해 이야기했을 때 아빠는 나에게 아직 어려서 모를 것이라고 말씀하셨지만, 나는 알고 있었어. 그리고 지금은 완전히 알아. 지금 내게 페터보다 더 그리운 사람은 없어. 오오, 나의 페터!

안네.

1944년 1월 12일(수)

키티,

엘리는 2주 전부터 다시 출근하고 있어. 그리고 미프와 헨크만 소화불량으로 이틀 동안 일을 쉬었고.

나는 요즘 댄스와 발레에 열중해서 매일 저녁 열심히 스텝을 연습하고 있단다. 나는 하늘빛 페티코트로 레이스가 달린 최신식 댄스복을 만들었지. 목엔 리본을 두르고, 허리에는 타이를 매고 핑크색 리본으로 강조해주었어. 운동화로 발레용 구두를 대신해보려 했지만 헛수고였어. 나의 굳은 근육은 춤에 단련된 근육처럼 부드럽게 움직여주기 시작했어. 가장 힘든 동작은 마루에 앉아 양손으로 다리를 들어올리는 거야. 이 동작을 하려면 나의 약한 엉덩이가 아프지 않도록 밑에 쿠션을 깔아야 해.

은신처의 식구들은 모두《구름 없는 아침》이란 책을 읽고 있어. 엄마는 젊은이들의 문제점들이 담겨 있어서 퍽 유익한 책이라고 말씀하셔. 나는 마음속으로 "엄마는 먼저 우리 집안 젊은이들에 대해서 생각해보세요" 하고 빈정대주었지.

엄마는 우리, 즉 부모와 자식들 사이의 관계가 가장 바람직하다고 믿고 있는 거야. 분명히 엄마는 언니만 보살펴주고 있지만, 언니는 나만큼 복잡한 경험에 부딪히거나 생각해본 적도 없을 거야. 내가 이런 것을 엄마에게 항변하면 엄마는 당황하고 태도를 바꾸려고 하겠지. 그러나 나에게는 역시 마찬가지일 테니까 차라리 엄마를 괴롭히지 않고 두겠어.

엄마는 나보다는 언니가 훨씬 자기를 사랑한다고 믿고 있어. 언니는 이제 어른이 되어서 예전과는 달라. 정말 친구같이 되었어. 나에게도 어린애 취급은 하지 않아.

나는 야릇하게도 남의 눈을 통해 나 자신을 바라볼 때가 있단다. 그럴 때면 나는 남의 일을 생각하듯 지금까지 내가 걸어온 생애를 더듬어보곤 하지. 이곳으로 옮겨오기 전에는 사물을 분석해서 생각해본 일도 없고, 간혹 나 자신이 가족과 아무 관계가 없는 듯 느낄 때가 있었을 뿐이었어. 그리고 곧잘 고아처럼 행동해보기도 했고, 다음엔 억지로 자신에게 다정해져보려고 몸부림친 시기가 있었어.

아침마다 누가 아래층으로 내려오면, 발소리의 주인공이 엄마여서 "굿모닝" 하고 인사해주기를 바랐고, 엄마의 사랑을 받고 싶어서 엄마에게 다정한 굿모닝 키스를 하면 엄마는 싫은 표정을 지으셨지. 그러면 나는 호의를 짓밟힌 실망을 되씹으며 학교로 가곤했어.

학교에서 돌아오는 길엔 엄마에게는 이런저런 힘든 일이 있으니까 어쩔 수 없다 생각하고 집에 도착하면 즐겁게 떠들어대지만, 역시 마찬가지 상황이 되어서 가방을 안고 방에서 나오지.

이제 엄마하고 이야기도 하지 않으리라 결심도 해보지만, 학교에서 돌아오면 이야기하고 싶은 게 산더미 같아서 결심은 무너지고 나는 일하고 있는 엄마 옆에서 수다를 떨게 마련이야. 그렇게 생각해도 계단의 발소리에 귀를 기울이다보면 밤마다 눈물로 베개를 적시고 말아.

그 뒤 세상은 점점 뒤숭숭해져서 너도 알다시피 이 모양이 되었어.

이제 신은 나에게 페터라는 위안자를 보내주셨나 봐. 나는 내 목걸이를 꽉 움켜쥐고 키스하며 자신에게 이렇게 다짐한다.

"다른 사람들은 아무래도 좋아요. 페터는 내 사람이고, 그것은 아무도 몰라요."

이런 식으로 나는 모든 고통을 참아내겠어. 누가 어린 소녀의 마음속에 이런 생각이 꿈틀거리고 있으리라고 생각하겠니?

안네.

1944년 1월 15일(토)

키티,

너에게 우리의 말다툼이나 불화에 대해 세세히 적어보아도 아무런 소용이 없겠지? 그러니까 여기선 다만 우리가 버터나 고기 따위를 적당히 분배해서 감자 프라이를 했다는 정도만 이야기하겠어. 오후 4시쯤이 되면 저녁을 기다리다 못 해 텅 빈 뱃속을 달래느라고 우리는 간식으로 빵을 먹어.

엄마의 생신이 다가오고 있구나. 엄마는 클라레르 씨에게서 설탕을 받았어. 판 단 아주머니 생신에는 이런 식의 호의를 받아보지 못했기 때문에 판 단 씨 댁 가족들이 시샘을 하고 있단다. 그러나 서로 욕을 하거나 화를 내거나 하며 상대방을 괴롭혀서 무슨 소용이 있겠니?

키티, 우리는 말다툼에는 이제 진력이 났어. 엄마는 그럴 수만 있다면 얼마 동안 판 단 씨네 가족들을 보지 않고 지냈으면 좋겠다고 푸념을 하셨어.

다른 사람들과 한 집에서 오래 살면 당연히 말썽이 생기는 법인지, 아니면 우리가 재수 없는 제비를 뽑은 것인지? 인간은 이토록 이기적이고 인색한 것이 천성일까? 인간의 본질에 대해서 배울 기회가 있다는 것은 다행한 일이기도 하지만, 나는 싫증 나도록 배워 왔어.

우리가 서로 싸움을 하든지, 자유가 충만한 신선한 공기를 그리워하든지 상관없이 전쟁은 계속되고 있구나. 따라서 우리는 우리의 생활을 알차게 만들 수 있도록 노력하려 하고 있어. 오늘은 그만 설교투가 되었지만. 사실 이런 환경 속에서 견디다보면 나는 바짝 마른 콩깍지같이 될 것만 같아.

나는 진정한 젊은 여자로서의 생활을 갖고 싶어!

안녜.

자라는 마음

1944년 1월 22일(토)

키티,

사람은 어째서 자기들의 진실한 감정을 애써 감추려고 하는 걸까? 다른 사람이 모인 자리에서 왜 나는 마음에도 없는 태도를 꾸며야 할까? 우리는 왜 서로 믿지 못할까? 거기에는 그럴 만한 이유가 있겠지만 그렇다고 해도 가끔은 가족에게까지 자기 본심을 고백하지 못하는 것은 무서운 일이라는 생각이 들어.

지난 밤 꿈을 꾸고 나서 나는 훨씬 고독한 존재가 되었어. 판 단 아저씨 아주머니에 대한 태도까지 변했다는 걸 알면 너도 놀라겠지. 난 갑자기 모든 말다툼과 싸움을 전과는 다른 각도에서 보게 되어서 전처럼 편견을 갖지 않게 됐어. 난 모든 생각을 새로 뜯어고치고 철저하게 문제를 파헤쳐서 "젊은 사람은 언제나 나쁜 것만을 배운다"는 말처럼 되지 않으려고 해. 나 자신이 신중하게 검토해서 어느 것이 진실이고, 어느 것이 과장된 것인지 알아낼 거야. 그래도 그들에게 실망한다면 나 역시 엄마 같은 태도를 취하겠지만 그렇지 않다면 먼저 그들의 생각을 고쳐주려고 애쓰겠지. 나는 아는 척하는 계집애란 소리를 듣더라도 기회가 되는 대로 토론된 모든 문제를 판 단 아주머니와 거리낌없이 얘기해볼 생각이야. 그리고 나 자신은 중립이라고 주저 않고 선언할 거야. 우리 집에 반기를 들겠다는 의미는 아니지만 적어도 오늘부터는 동정심 없는 욕은 쓰지 않을 거야.

오늘까지 나는 무척 고집쟁이였어. 언제나 판 단 씨네 사람들이 나쁘다고 생각했지만 우리에게도 일부 책임이 있어. 싸움의 원인을 따지자면 우리가 옳겠지만 지성이라는 것이 있다면(우리에게는 있다고 생각해) 그렇지 않은 사람과 사귈 때는 좀 더 판단력을 가져야 해. 내겐 어느 정도 판단력이 있으니까 필요할 때는 보람 있게 쓸 작정이야.

안네.

1944년 1월 24일(월)

키티,

나에게 조그만 일이 일어났단다. 사건이랄 것까지는 없지만 흥미 있는 일이야.

전에 집에서나 학교에서나 누가 성 문제에 대해 말을 꺼내면 신비스럽기도 했어. 그리고 이와 같은 이야기는 대개 속삭이듯 주고 받게 마련이었고, 누군가가 그 말을 이해하지 못하면 그앤 웃음거리가 되었지.

나는 이것이 이상해서 "왜 사람들은 성에 대한 이야기를 비밀스럽고 더러운 것처럼 취급할까?" 하고 생각했어. 그렇다고 떠들어

댈 수도 없는 노릇이어서, 나는 되도록 침묵을 지키고 가끔 친구들에게 슬그머니 물어보는 정도였어.

내가 성에 대한 것을 조금 알게 되어 엄마와 이야기할 수 있게 되었을 때, 엄마는 "안네야, 주의해둔다만, 이런 말은 남자 친구들과 하면 안 된다. 남자애들이 먼저 말을 꺼내더라도 대답하지 말아라" 하고 말씀하셨어. "물론이지요. 알고 있어요" 하고 대답한 것을 지금도 분명히 기억하고 있어. 그때는 그뿐이었지.

우리가 이곳으로 옮겨왔을 당시 아빠는 내가 이미 엄마에게서 들은 사실들을 가르쳐주셨고, 그 밖에 책이나 어른들 사이에서 오가는 대화를 통하여 성에 대한 지식을 얻을 수 있었어. 페터 판 단은 다른 남자애들처럼 한두 번 넌지시 이런 이야기를 꺼냈지만, 나에게 말을 시키려고는 하지 않았어.

판 단 아주머니는 페터에게 성에 대해서 가르쳐준 적이 없고, 아저씨 역시 마찬가지일 것이라고 말씀하셨어. 분명히 아주머니는 페터의 지식이 어느 정도인지조차 모르고 있을 거야.

어제 언니와 페터와 나, 셋이서 감자를 벗기다가 보쉬에 대한 이야기가 나왔단다.

"우리는 아직 보쉬가 암컷인지 수컷인지조차 모르고 있잖아?" 하고 내가 말했더니,

"보쉬는 수컷이야, 분명히" 하고 페터가 대답했어.

나는 웃음을 터뜨렸어.

"어떻게 수컷이 새끼를 배니? 희한한 일이구나."

페터와 언니는 터무니없는 착각에 웃고 말았어. 두 달 전에 페

터는 보쉬의 배가 불러오므로 곧 새끼를 낳을 것이라고 말했거든. 그런데 보쉬의 배가 부른 것은 알고 보니 뼈다귀를 잔뜩 훔쳐 먹었기 때문이었어. 새끼를 뱄다면 그렇게 빨리 배가 불러올 수는 없잖아.

"정말이야. 나하고 같이 가봐. 전에 보쉬를 데리고 놀다가 그놈이 수컷이라는 걸 알아냈어" 하고 페터가 변명하듯 말했지.

나는 호기심에 끌려 페터와 같이 창고로 내려갔어. 그러나 보쉬는 손님이 찾아왔는데도 나타나지 않았어. 우리는 잠깐 기다리다가 추워서 그냥 올라오고 말았어.

오후에 나는 페터가 다시 아래층으로 내려가는 발소리를 들었어. 나는 용기를 내어 조심조심 창고로 따라 내려갔어. 페터는 테이블 위에서 보쉬를 저울대에 달아보려는 중이었어.

"어이, 보쉬를 보러 왔니?"

그는 조금도 주저하지 않고 고양이를 덥석 잡아놓고 목과 발을 눌렀어.

"이게 요놈의 수컷 생식기야. 이렇게 듬성듬성 털이 났지, 저것이 항문."

고양이는 발을 허공에 버둥거리면서 다시 일어섰어.

다른 남자애가 '수컷의 생식기'를 보여주었다면 나는 두 번 다시 그를 쳐다보지도 않았을 거야. 그러나 페터는 그런 거북한 이야기를 아주 자연스럽게 했기 때문에 나도 자연스럽게 그를 대할 수 있었어. 우리는 얼마 동안 보쉬를 데리고 떠들다가 창고 문 쪽으로 걸어나왔어.

"나는 알고 싶은 게 있으면 책을 찾아봐. 넌 어떻게 하니?" 하고 내가 묻자, "그래? 난 아버지한테 물어봐. 아버지는 경험이 많아서 나보다 잘 알고 계시거든" 했다.

계단을 올라오자 나는 입을 다물어버렸어. 이런 이야기는 여자 친구에게라도 함부로 할 수 없는 것이 아니겠니? 나는 엄마가 주의시킨 것을 충분히 이해하고 있었지만, 그날 따라 유난히 들떠 있었던 거야. 야릇한 기분이 나를 떨리게 하더구나. 그러나 성에 대한 이야기를 농지거리로 빗대지 않고 자연스럽게 말할 수 있는 젊은 이—물론 이성인—도 있다는 사실을 깨달았어.

페터는 정말 부모에게 이런 질문을 할까? 그는 나에게 말한 것처럼 자연스럽게 부모에게 성에 대한 질문을 할까? 그것을 알고 싶었어.

안네.

1944년 1월 28일(금)

키티,

요즈음 나는 우리 가계(家系)의 족보와 왕실의 가계에 대한 계보학에 몰두하고 있어. 누구든 이 방면의 공부를 시작하면 완전히 과거의 흐름 속에 빠져버려 파묻혀서 점점 신선하고 흥미 있는 자료를 찾을 수 있을 거야.

공부도 부지런히 계속하고 있어. 라디오의 가정 영어 강좌를 듣고, 일요일에는 스크랩한 영화 배우 사진들을 들여다보지.

클라레르 씨는 월요일마다 《영화와 연극》이라는 잡지를 사다주셔. 이곳 식구들은 이런 잡지를 사는 것이 낭비라고 투덜거리지만, 내가 어떤 영화에 어떤 배우가 출연했다는 것을 정확히 알아맞히면 모두 놀라는 표정이야. 휴일날 남자 친구와 곧잘 영화 구경을 다니는 엘리는 나에게 매주 새로운 영화 제목을 가르쳐주고, 그러면 나는 그 영화에 출연하는 배우 이름이나 그 배우에 대한 평을 단숨에 지껄이고 말아. 엄마는 나에게 영화의 줄거리나 배우 이름이나 평을 다 알고 있으니 넌 이젠 영화 구경을 갈 필요가 없겠다고 말씀하셨지. 헤어 스타일에 대해 이야기하면—내가 색다른 헤어 스타일로 바꾸면 모두 신기한 듯 쳐다보면서, 어떤 글래머 배우를 모방한 것이냐는 표정이야. 내가 내 방식으로 고쳤다는 것을 아무도 믿지 않아. 그래서 헤어 스타일을 바꿨다가도 이상해하는 시선을 견딜 수 없어서, 다시 욕실로 달려가 본디대로 고쳐버린단다.

안네.

1944년 1월 28일(금)

키티,

너는 아마 지루하고 상투적인 뉴스를 풀밭 위에 누운 한가로운 소처럼 되새기다가 이제는 지쳐 길게 기지개를 켜고, 안네가 싱싱한 뉴스를 들려주지 않나 하고 기다리겠지?

네가 따분해하는 것을 알고 있어. 그러나 케케묵은 이야기를 되풀이하는 늙은 소들 사이에 끼어 앉아 있는 나의 입장이 되어보려무나.

식사 때에는 정치 정세나 음식에 대한 것이 아니면, 엄마나 판 단 아주머니가 몇 번이나 들은 젊은 시절의 이야기를 향수에 잠겨 꺼내게 마련이야. 그렇지 않으면 뒤셀 씨가 경주마나 찌그러진 보트 이야기, 네 살짜리 아이가 수영한 이야기, 신경질적인 환자 이야기를 꺼내지. 누가 무슨 말을 꺼내든 다른 사람들은 모두 들어서 알고 있는 이야기야. 어떤 농담을 해도 이야기하는 당사자만이 자기의 기지에 도취하여 웃을 뿐이야. 사실 이런 답답한 세계에서 신선하고 새로운 화제를 찾는다는 것은 불가능하겠지.

그래도 어른들이 코프하이스 씨나 헨크나 미프에게서 들은 뉴스에 제멋대로 첨삭을 가해서 신기한 듯 떠들어대지만 않는다면 참을 수 있을 거야. 이런 말을 되풀이 듣고 있으면 틀린 점을 지적해주고 싶어지는 충동을 테이블 밑에서 내 팔을 꼬집어가면서 억눌러야만 하는 때가 많아.

코프하이스 씨나 헨크가 즐겨 이야기하는 화제는 숨어 사는 사람들이나 반나치 지하 운동에 관한 것들이야. 그들은 숨어 사는 사람들에 대한 흥미와 강제 수용소로 끌려간 사람들에 대한 동정과 교묘하게 피신한 사람들에 대한 우리의 쾌감을 정확히 이해하고 있어.

신분증을 위조하거나, 지하 운동을 하는 사람들에게 자금을 제공하거나, 적당한 은신처를 물색하거나, 은신처의 젊은 사람들에게 일거리를 마련해주는 '자유 네덜란드'라는 종류의 단체는 많이 있어. 이들이 남을 구제하기 위해 생명의 위험을 무릅쓰고 헌신적으로 봉사하는 모습은 숭고한 거야. 우리의 원조자가 그 훌륭한 예야. 그들은 우리를 지금까지 보호해주었는데, 무사히 안전한 지대에까지 이끌어주기를 빌겠어. 그렇지 않으면, 그들도 현재 지명 수배되어 있는 숱한 사람들과 같은 운명에 떨어지겠지.

우리가 그들의 생명에 관계되는 무거운 짐이 되어 있지만, 그들은 한마디의 불평도 없어. 그들은 매일 은신처로 올라와서, 남자들에게는 사업과 정치에 대한 뉴스를, 여자들에게는 식량과 전시의 어려움에 대한 해설을, 아이들에게는 신문과 책에 대한 얘기를 해준단다. 그들은 되도록이면 명랑한 얼굴을 하고, 우리 생일이나 국경일엔 꽃이나 선물을 가져오며, 우리를 힘껏 도와주고 있어. 다른 사람들은 전쟁터에서 혹은 반나치 지하 운동으로 용감히 싸우고 있지만, 우리의 원조자는 그들의 명랑함과 애정을 무기로 영웅심을 발휘하고 있는 셈이야.

도저히 믿을 수 없는 이야기가 전해지고 있지만 대개 사실이야. 코프하이스 씨의 말에 따르면 이번 주에 겔더란드에서 축구 경기가 있었는데 한 팀은 전부 지하 운동가로 편성되어 있었고, 다른 팀은 경찰 팀이었다는 거야. 또 힐버 섬에서는 새 배급표가 교부되었는데 숨어 사는 사람들에게까지 배급품이 전해지도록 관계 담당자는 어느 일정한 시간에 와서 다른 조그만 테이블에서 배급표를 받아가라고 지시했다는 거야. 물론 이 같은 대담한 모험은 독일군에 발각되지 않도록 세심한 계획 아래 진행되고 있겠지.

안네.

1944년 2월 3일(목)

키티,

곧 상륙 작전이 있으리라는 흥분은 전국에 고조되어 있어. 네가 만일 이곳에 있다면 독일군의 준비 태세에 대한 낌새를 느낄 수 있을 거야. 만약 그렇지 않다고 네가 웃어버린다면 물론 아무 소용도 없는 일이겠지.

모든 신문은 상륙 작전에 대한 기사로 가득 차 있고, "영국군이 네덜란드에 상륙하면 독일군은 어떤 방법으로든 이를 저지할 것이며, 불가피하면 홍수 작전을 쓸지도 모른다"고 보도하여 시민들을 불안하게 만들고 있어. 이와 같은 기사와 함께 홍수 작전으로 침수될 지역이 명시된 지도까지도 나와 있어. 이 지도에 따르면 암스테르담 대부분이 침수되는데, 문제는 물이 지면에서 1미터 이상 올라오면 어떻게 하느냐 하는 거야. 우리의 의견은 가지각색이야.

"걷거나 자전거를 탈 수 없으니까 물속을 걸어나갈 수밖에 없어."

"그건 안 되지. 헤엄쳐서 건너야 해. 수영복을 입고 캡을 쓰고 물속으로 헤엄을 쳐서 나가면 아무도 우리가 유대인인 줄을 모를 거야."

"바보 같은 소리! 쥐가 다리를 깨문다고 해서 여자들은 헤엄을 치지 않을 게 뻔해."

이렇게 말한 건 물론 남자. 이때 누가 제일 큰 금속성 외마디 소릴 질렀는지 알겠어?

"어쨌든 우리는 이 집에서 나갈 수 없어요. 홍수가 나면 창고는 반드시 허물어질 거예요. 지금도 흔들흔들하는데……."

"자, 농담은 그만두고, 우리 보트를 구합시다."

"그 따위 귀찮은 것은 필요 없어. 나한테 좋은 아이디어가 있어. 다락방으로 가서 나무 궤짝을 하나씩 들고 나와 수프 국자로 젓고 가면 돼.”

“난 죽마(竹馬)를 타겠어. 난 어렸을 때부터 죽마를 잘 탔거든.”

“헨크 판 산턴은 그럴 필요도 없지. 그가 마누라를 등에 업을 거고 그러면 업힌 사람은 죽마를 탄 것 같을 테니까.”

키티, 이건 조잡한 아이디어가 아니겠어? 이런 농담은 태평스럽고 재미있지만 현실은 그런 것이 아니야. 둘째 문제는, 상륙 작전에 성공해서 독일군이 암스테르담에서 철수할 때 어떻게 해야 하느냐 하는 거야.

“우리도 암스테르담에서 떠나지 뭐. 변장을 하고 말야.”

“떠나선 안 돼. 무슨 일이 벌어져도 그냥 머물러 있어야 해. 독일군은 네덜란드 국민을 전부 독일로 끌고 갈지도 모르고, 그렇게 되면 죽는 거야.”

“사실이야. 여기가 제일 안전하니까 여기 숨어 있어야 해. 코프하이스 씨에게 가족들을 데리고 와서 같이 살자고 합시다. 담요만 가져오면 마루에서 모두 잘 수 있거든. 미프나 코프하이스 씨에게 일러놓아야겠어.”

“옥수수는 16파운드 남았는데 더 주문해야겠어요. 헨크에게 부탁하면 살 수 있을 거예요. 제비콩이 16파운드, 강낭콩이 10파운드 가량 남았어요. 채소 통조림은 50개는 남았을 거예요.”

“여보, 남은 식량을 자세히 알아보구려.”

“생선 통조림이 10개, 밀크가 40통, 가루 밀크가 10킬로그램, 기름이 3병, 버터가 4통, 고기가 4통, 딸기잼이 2병, 토마토가 20

병, 납작보리가 10파운드, 쌀이 8파운드―이 정도예요."

"부족한 편은 아니지만, 손님들이 올 게고……. 당신이 매주 식량을 체크해보구려. 그래야 분명히 알 수 있을 테니까. 석탄이나 장작이나 초는 넉넉하지. 사정이 점점 험악해지면 다락방 앞뒤에 한 사람씩 보초를 섭시다. 그건 그렇고, 물이나 가스나 전기가 없어지면 식량이 남아 있어도 소용이 없잖아?"

"그러면 난로에서 요리를 하지요. 물은 걸러서 끓여 먹고, 큰 병을 비워서 물을 받아두면 돼요."

나는 온종일 이 따위 지리멸렬한 이야기만 들었단다. 상륙 작전뿐 아니라 기아, 죽음, 폭탄, 소화기, 슬리핑 백, 유대인 증명서, 독가스 등. 어느 것도 기분 좋은 이야기는 아니야. 은신처의 신사 양반들은 심각하고 진지한 표정을 짓고 있었어.

다음은 그들 대화의 예(S는 은신처 신사들, H는 헨크).

S―독일군이 철수할 때 네덜란드 국민을 전부 끌고 가지 않을까?

H―불가능한 일이에요. 독일군은 그럴 만한 기차가 없어요.

S―기차? 아니 독일군이 민간인들을 기차에 태울 줄 아나? 어림도 없어. 걸어가게 할 거야.

H―그렇지도 않을 거예요. 당신들은 어두운 면만 보고 있어요. 독일군이 민간인을 독일로 데려가야 무슨 소용이 있겠어요.

S―괴트벨츠가 "우리가 철수할 때는 점령국의 문을 모조리 닫고 가겠다"고 말한 것을 자네는 모르나?

H—그들은 되는 대로 마구 떠들어댄 것뿐이죠.

S—자넨 독일군이 그토록 인간적으로 나올 것 같은가? 그들은 "우리가 망하면 잡아놓고 있는 놈들도 모두 다 끌고 가겠다", 이런 배짱이야.

H—절대로 그렇게 생각할 수 없어요. 신에게 맹세코.

S—어느 때나 마찬가지지만, 아무도 운명이 눈앞에 닥쳐올 때까지는 모르는 법이거든.

H—그렇지만 당신들은 아무 확증도 없이 무조건 그렇게 믿고 계시는 것 아녜요?

S—우리는 모두 경험했거든. 처음에는 독일에서, 다음에는 여기서. 자넨 요즘 러시아에서 무슨 일이 일어나고 있는지 아나?

H—러시아에서 무슨 일이 일어나고 있는지 아는 사람은 아무도 없어요. 영국이나 러시아도 독일과 마찬가지로 선전하기 위해 사실을 과장하고 있거든요.

S—그렇지 않아. 영국 방송은 어느 때나 진실을 전해줘. 설령 과장한다 치더라도 사실만 말해도 비참한 것이거든. 평화를 사랑하는 몇백만의 국민들이 폴란드나 러시아에서 무참하게 학살당하고 독가스로 쓰러져가고 있다는 사실만은 자네도 부정하지 못할 거야.

너에게 이런 이야기는 그만두겠어. 나는 굳게 침묵을 지키고, 이런 소동과 흥분의 와중에 휩쓸리지 않도록 조심하고 있어. 살면 다행이고 죽게 되면 어쩔 수 없는 것 아니겠니? 내가 존재하지 않는다 해도 지구는 계속해서 돌고, 세월은 흘러가겠지. 모든 것이 나

와는 관계 없이 이루어져가고 있어. 운명에 저항한다 해도 무슨 소
용이 있을까?

나는 모든 것을 신에게 맡기고 잘 되기를 빌면서 공부만 할 뿐
이야.

안네.

가슴에 움터온 봄

1944년 2월 12일(토)

키티,

태양은 빛나고, 하늘은 짙푸르고, 상쾌한 봄바람이 산들산들 부는구나. 세상의 모든 것에 대한 그리움과 욕망이 은근히 가슴에 스며든다. 이야기하고 싶고, 자유와 친구가 그립고, 그리고 외롭게 지내고 싶기도 한……. 마음껏 울고 싶기도 하단다. 당장이라도 울음이 가슴속에서 터져나올 것 같고, 목놓아 울고 나면 후련해질 것만 같아.

왜 이리 마음이 설레는 걸까?

이 방으로 갔다 저 방으로 갔다 하며 거닐기도 하고, 방문 틈새에다 코를 대고 깊이 숨을 들이쉬기도 하고 가만히 가슴에 손을 얹어보기도 해. 심장의 고동은 나에게 "당신은 아무래도 내 이 허전함을 메워줄 수가 없나요?" 하고 중얼거리는 것 같기도 했어. 봄은 정녕 내 몸 안에 잠자고 있는 것 같아. 그곳에서 봄이 싹트고 있는 것을 느낄 수 있어. 온몸, 온 마음으로 느낄 수 있어.

나는 지금 아무렇지도 않은 듯 태연한 태도를 취할 수가 없어.

텅 빈 듯이 허전하고 뒤죽박죽이 되어서 무엇을 읽고 무엇을 써야 할지도 모르겠어. 다만 나는 내가 세상의 모든 것에 대한 애타는 갈증을 느끼고 있다는 것을 알 뿐이야.

안녕.

1944년 2월 13일(일)

키티,

토요일 이후로 내 운명에 변화가 일어났단다. 사정은 이렇게 달라졌어. 나는 무엇인가 그리워하고 있었지(지금도 마찬가지지만). 그러나…… 이제 어떤 일이 일어나서 조금은, 아주 조금은 위안이 생겼어.

환희에 찬 기쁨은 솔직히 말해서 오늘 아침 페터가 한참 동안 지그시 쳐다보았을 때 밀려왔어. 그것은 평상시의 시선과는 다른, 의미 있고 부드럽고 따스한 시선이었어.

나는 페터가 언니를 사랑하고 있는 줄 알았는데 그렇지 않다는 것을 어제야 비로소 깨달았어. 나는 될 수 있는 대로 그를 쳐다보지 않으려고 애를 썼어. 내가 그를 쳐다보면 그는 호소하는 듯한 끈질긴 시선으로 나를 쳐다보는 거야. 그의 시선이 나의 얼굴에 와 닿는 것을 의식하면 무엇인가 따스한 것이 녹아내리는 것 같은 기분이지만, 그런 기분에 빠져서는 안 된다고 자신을 타일렀지.

나는 지금 혼자 있고 싶은 마음이 간절해. 아빠는 내가 좀 달라진 것을 눈치채신 것 같지만 아빠에게 고백할 수도 없잖니?

"나를 건드리지 말아주세요. 혼자 있게 내버려두세요."

이렇게 말하고 온종일 울고만 싶구나. 내가 바라는 그 이상으로 고독한 처지에 놓일지도 모르는데.

안네.

1944년 2월 14일(월)

키티,

일요일 저녁 때 아빠와 나를 제외하고 모두 라디오 둘레에 모여 앉아 독일 고전 음악을 듣고 있었어. 그때 뒤셀 씨가 문고리를 달그락달그락 흔들어대잖아. 페터뿐 아니라 다른 사람들이 모두 눈살을 찌푸렸어. 페터는 30분가량 참고 있다가 뒤셀 씨에게 짜증난 말투로 문고리를 달그락거리지 말아달라고 부탁했어. 그러나 뒤셀 씨는 오만한 태도로 "이래도 나는 음악을 들을 수 있는데" 하고 묵살하더군. 그러나 페터가 화를 내며 거칠게 대들고, 판 단 아저씨가 페터를 옹호하는 바람에 뒤셀 씨는 문고리에서 손을 떼고 말았어.

사건 그 자체는 대수로운 것이 아니지만 페터는 그 일을 무척 꺼림칙해하는 것 같았어. 내가 다락방에서 책장을 정리하고 있을 때 그는 나를 따라 올라와서 자초지종을 들려주었어.

나는 그 사건에 대해 전혀 몰랐지만 기꺼이 그의 이야기에 귀를 기울여주었어.

"나는 무슨 말을 하려면 말을 더듬게 돼. 먼저 떨리고, 얼굴이 상기되고, 내가 말하려던 것이 혼동되어서 말을 꺼내지도 못하게 된단 말이야. 어제도 그랬어. 다른 말을 하려고 했는데 말을 시작하자마자 정신이 없어졌어. 나는 나쁜 버릇이 있었어. 지금도 그 버릇

206

이 남아 있지만, 화가 나면 말보다 손이 먼저 움직이는 거야. 이게 좋지 못한 버릇이란 건 나 자신도 알고 있어. 나는 네가 훌륭하다고 생각해. 너는 말을 더듬지도 않고 상대방에게 하고 싶은 말을 다 하고도 부끄러워하지 않거든" 하고 그는 말했어.

"나를 잘못 알고 있는 것 같아. 나도 언제나 말하려는 것과는 다른 말을 하고 말아. 그리고 지나치게 말해. 그것도 좋지 않다고 생각해" 하고 나는 대답했어.

나는 나의 마지막 말이 우스워서 웃지 않을 수 없었어. 그렇지만 그의 이야기를 계속 듣고 싶어서 마루 위의 쿠션에 앉아 두 다리를 팔로 껴안고 가만히 그를 쳐다보았어.

이 은신처에서 나같이 화를 낼 줄 아는 사람이 있다는 것은 기쁜 일이 아니겠어? 페터가 뒤셀 씨의 귀에 들어갈 염려가 없다는 것을 알고 뒤셀 씨에 대한 험담을 하면서 후련해하는 것을 보고, 나는 그와 은밀한 음모라도 꾸미는 듯한 스릴을 느꼈어. 내가 그에게 여자 친구에게와 같은 우정을 느낄 수 있었던 것은 기쁜 일이야.

안네.

1944년 2월 16일(수)

키티,

오늘은 언니 생일이란다. 페터는 12시 반에 선물 보따리를 보러 왔다가 이야기를 하며 필요 이상으로 오래 머물러 있었어. 전에는 이런 일이 없었지. 오후에 오늘만이라도 언니를 기쁘게 해주려고 직접 커피와 감자를 운반해 왔어. 페터 방을 지나갈 때 그는 계단에 흩어진 종이 쪽지를 줍고 있었어. 문을 닫을까 하고 물으니까 그는 "응, 그리고 내려올 때 노크해. 내가 열어줄 테니까" 하고 대답했어.

다락방으로 올라가 10분 이상이나 큰 통에서 잔 감자를 찾노라니 등이 아프고 추워졌어. 지쳐서 노크도 않고 문을 열었는데 그가 나를 친절히 맞아주며 내 손에 든 냄비를 받아들었어.

"오랫동안 찾았지만 잔 감자는 이것뿐이야" 하고 내가 말했어.

"큰 통을 찾아봤어?"

"응, 전부 뒤졌어."

그때 나는 이미 계단 끝에 서 있었어. 그는 들고 있는 냄비를 들여다보며, "이건 제일 좋은 감잔데" 하고 감탄했어. 내가 냄비를 받아들자, 그는 다시 "근사한 일을 했어!" 하고 상냥한 시선을 던지면서 고개를 끄덕였어. 그의 시선은 내 몸에 닿아서 후끈한 열기를 일으켜주었어. 그는 나를 즐겁게 해주려는 것이지만 말을 길게 할 수 없으므로 다만 눈으로 대신 말하고 있는 거야. 얼마나 고마웠던지, 그의 음성과 은근한 눈길을 다시 생각하면 가슴이 뛴단다.

내가 아래층으로 내려갔더니 엄마는 저녁거리 감자를 더 가져오라고 부탁하셨어. 나는 기꺼이 다시 위층으로 올라갔어.

나는 페터의 방으로 들어가면서, 자꾸 방해해서 미안하다고 사과했어. 내가 계단을 올라서자 그는 벌떡 일어나 이쪽으로 다가와 문과 벽 사이에 버티고 서서 내 손을 잡아 끌잖겠니?

"내가 가지" 하고 그는 말했어. 나는 이번에는 특별히 잔 감자를 찾지 않아도 되니까 괜찮다고 말했어. 그는 그제야 내 팔을 놓아주었어. 내려올 때 그는 문을 열어주고 또 냄비를 받아주었어. 나는 그의 방을 나오면서 요즘 무엇을 공부하고 있느냐고 물어보았지.

"프랑스어" 하고 그는 대답했어.

나는 연습한 곳을 보여달라고 부탁하고 손을 씻고 돌아와 긴 의자에 와서 마주 앉았어.

그는 장래 네덜란드령(領)인 동인도에 가서 농장을 경영하고 싶대. 그리고 가정 생활 이야기, 시장의 암거래 이야기 같은 것을 말하고, 자기는 아무 소용이 없는 인간인 것 같다고 말했어. 나는 그의 지나친 열등감을 타일렀어. 그는 유대인에 대해서도 이야기했어. 그는 자기가 크리스찬이었으면, 또는 전쟁이 끝나면 크리스찬이 되었으면 하고 생각하고 있는 것 같아. 내가 세례를 받고 싶으냐고 물었더니, 그는 그런 것은 아무 소용도 없으며 전후에 그가 유대인이라는 것을 누가 알겠느냐고 대답했어.

나는 그의 말에 슬퍼졌어. 페터의 가슴 한구석에 어딘가 정직하지 못한 점이 있는 것은 유감이야.

우리는 그 다음에 아빠에 대해서, 또 다른 사람의 성격 따위에 대해서 비판하면서 즐겁게 떠들어댔어. 어떤 내용이었는지는 지금 기억나지 않는구나.

내가 페터의 방에서 나온 것은 4시 반이었어.

저녁때 그는 재미있는 이야기를 했단다. 전에 내가 준 영화 배우의 사진 이야기를 하면서, 그는 그 사진이 마음에 들어서 1년 반 동안이나 벽에 붙여놓고 있다고 하더군. 한 장 더 줄까 하고 물었더니, 그는 "아냐, 이것이면 족해. 매일 사진을 쳐다봤더니 친구같이 되어버렸어” 하고 대답했어.

페터가 늘 보쉬를 끌어안고 있는 이유를 알겠어. 그는 애정에 굶주리고 있는 거야.

페터가 한 말은 거의 잊어버렸지만. 그는 이런 말도 했어.

“나는 내 결점을 생각할 때 이외에는 공포라는 것이 어떤 것인지를 모르겠어. 물론 그것을 극복하려 하고 있지.”

페터는 심한 열등감에 빠져 있어. 예를 들면 자기는 아둔하고 다른 사람은 모두 영리하다고 생각하는 거야. 내가 프랑스어를 가르쳐주면 그는 고마워서 어쩔 줄을 몰라해. 나는 언제든지 그에게 “그런 말 말아. 너는 나보다 영어와 지리는 훨씬 더 잘하지 않니?” 하고 말해줄 테야.

안네.

1944년 2월 18일(금)

키티,

위층으로 올라갈 때마다 나는 그를 만날 수 있으면 하는 기대에 차 있어. 인생의 목적을 의식하고 기쁨을 얻게 되어서 모든 생활의 순환이 훨씬 유쾌해졌단다.

내 감정이 흘러가는 곳은 언제나 그곳뿐이고, 언니 이외에는 어떤 라이벌을 두려워할 필요도 없어. 그렇다고 내가 연애를 하고 있는 것이라고 생각하지는 말아줘. 진정 연애를 하고 있는 것은 아니야. 다만 나는 우리 두 사람 사이에 무엇인가 아름답고 소중한 것이, 신뢰와 우정을 가져오는 그 무엇이 싹트고 있다는 것을 느낄 뿐이야.

나는 기회만 생기면 페터 방으로 찾아가. 그는 어떻게 말을 꺼내야 할지 몰라 더듬거리던 예전의 태도와는 달라졌어. 오히려 그 반대로 내가 방을 나설 때까지 그는 말을 계속해.

엄마는 내가 페터를 찾아가는 것을 달갑지 않게 생각하셔. 그를 귀찮게 방해하지 말라고 말씀하시지. 내가 어떤 직관을 가지고 있다는 것을 엄마는 정말로 모르시는 것일까? 내가 페터를 방문할 때마다 엄마는 이상한 시선으로 나를 쳐다보신단다. 그리고 내가 다시 아래층으로 내려오면 꼭 어디에 있었는가를 물어보셔. 참을 수 없는 일이야.

안네.

1944년 2월 19일(토)

키티,

또 토요일이 돌아왔구나. 다시 그 이야기를 해야만 하겠어.

아침에는 집 안이 적막하기만 했어. 위층에서 일하는 것을 조금 도와주었지만 페터와는 몇 마디 상투적인 말을 주고받았을 뿐이야.

점심을 먹고 나서 다른 사람들이 낮잠을 자거나 책을 들고 각자의 방으로 돌아가자, 나는 공부를 하러 전용 사무실로 내려갔어. 책을 펼쳐놓았으나, 웬일인지 공연히 슬퍼져서 얼굴을 팔에 묻고 마음껏 울어버리고 말았단다. 눈물이 그치지 않고 흘러내리고, 그럴수록 점점 더 슬퍼지기만 했어. 이럴 때 그가 와서 머리를 쓰다듬으며 나를 위로해준다면!

4시쯤에 나는 위층으로 올라왔어. 혹시 그를 만날 수 없을까 하고 감자를 가지러 갔지만 내가 욕실에서 머리를 빗고 있는 사이에 그는 보쉬를 찾으러 창고로 내려가버렸어.

순간 또 눈물이 흘러내릴 것 같아서 급히 화장실로 들어가 거울을 꺼내 초라한 내 얼굴을 들여다보았어. 얼마 동안 화장실에 그대로 서 있었어. 빨간 앞치마에는 눈물 자국이 묻어서 얼룩이 져 있었어. 아주 비참한 기분이 들었단다.

나는 이렇게 생각했어.

—아, 나는 페터의 마음을 끌 수는 없을 거야. 그는 나 같은 여자는 조금도 좋아하지 않겠지. 그는 자기의 마음을 아낌없이 털어놓을 그런 사람 따위는 없을 거야. 그저 이따금 장난기 섞인 기분으로 내 생각을 할 뿐이겠지. 나는 우정도, 애정도, 페터도 없는 고독한 여자가 되겠지. 희망도, 위안도, 낭만도 없이. 그의 어깨에 얼굴을 묻고, 아, 이토록 슬프고 외롭고, 버림받은 것 같은 기분에서 구원받을 수 있다면! 아니, 그는 나에게는 조금도 관심이 없이 다른 사람을 대하는 것과 똑같은 태도로 나를 상대하고 있는 것은 아닐까? 나를 쳐다보는 그의 시선이 의미에 차 있다고 생각하는 것은 나만의 공상이 아닐까? 아, 페터! 네가 내 얼굴을 바라보며 미소를 띤 채 나의 말을 들어준다면……

눈물은 여전히 볼에 흘러내리고 있었지만 얼마 후 이상하게 새로운 희망과 기대가 가슴 속에 뿌듯하게 고이는 것 같았어.

안네.

1944년 2월 23일(수)

키티,

밖은 신선하고 화창한 날씨구나. 어제부터 아주 기분이 상쾌해졌어.

거의 매일 아침마다 나는 위층으로 페터를 찾아간단다. 그러면 페터는 가슴속에 가라앉은, 질식할 듯한 공기를 말끔히 씻어주지. 나는 그 방에서 제일 조망이 좋은 마룻바닥에 앉아서 푸른 하늘을 쳐다보기도 하고, 잎이 진 밤나무를 바라보기도 한단다. 밤나무 가지에는 조그만 빗방울이 은빛으로 반짝이고 하늘에는 갈매기가 원을 그리며 날고 있어.

페터는 커다란 대들보에 어깨를 기대고 서 있고, 나는 그 앞에 마주 앉아 있어. 그는 신선한 공기를 마시면서 밖을 물끄러미 내려다보고 있었어. 우리는 이 아늑한 시간만은 말로 깨뜨리고 싶지 않았어. 그래서 오랫동안 그대로 침묵 속에 머물러 있었어. 문득 그가 참 멋진 사내라는 생각이 들었어.

잠시 후 페터는 장작을 패러 헛간으로 올라가야 했어. 나도 그를 따라 올라갔지. 15분가량 장작을 패는 동안 우리는 아무 말도 하지 않았어. 내가 그를 지켜보고 있으니까, 그는 자기 힘이 센 것을 보여주려고 무척 안간힘을 썼어. 나는 창 쪽으로 시선을 돌려 암스테르담의 넓은 시가를 내려다보았어. 줄곧 머리를 잇대고 늘어서 있는 지붕들이 멀리서 푸른 하늘과 한 덩어리가 되어서 그 끝은 구분할 수가 없었어.

'이 찬란한 햇빛과 구름 한 점 없는 푸른 하늘이 우리 머리 위에 존재하고, 우리가 살아서 이것을 바라볼 수 있는 한 우리는 불행하지 않다'고 나는 생각했어.

무서워하고 쓸쓸해하고, 불행을 느끼는 사람들에게 가장 좋은 치료 방법은 어느 곳이든 하늘과 자연과 신하고만 같이 있을 수 있는 곳으로 가는 것이 아닐까? 그때 비로소 하나님이 자연의 소박한 아름다움 속에서 인간의 행복을 지원하고 계시다는 것을 알 수 있기 때문이야. 자연이 존재하는 한―그것은 항상 존재하는 법이지만―어떠한 환경 속에 있더라도 모든 슬픔에 대해선 언제나 위안이 따르게 마련이야.

나와 똑같은 생각을 가진 어떤 미지의 사람과 함께 이 커다란 행복감을 나눌 수 있는 것도 그다지 먼 훗날의 일은 아닐는지도 모르지.

안네.

하나의 생각―

우리는 여기서 많은 것을 잃고 있다. 너무도 많이, 그리고 너무나 오랫동안. 나도 역시 마찬가지다, 너도 마찬가지겠지만. 나는 우리가 오랫동안 지녀온 외부 세계에 대한 향수를 말하는 것이 아니다. 내면적이고 정신적인 세계의 질서를 의미한다.

너와 같이 나도 자유와 신선한 공기를 만끽하고 싶다. 그러나 나는 우리가 지금의 고난에 대해 충분한 보상을 받고 있다고 생각한다. 나는 오늘 아침 창 앞에 서 있을 때 문득 그것을 깨달았다. 충일한 내면적인 보상을―

밖을 내려다보고 자연과 신의 참뜻을 엿보았을 때 나는 행복했다. 진정 행복했다. 그리고 내겐 페터가 있다. 여기서 이런 행복을 지니고, 또 자연에 대한 기쁨이나 건강에 의한 즐거움을 가지고 있는 한 언제나 행복을 붙잡을 수 있는 것이다.

재물은 잃을 수도 있다. 그러나 마음의 행복은 비록 베일에 싸여 있다 하더라도 살아 있는 한 어느 때든지 다시 소생하는 것이다. 두려움 없이 하늘을 우러러볼 수 있고 마음이 순결하다고 자각하는 한 행복을 구할 수 있는 것이다.

그리워지는 페터

1944년 2월 27일(일)

키티,

이른 아침부터 밤 늦게까지 페터를 생각하는 것밖에는 아무것도 손에 잡히지 않아. 그의 모습을 마음속에 그리면서 잠을 자고, 그의 꿈을 꾸고, 잠이 깨었을 때도 그가 여전히 나를 바라보고 있는 듯한 기분이 드는구나.

나는 페터나 나나 겉으로는 변화를 짐작할 수 있을 만큼은 달라지지 않고 있다는 강한 느낌을 가지고 있어. 왜 그런지 그 이유를 말해볼까?

우리는 모두 어머니다운 어머니를 갖지 못하고 있는 거야. 그의 어머니는 너무 경솔해서 그의 일 같은 것엔 별로 관심을 가지고 있지 않아. 그리고 우리 엄마는 내 일을 걱정하기는 하지만 감수성이 둔해서 참말 어머니다운 데가 없어.

페터와 나는 마음속에서 자기 자신과 싸우면서 아직 자아라는 것을 분명히 파악하지 못하고 있고, 함부로 취급을 받기에는 너무도 감수성이 예민한 젊은이들이야. 나는 함부로 취급을 받을 때는 모든 것에서 도피하고 싶어진단다. 그러나 이곳에서는 그렇게 할 수 없기 때문에 그저 되는 대로 심술을 부릴 뿐이야. 그래서 모두 나를 달갑지 않게 여기고 있어.

페터는 나와는 반대로 아무 말없이 잠잠히 혼자 공상에 잠기면서 자기 식으로 감정을 감추고 있어.

그러나 언제, 어떻게, 우리 두 사람의 마음이 서로 만나게 될까? 이성의 힘으로 언제까지나 자신의 감정을 억누르고 있을 수 있을지 모르겠어.

안네.

1944년 2월 28일(월)

키티,

밤낮으로 악몽 속에서 시달리고 있는 것만 같구나. 그의 영상이 항상 눈앞에 어른거리지만 그러면서도 그를 잡을 수가 없어. 그러나 그것을 얼굴에 나타내서는 안 되겠어. 정말로 절망적인 기분이 되었을 때도 명랑한 체해야겠지?

페터 베셀과 페터 판 단은 내가 어쩔 수 없이 사랑할 수밖에 없는 그리운 한 사람의 '페터'가 될 것 같아.

엄마에게는 싫증이 났어. 아빠는 사람이 좋으신 만큼 한층 더 싫증이 나는구나. 언니는 내가 항상 유쾌한 얼굴을 하고 있기를 바라서 제일 질색이야. 그리고 누구든지 내 일에 간섭하지 말아주었으면 좋겠어.

페터는 나를 만나러 다락방으로 돌아오지 않아. 그는 목수 일을 하러 헛간에 갔어. 헛간에서 울려오는 삐걱거리는 소리를 들을 때마다 내 용기는 꺾이고 슬퍼지는구나. 멀리서 '몸도 영혼도 순결하게' 하고 울리는 종소리 같아. 나는 감상적인 기분에 빠져 있어. 그것은 잘 알고 있어. 나는 어리석게도 절망적이란다. 아, 나를 구원해주세요.

안네.

1944년 3월 1일(수)

키티,

도둑이 들어왔기 때문에 나 자신에 대한 일은 미뤄두지 않을 수 없게 되었구나. 도둑에는 진력이 났어. 하지만 어쩔 수도 없는 일이야. 도둑은 코른 상회를 안성맞춤의 표적으로 삼은 것 같아. 이번의 도둑 사건은 작년 7월의 사건보다 훨씬 복잡하단다.

판 단 아저씨가 여느 때처럼 7시 반에 클라레르 씨의 사무실에 가보았더니, 복도 쪽의 유리창과 사무실의 문이 열려 있었어. 아저씨가 놀라서 자세히 조사해보니, 조그만 어두운 방문도 열려 있었고, 큰 사무실 안도 엉망으로 어지럽혀져 있더라는 거야.

"도둑이 들었구나!"

아저씨는 단번에 이렇게 단정하고, 다시 확인하기 위해 바깥문을 살펴보러 나갔어. 그런데 바깥문 자물쇠는 단단히 걸려 있었지. "그럼, 페터와 엘리가 어젯밤에 잘 채우지 않았구나" 하고 그는 생각했단다. 그는 한참 동안 클라레르 씨의 사무실에 있다가 전등불을 끄고 위층으로 올라왔어. 문이 열린 것이나 사무실이 어지럽혀진 것에는 별로 신경을 쓰지 않고.

오늘 아침 페터가 우리 방에 와서 바깥문이 활짝 열려져 있더라는 과히 기분 좋지 않은 뉴스를 알려주었어. 그는 영사기와 클라레르 씨의 새 서류 가방이 선반에서 없어졌다고 말했어. 그때 마침 판 단 아저씨가 전날 밤 발견한 사실들을 이야기해주었어. 우리는 공포에 휩싸여 부들부들 떨었지.

분명한 사실은 자물쇠가 부서지지 않은 걸로 보아 도둑이 맞는 열쇠를 갖고 있었다는 점이야. 도둑은 초저녁에 숨어 들어와 문을 잠그고, 판 단 아저씨가 나타나자 어딘가에 숨었다가 아저씨가 올라가자 물건을 훔쳐가지고 당황하여 문도 닫지 않고 달아난 모양이야.

대체 누가 맞는 열쇠를 갖고 있을까? 도둑이 어째서 창고에 들어오지 않았을까? 도둑은 창고에서 일하는 사람들 중의 하나가 아닐까? 그는 틀림없이 아저씨의 말소리를 들었을 것이고, 아저씨를 보았을지도 모르니 밀고를 하지나 않을까?

같은 도둑이 또 올지도 모른다는 생각을 하니 무서워하지 않을 수 없어. 도둑은 건물 안에서 사람 발소리가 나는 걸 듣고 틀림없이 놀랐을 거야.

안네.

1944년 3월 2일(목)

키티,

오늘 언니와 함께 다락방으로 올라갔어. 상상했던 것만큼 즐겁지는 않았지만 그래도 언니가 대체로 나와 같은 감정을 가지고 있다는 것은 알 수 있었어.

접시를 닦으면서 엘리가 엄마와 판 단 아주머니에게 이따금 몹시 우울해진다고 말했더니, 키티, 엄마가 뭐라고 대답하셨는지 알아?

엄마는 엘리에게 고난을 겪고 있는 다른 사람들의 경우를 생각하지 않으면 안 된다고 말씀하셨어. 그러나 자기가 불행할 때에 다른 사람의 불행을 생각해봐야 그게 무슨 소용이 있을까? 내가 그렇게 말했더니 엄마는 "넌 이런 일에 간섭하지 마" 하고 꾸중하시더군.

어른들이란 어리석지 않니? 페터나 언니나 엘리나 나는 달라. 좋은 친구의 우정만이 우리를 위로해주지. 어른들은 우리를 조금도 이해하지 못해. 하긴 아주머니는 우리 엄마보다는 약간 이해하고 있는지도 몰라. 내 경험을 말해서 고독에 빠진 엘리를 위로해주려 했으나, 아빠가 우리 일에 끼어들어 결국 나는 밀려나버리고 말았어.

어른들이란 모두 바보야. 우리가 스스로의 의견을 가지는 것까지도 허락하지 않는구나. 사람을 잠자코 있게 할 수는 있어도 의견을 못 가지게 할 수는 없는 법이야. 아무리 나이가 어리다고 해도 생각하고 있는 것을 말하지 못하게 막을 수는 없잖니?

숭고한 애정만이 엘리나 언니나 페터나 나를 구원할 수 있겠지. 그러나 우리는 아무도 그것을 받지 못하고 있어. 그런데 이 집의 '아는 체하는' 바보 어른들은 아무도 우리를 이해하지 못하고 있는 거야. 우리는 여기 어른들이 상상도 못할 만큼 몹시 감수성이 강하고 정신적으로는 성장되어 있어.

엄마는 또 시무룩한 표정을 짓고 계셔. 엄마보다도 판 단 아주머니에게 이야기를 많이 하는 편이기 때문에 질투하는 것은 아닌지.

오늘 오후 페터를 붙들고 45분 동안 이야기를 했어. 그는 자기 자신에 대해선 좀처럼 말하지 않기 때문에 그에게 말을 시키는 덴 퍽 힘이 들었어. 그는 아저씨와 아주머니가 정치 정세나 담배나 그 밖의 사소한 일로 곧잘 말다툼한다고 말하면서 부끄러워하더라고. 그의 말을 듣고 나서 나는 우리 부모 얘기를 했어. 그는 "아저씨는 정말 훌륭한 분이야" 하고 아빠를 칭찬했어. 그리고 서로 '위층 식구'와 '아래층 식구'에 대해 이야기했지.

"페터, 페터는 내가 언제나 정직한 사람이란 걸 알겠지? 그러니까 난 우리 집 어른들의 결점도 그대로 페터한테 얘기하는 거야" 하고 나는 말했어.

"페터, 나는 페터를 도와주고 싶어. 난 그럴 수 없을까? 페터는 지금 퍽 거북한 처지에 있지 않아? 아무 말도 하진 않지만, 아무래도 괜찮다는 건 아니겠지?"

"나도 언제든지 안네가 도와주었으면 좋겠어."

"우리 아빠한테 가는 게 좋을 거야. 아빤 퍽 자상하시니까 아빠한테는 뭐든지 말하기가 쉬워."

"정말 그래. 아저씬 참 좋은 분이야."

"우리 아빨 좋아하지?"

페터는 말없이 고개를 끄덕였어.

"우리 아빠도 페터를 좋아해."

그의 얼굴은 금세 새빨개졌어. 이 대수롭지 않은 말이 그를 얼마나 기쁘게 했는지. 나는 그것을 보고 참으로 감동하지 않을 수 없었어.

"그렇게 생각해?" 하고 그가 묻더라.

"그럼, 가끔 한마디씩 하시는 말로 곧 알 수 있어" 하고 난 대답했어.

페터는 우리 아빠처럼 좋은 사람임에 틀림없어.

안네.

1944년 3월 3일(금)

키티,

오늘 밤 촛불을 우두커니 바라보고 있으려니까〔유대인들은 안식일 전날 밤 촛불을 밝히는 풍습이 있다〕 마음이 평온해지고 행복감에 잠길 수 있었어. 하나님이 촛불 속에 계시는 것 같기도 하고, 나를 감싸주고 보호하고 나를 행복한 마음으로 돌아가게 해주는 것은 역시 하나님인 것 같았어.

그러나…… 내 마음을 지배하고 있는 사람은 따로 있지. 그것은 페터야.

오후, 감자를 가지러 가려고 냄비를 들고 계단에 서 있을 때 "점심 먹고 나서 뭘 하고 있었어?" 하고 페터가 묻더군. 우리는 계단에 그냥 걸터앉아서 이야기를 시작했어. 나는 한 시간가량 같이 이야기를 하고 5시 15분에 감자를 가지고 아래층으로 내려왔지.

페터는 부모에 대해서는 아무 말도 하지 않았어. 우리는 읽을 책이나 과거의 일을 이야기했어. 페터의 눈동자에서는 따뜻한 온기가 넘쳐 흐르고 있었어. 나는 진정 그를 사랑하기 시작한 것 같아.

그는 오늘 저녁때 그 이야기를 했어. 감자 껍질을 벗기고 나서 그의 방에 갔어. 무척 덥다고 그에게 말했어.

"언니나 내 얼굴을 보면, 기온이 어떻다는 걸 곧 알 수 있어. 우리는 추울 땐 얼굴이 파래지고, 더울 땐 새빨개지니까."

"안네는 사랑을 하고 있어?"

페터가 별안간 이렇게 묻더군.

"내가 무슨 사랑은?"

나는 이렇게 대답했지만 쑥스러운 대답이었어. 그랬더니 그는,

"왜, 하면 안 되는 건가 뭐?" 하고 말했어. 그리고 우리는 저녁 식사를 하러 아래층으로 내려갔어.

그가 그런 질문을 한 것은 무슨 의미일까? 나는 용기를 내어 내가 수다를 떨고 지껄이는 것이 귀찮지 않냐고 물어보았어. 그는,

"아니, 난 안네 얘길 듣는 게 참 좋아"라고 말했을 뿐이야.

그의 이 대답이 어느 정도까지 부끄러움 때문인 것인지 어떤지 판단을 할 수가 없어.

키티, 나는 연인 이야기만 하는, 사랑에 빠져 있는 여자 친구 같구나. 페터는 진정 나의 연인이야. 나는 언제 이것을 그에게 고백할 수 있을까? 물론 그도 나를 사랑하고 있다는 것을 알기 전에는 이런 말을 꺼낼 수 없겠지.

페터가 얼마나 나를 좋아하는지 알 수 없지만, 좌우간 두 사람은 서로 어느 정도 마음을 알게 되었어. 다만 둘이 좀 더 마음속을 털어놓고 이야기할 수 있는 기회가 왔으면 좋겠어. 그런 때가 생각한 것보다 빨리 오지 않으리라고 누가 단언할 수 있겠니? 그는 날마다 두 번씩은 잔뜩 진정을 담은 듯한 시선으로 내 얼굴을 바라본단다. 그러면 나는 윙크로 답하고 우리는 모두 행복에 잠겨.

나는 그에 대한 이야기만 하고, 행복에 지쳐버린 사람 같구나. 그러나 그도 내가 생각하는 것과 똑같이 나를 생각해주었으면 좋겠어.

안네.

1944년 3월 4일(토)

키티,

지루하고 우울하고 답답하지 않은 토요일은 오늘이 몇 달 만에 처음이야. 그 원인은 페터야.

오늘 아침, 앞치마를 말리려고 위층에 올라갔을 때 마침 아빠가 나에게 프랑스어로 회화를 하자고 제의하셨어. 처음에는 프랑스어로 회화를 하고 그것을 페터에게 설명한 다음, 영어 회화를 했어. 아빠는 큰 소리로 디킨스의 작품을 읽어주셨어. 아빠 옆에 페터와 나란히 앉아 있던 나는 마치 천국에라도 앉아 있는 듯한 행복감에 젖었어.

11시에 아래층으로 내려왔다가 11시 반에 다시 위층으로 올라갔을 때 페터는 벌써 계단 쪽에 나와서 나를 기다리고 있었어. 우리는 11시 45분까지 이야기를 했어. 식사를 마치고 내가 방을 나갈 때면 그는 기회 있을 때마다 나에게 살그머니, "잘 가, 안네! 또 만나" 하고 인사를 해준단다.

그 말을 들으면 가슴이 뛰어. 페터도 나에 대한 사랑에 빠지게 되는 것이 아닌가 몰라. 아무튼 참 좋은 사람이야. 내가 그와 무슨 즐거운 이야기를 주고받는지, 아무도 몰라.

판 단 아주머니는 내가 페터 방으로 놀러 가는 것을 허락해주고 있지만, 오늘은 나를 놀리면서 "너희들을 믿고 두 사람만 다락방에 내버려둬도 좋을지 모르겠구나" 하고 말씀하셨어.

"걱정 마세요. 그건 모욕이에요" 하고 나는 항의했어.

나는 아침부터 밤까지 페터를 만나는 것만을 기다리고 있어.

안네.

1944년 3월 6일(월)

키티,

나는 페터의 표정으로 그가 나와 똑같은 생각을 가지고 있는 것을 알 수 있어. 어제 저녁 판 단 아주머니가 페터를 경멸하는 태도로 "흥, 철학자!" 하고 비꼬았을 때는 나도 화가 치밀어올랐어. 울화가 터져 고함이라도 지르고 싶었어.

이들은 왜 입을 닫아두지 못할까?

페터가 쓸쓸한 표정을 하는 것을 그냥 옆에서 보고 있기만 하고 아무것도 도와줄 수 없다는 것이 얼마나 괴로운 일인지, 키티, 너는 상상할 수 없을 거야. 페터가 말다툼이나 애정 문제로 이따금 얼마나 괴로워하고 있는가는 나 자신이 페터의 처지에 있는 것처럼 상상할 수 있어. 가엾은 페터! 그는 정말 애정에 굶주리고 있어.

그가 자기에게는 아무 친구도 필요 없다고 말할 때면 그의 말이 내 귀엔 거칠고 아프게 들려와. 그는 오해하고 있는 거야. 그의 말은 그런 뜻이 아닐 거야. 그는 자신의 외로움을 짓씹으면서 일부러 무관심하거나 어른 같은 태도를 보이고 있지만, 그것은 감정을 나타내지 않으려고 하는 일종의 겉치장에 지나지 않는 거야. 가엾은 페터!

그는 언제까지나 이런 연극을 계속할 수 있을까. 이와 같은 초인적인 노력은 분명 어느 땐가 무서운 힘으로 폭발하고야 말 거야.

오, 페터! 나에게 만일 그대를 위로할 힘이 있다면, 그리고 나에게 그대를 위로하는 역할을 배당해준다면, 우리는 다같이 서로의 외로움을 지워버릴 수 있을 텐데……

나는 여러 가지 일을 생각하고 있지만, 별로 지껄이지는 않아. 그를 만나고, 그를 만나는 동안 태양이 빛나고 있기만 하면 나는 행복해.

어제는 정말 흥분했어. 머리를 감고 있을 때 그가 바로 옆방에 있는 줄은 알고 있었지만, 어쩔 도리가 없었어. 마음을 안정시키려고 애쓰면 애쓸수록 더 법석을 떨게 되는 것은 어째서일까. 이러한 내 마음의 비밀을 맨 처음으로 깨뜨릴 사람은 대체 누구일까?

판 단 씨 댁에 계집애가 아니라 사내아이가 있었던 것은 다행이야. 만일 남자가 아니었다면, 나를 정복하기가 어렵진 않았겠지만 이렇게 멋지지도 아름답지도 않았을 거야.

안네.

추신—키티, 내가 너에게 항상 정직하다는 것을 알고 있겠지. 그러니까 나는 페터를 만나는 것만을 고대하며 살고 있다는 사실을 고백해야겠어.

나는 그도 역시 언제나 나를 기다리고 있다는 것을 알고 싶고, 그가 조심스럽게 나에게 접근하려고 하는 마음의 움직임을 조금이라도 발견할 때마다 나는 스릴에 찬 환희를 느낀단다.

그도 분명 나와 다름없이 여러 가지를 이야기하고 싶어 하겠지. 그러나 사실 내 마음을 끄는 것은 그의 그 조마조마하고 주춤거리는 태도라는 것을 그는 몰라.

썩은 채소

1944년 3월 7일(화)

키티,

지금 1942년의 생활을 돌이켜보면 비현실적인 느낌이 드는구나. 이 같은 울 안에 갇혀서 자라나는 안네와는 달리 자유롭게 뛰어놀던 안네였어. 그래 바로 천국 같은 생활이었지. 번번이 남자 친구가 바뀌고, 같은 나이 또래의 친구가 20여 명이나 되고, 거의 모든 선생님들에게 사랑을 받고, 엄마 아빠한테서 머리 끝에서 발가락까지 귀염을 받고, 주머니에 넘치는 용돈과 과자……. 무얼 더 바라겠니?

너는 내가 어떻게 이렇게 많은 사람들에게서 인기를 얻을 수 있었는지 궁금하겠지?

그것은 페터가 말했듯이 '매력적이기' 때문만은 아니야. 선생님들은 모두 내 재치 있는 대답, 농담, 항상 웃는 얼굴, 미심쩍은 듯한 표정 때문에 언제나 즐거워하셨지. 결국 나는 말괄량이고, 아양이나 떠는 천진난만한 계집애였어. 그러나 다른 사람들의 호감을 살 만한 한두 가지 장점을 가지고 있었어. 내 생각에도 나는 부지런하고 정직하고 솔직했거든. 나는 꿈에도 이렇게 자유를 구속당하리라고는 생각지 않았단다.

나는 과자를 인심 좋게 친구들에게 나누어주었으며 잘난 체하지도 않았어.

이렇게 칭찬만 받았으면서도 난 건방져지지 않았을까?

다행히 이렇게 떠받들리는 게 절정에 이르렀을 때 나는 갑자기 현실에 직면하지 않으면 안 되게 됐어. 칭찬도 자유도 없는 현실에 익숙해지기까지는 1년이나 걸렸어.

학교에서는 어땠는지 알아?

항상 새로운 농담을 만들어내고 ‘여왕’ 같은 근사한 대접을 받고, 절대로 질질 짜는 소녀는 아니었어. 모두 나에게 관심을 가지고, 나와 함께 자전거를 타고 집에 가고 싶어 했어.

지금 그 시절을 되돌아보면 지금의 나와는 전혀 다른 경박한 계집애였어.

“내가 만일 그때 너를 보았다면, 너는 분명히 여러 남자 여자 친구들 사이에 끼어 있었을 거야. 그리고 너는 항상 웃고 그들 가운데의 주동이었을 거야” 하고 페터가 말했는데 그 말은 옳아.

나 같은 소녀에게 이제 무엇이 남아 있을까? 그렇지만 걱정할 필요는 없어. 나는 아직 어떻게 하면 멋있게 웃고 재미있는 대답을 할 수 있는가 하는 것을 잊지는 않았어. 다른 사람 못지않게 남을 비평할 수도 있고, 나만 원한다면 다시 재미있게 희희낙락 놀 수도 있어. 그렇다고 내가 그렇게 천진하고 화려한 생활을 얼마간이라도 다시 누리고 싶다는 건 아니야. 나는 나를 따라 다니는 사람보다는 참된 친구를 갖고 싶고, 아양 떠는 웃음보다는 나의 행동이나 인격을 존중하는 사람과 사귀고 싶어.

그러면 분명히 내 주위에 모여드는 사람은 무척 적어지겠지. 정말로 참다운 친구라면 몇 명만이라도 만족할 수 있을 거야.

아무리 1942년의 내 생활이 화려했다 하더라도 내가 행복에 흠뻑 잠겨 있었던 건 아니야. 이따금 가슴속이 휑뎅그렁한 공허감 같은 걸 느끼기도 했지만. 하루 종일 뛰노느라 그만 잊어버리곤 했지. 나는 농담을 하고 웃고 지껄이면서도 문득 고독을 느낄 때면 의식적이건 무의식적이건 그것을 잊어버리려고 애썼어.

이제는 인생의 의미와 내가 해야 할 바를 심각하게 생각하게 되는구나. 내 생애의 한순간은 영원히 흘러가버렸어. 천진난만한 학창 시절은 지나가고 다시는 돌아오지 않겠지.

나는 이미 그런 경박한 생활을 하기에는 나이가 들었고 또 원하지도 않아. 나도 이젠 좀 진지한 생활을 해야 하지 않겠니?

올해까지의 내 생활을 확대경으로 보듯이 돌이켜보면—.

1942년, 햇빛 가득한 집에서 이곳으로 옮겨 온 이래, 그 갑작스런 변화와 말다툼, 불화! 나는 하도 놀라서 도저히 이것을 이해할 수 없었어. 때문에 허세나 과장을 통해서만 겨우 자신을 유지할 수 있었어.

1943년 초에는 변덕스럽게 울기도 하고, 공연히 쓸쓸해지기도 했지만 서서히 내 단점이나 잘못을 깨달을 수 있게 되었어. 물론 많은 단점이 있었지만, 자신의 단점이 실제보다도 더 크게 의식되었지. 그 당시 아빠의 관심을 끌려고 마음에도 없는 말을 일부러 지껄

여댔지만 결국 아빠의 관심은 끌지 못했어. 나는 꾸중을 듣지 않으려고 자신을 계발시키려 혼자 애써야 했지.

그 해 말에는 사정이 좀 나아져서 벌써 의젓한 숙녀가 되었고 어른 대우를 받게 되었지. 가끔 사색도 하고 글도 쓰고 해서 아무도 나를 함부로 공처럼 가지고 놀 권리가 없다는 것을 깨닫게 되었어.

나는 내가 희망하는 방향으로 자신을 계발시켜 나가야 한다고 생각했어. 그러나 내가 큰 충격을 받은 것은 아빠까지도 모든 것을 털어놓고 상대할 사람은 아니라는 사실이야. 나 자신 이외에는 누구도 믿고 의지할 수 없었어.

1월 초에 나에게 두 번째의 큰 변화가 찾아왔어. 내 꿈, 그 꿈과 함께 나의 그리움—즉 여자 친구가 아닌 남자 친구에 대한 그리움을 자각했어. 그리하여 나는 내면적인 행복을 발견하고 화려하고 천박한 것에 빠지지 않을 수 있다는 자신을 얻었어. 그리고 나는 정신적인 안정을 되찾고 아름답고 선량한 모든 것에 대한 끝없는 동경을 느끼게 됐어.

잠들기 전에 침대에 누워서 "신이여, 모든 선량함과 사랑스러움과 아름다움을 베풀어주신 데 대해 감사드립니다" 하고 기도를 드리면, 가슴속은 기쁨으로 뿌듯하게 차오른단다. 그리고 은신처에서 생활할 수 있는 '행운', 나의 건강, 페터에 대한 '그리움'—아직 싹이 돋아나고 있을 뿐 서로가 손을 내밀지 않고 있지만 언제든 꼭 닥쳐올—사랑, 장래, 자연의 아름다움, 모든 신기하고 아름다운 자연과 '미'에 대해서 생각해.

그럴 때 나는 불행이란 것은 생각지 않아. 아직 남아 있는 아름다움만을 생각하지. 엄마와 나의 견해가 다른 점은 바로 이 점이야. 우울할 때면 엄마는, "세상의 모든 불행을 생각하고 자기가 아직 그런 불행 속에 던져지지 않았다는 것을 감사하라"고 충고하서. 그러나 나는 달라.

"밖으로 나가서 들판을 걸으세요. 자연과 햇빛을 듬뿍 들이켜고 당신 자신과 하나님 가운데서 다시 행복을 찾으세요."

나는 엄마의 견해가 옳다고는 생각지 않아. 만약 그렇다면 자기가 불행을 당하고 있는 것처럼 행동해야만 할 것 아니겠니? 그러면 그건 불행을 스스로 부르는 것이지. 반대로 자연이나 햇빛이나 자유나 인간 자신 속에는 항상 아름다움이 간직되어 있는 것이 아닐까. 그렇게 믿는다면 인간은 자신과 신을 깨닫게 되고 마음의 평정을 되찾을 수 있을 거야.

행복한 사람은 누구든 다른 사람들까지 행복하게 만드는 법이야. 용기와 신념을 지닌 사람은 결코 불행 속에서 죽지 않아.

안네.

1944년 3월 12일(일)

키티,

나는 요즈음 가만히 앉아 있을 수가 없어. 위층으로 뛰어 올라갔다 내려왔다 하면서 무엇에 쫓기는 듯이 초조한 심정이야. 페터와 이야기하고 싶지만, 그가 귀찮아하지 않을까 걱정이 되기도 해.

페터는 자기 자신에 대한 일이나 과거나 가정에 대한 이야기를 조금 들려주었어. 그러나 나는 그 정도로 만족할 수는 없어. 왜 그의 이야기에 이토록 흥미가 끌릴까, 나 자신도 이해할 수 없어. 전에 나는 그를 상대하려고도 하지 않았지만 지금은 생각이 달라졌어. 그도 그럴까?

나는 그렇다고 생각해. 그러나 그게 반드시 우리가 다시 없는 친구가 되리라는 뜻은 아니야. 하기야 그렇게 된다면 이곳의 답답한 생활이 훨씬 견디기 쉬워지겠지만, 그렇게 되지 않는다 해도 나는 슬퍼하지 않을 거야. 나는 지금 그와 한 지붕 밑에서 살고 있고, 또 이런 일로 키티 너까지 불행하게 할 필요는 없지 않겠니?

토요일 오후에는 너무 비참한 뉴스를 많이 들어, 머리가 혼란해서 낮잠이나 자려고 긴 의자에 누워버렸어. 나는 복잡한 생각을 지우려고 잠을 청했어. 4시까지 푹 잤어. 잠에서 깨어 안방으로 가니까, 엄마가 너무 오랫동안 잤다고 투덜대시더군. 나는 머리가 아팠다고 변명했어. 이것은 사실이었어. 육체적인 두통이 아니라 정신적인 두통이었어.

보통 사람들이나 보통 소녀들이나, 특히 나 같은 10대의 소녀들은 이렇게 자기를 가련하게 여기는 나를 신경쇠약에라도 걸린 것이 아닐까 하고 생각하겠지. 사실이란다. 그렇지만 나는 나의 심정을 모조리 너에게 털어놓은 이상 남에게 쓸데없는 질문을 받거나 기분이 상하게 되는 일이 없도록 명랑하고 자신만만하게 행동할 수 있어.

언니는 퍽 친절하고 나의 호감을 얻고 싶어 하지만, 그렇다고 언니에게 모든 것을 털어놓을 수는 없어. 언니는 좋은 사람이야. 아름답고 선량하지. 언니는 내가 말하는 것을 심각하게, 너무 심각하게 생각해. 그리고 괴상한 동생의 일을 언제까지나 생각하고, 무엇을 탐색해내려는 듯한 시선으로 나를 응시하고, 내가 말하는 것을 곰곰이 음미하고 "이것은 단순한 농담이 아닐까? 아니면, 안네가 정말 그렇게 생각하고 있을까?" 하고 거듭 생각하지.

나는 언제 내 생각을 모조리 술술 풀어놓을 수 있을까? 그리고 언제 다시 마음의 평화와 안식을 되찾을 수 있을까?

안네.

1944년 3월 14일(화)

키티,

나에게 별로 유쾌한 일은 아니지만 너에게는 재미있을 것 같아서 요즘 우리가 무엇을 먹고 있는가에 대해서 이야기하겠어.

청소부가 2층에서 일하고 있는 동안 나는 판 단 씨 댁 테이블에 앉아 있었어. 이곳에 오기 전에 산 좋은 향수를 바른 손수건을 코에 대고서. 너는 이것이 무슨 뜻인지 모르겠지? 이제 그 이유를 설명해줄게.

우리에게 식량 쿠폰을 구해주던 사람이 체포되었기 때문에 우리는 지금 다섯 장의 배급 카드밖에 없고, 쿠폰도 기름도 없어. 미프와 코프하이스 씨는 병석에 누워 있고, 엘리는 쇼핑을 할 틈이 없어서 집안 분위기는 활기가 없고 식량도 없어. 내일이면 기름도, 버터도, 마가린도 바닥이 날 거야.

우리는 이제 아침 식사로 감자 프라이(빵을 절약하기 위해)를 할 것도 없어서 대신 오트밀 죽을 만들어 먹었어. 판 단 아주머니가 굶어죽게 되었다고 투덜거려서 암거래로 크림, 밀크를 사왔지.

오늘 저녁 식사는 통에 저장해둔 양배추로 해시 요리를 만든 것이었어. 손수건으로 미리 예방 조처를 한 것은 이 때문이야. 양배추를 너무 오랫동안 묵혀두어서 그 냄새란 이루 말할 수 없었어. 방 안에 가득 찬 냄새는 이 밖에도 썩은 건포도와 달걀을 합쳐놓은 듯해. 오! 이런 것을 먹을 생각만 해도 병에 걸릴 것만 같단다.

그리고 감자도 여러 가지 병에 걸려서 두 통 중 한 통은 몽땅 난로에 버릴 수밖에 없어. 감자의 병에 대해 조사해보고, 암, 천연두, 홍역 같은 종류의 병이라는 결론을 얻었어. 농담이라고? 전쟁이 일어난 지 4년째에 피신 생활까지 하고 있다는 이 사실은 농담을 할 일이 아니야. 아, 이 얼빠진 전쟁놀이가 빨리 끝났으면!

정말로 이곳에서의 생활이 좀 더 유쾌할 수만 있다면 식사 따위는 상관하지 않을 거야. 늘 아옹다옹이야. 이같이 지루한 생활을 서로 더욱 못 견디게 만들고 있어.

다음은 현상태에 대한 어른들의 견해란다.

판 단 아주머니―"부엌의 여왕 노릇에 벌써부터 흥미를 잃고 있어요. 그저 아무것도 하지 않고 앉아 있기가 답답해서 부엌으로 갈 뿐이에요. 그렇지만 기름이 없어서 음식을 만들 수 있어야죠. 이런 고약한 냄새만 맡으면 병이 날 것 같아요. 내가 이렇게 애쓰고 있는데도 불평과 욕만 듣게 마련이니, 난 언제나 죄를 뒤집어쓰는 희생자예요. 게다가 내 생각에는 전쟁도 희망이 없어요. 독일놈들이 이길지도 모르잖아요. 굶어 죽지나 않을지 모르겠어요. 화만 나면 그저 누구에게든 대들고 싶어요."

판 단 아저씨―"나는 담배를 피우고, 피우고, 또 피울 테야. 그러면 식량난도, 전쟁도, 마누라의 기분도 걱정이 되지 않아. 마누라는 참 좋은 여자야."

만약 아저씨한테서 담배가 떨어지면 사정은 달라진단다. 그러면, 이렇게 말하지―"곧 병이 날 것 같아. 우린 오래 살지 못해. 난 고기를 먹어야겠어. 마누라는 왜 저 꼴이람." 이 다음에는 꼭 끔찍한 싸움이 따르게 마련이야.

엄마―"음식은 그다지 문제가 아니지만, 난 지금 빵 한 조각을 먹고 싶어요. 굉장히 배가 고파요. 내가 만일 판 단 부인이라면, 벌써 남편의 담배는 끊게 했을 거예요. 그렇지만 나도 담배 생각이 간절해요. 담배라도 피우지 않으면 견딜 수 없어요. 영국 사람은 잘못도 많이 저질렀지만, 전쟁은 호전되고 있어요. 나는 폴란드로 끌려가지 않은 것을 감사해요."

아버지―"만사는 잘 돼가고 있어. 나는 아무것도 필요 없어. 시간은 충분하니까 걱정하지 않아도 돼. 그리고 나는 감자면 족해. 내 몫은 엘리에게 나눠줘. 전쟁은 호전되고 있어. 아주 낙관적이야."

뒤셀 씨―"나는 오늘 일은 꼭 해야 해. 모든 일은 제 시간에 마쳐야지. 전쟁 소식은 괄목할 만하고 우리가 체포당한다는 일은 있을 수 없어. 나는, 나는……."

안네.

1944년 3월 15일(수)

키티,

오, 이 순간만이라도 이런 우울한 분위기에서 벗어날 수 있다면! 오늘 나는,

"만일 이러이러한 일이 일어난다면 곤란해질 텐데……. 만일 누가 병들면 격리시켜야 할 테니, 우리는……" 하는 말을 들었단다. 결국 이쯤 해두면 너도 은신처의 식구들에 대해 잘 알고 있으니까, 이런 대화가 어떻게 진행되었는지 알 수 있겠지?

만일, 만일 하고 걱정하게 된 것은 클라레르 씨에게 근무 소집 영장이 나왔기 때문이야. 엘리는 유행성 감기에 걸려 내일은 집에서 쉴 것 같아. 미프는 또 인플루엔자가 완치되지 않았고, 코프하이스 씨는 위장 출혈이 악화되어 의식 불명 상태에 빠져 있어. 얼마나 슬픈 이야기니?

창고에서 일하는 사람들은 내일 쉬어. 엘리가 집에 누워 있을 터이니 문은 모두 잠겨 있을 것이고, 우리는 이웃집 사람들에게 발각되지 않도록 새앙쥐처럼 조심해야 해.

1시에는 헨크가 버림받은 우리를 찾아와주기로 했어. 마치 동물원지기처럼.

그는 처음으로 우리에게 외부 세계의 소식들을 전해주었어. 우리 여덟 사람이 헨크의 주위에 몰려 있는 꼴을 상상해보려무나. 그것은 마치 할머니가 손자들에게 옛날 이야기를 들려주는 것과 꼭 같은 모습이었지. 그는 열심히 귀를 기울이고 있는 우리에게 우리가 궁금해하는 식량난이나 미프의 의사에 대한 이야기들을 들려주

었어.

"그 의사는 통 의사 같지 않더군요. 오늘 아침에 내가 전화로 유행성 감기의 처방을 부탁했더니, 아침 8시에서 9시 사이에 가지러 오라는 대답이에요. 그건 그렇고, 만일 악성 감기라면 '전화에 대고 아, 하고 입을 벌리고 혀를 보이세요. 아, 잘 들립니다. 당신 목에 염증이 생겼습니다. 처방전을 줄 테니, 약방에 가서 약을 사세요. 안녕히' 이렇게 말한답니다. 전화로 진찰을 하다뇨."

그러나 의사를 탓하고 싶지 않아. 사람은 손이 둘밖에 없는 법인데 요즘처럼 환자가 많아서야 의사의 손이 미치지 않을 수밖에.

요즘 병원의 대합실이 어떠리라는 것을 상상할 수 있어. 지금 의사들은 건강 보험에 가입한 환자들을 따돌리진 않지만, 증상이 가벼운 환자는 상대하지도 않아.

"여, 여보시오. 여기서 뭘 하시오? 맨 뒤로 가십시오. 위급한 환자가 더 급합니다."

이런 식이란다.

안네.

1944년 3월 16일(목)

키티,

밖은 온통 해맑은 하늘이구나, 말할 수 없이. 곧 다락방으로 올라가려고 해.

페터가 나보다 훨씬 침착한 이유를 알았어. 나는 이리저리 쫓겨다니는 신세인데 반해 그는 공부하고, 꿈꾸고, 명상에 잠기고, 잠잘 수 있는 자기 자신의 방을 갖고 있기 때문이야. 뒤셀 씨와 '공동'으로 사용하는 방에 머물러 있는 시간이 얼마 되지는 않지만. 그래도 혼자만의 방을 가지고 싶어. 내가 자주 다락방으로 도피하는 것은 이 때문이야.

그곳에 있거나, 너에게 편지를 쓰는 잠깐, 아주 잠깐 동안만 나는 나 자신을 되찾을 수 있어. 그러나 나 자신을 한탄하지는 않아. 반대로 용기 있게 살고 싶어, 다행히 내 마음속의 생각은 아무도 몰라. 단지 내가 엄마에게 점점 쌀쌀해지고, 아빠에 대해서도 전처럼 어리광을 부리지 않고, 언니에게는 아무 말도 하지 않는다는 것을 알고 있을 뿐이야. 나는 타인과 완전히 단절되어 있어. 마음속에서 끊임없이 계속되는 갈등을 아무에게도 보여서는 안 되겠지. 마음속의 갈등이란 이성과 욕망의 싸움이야. 지금은 이성 쪽이 우세하지만 결국 욕망 쪽이 승리하지 않을까? 나는 이것을 두려워하기도 하고 은근히 기대하는 심정이기도 하단다.

페터에게 입을 다물고 있다는 것은 퍽 힘든 일이야. 그러나 페터 쪽에서 먼저 입을 열어야 마땅한 일이 아니겠니? 난 말하고 싶은 것도 많고 하고 싶은 일도 많아. 그걸 꿈에서 실현시키고 있어. 그러나 하루하루가 지나고 나의 희망은 질질 끌려가기만 하는 형편이구나.

키티, 정말 안네는 미쳐버린 소녀구나. 그러나 나는 지금 미쳐버린 시대에 미쳐버린 환경 속에서 살고 있지.

이런 환경 속에서 적어도 가장 보람 찬 순간은 나의 생각이나 감정을 글로 쓰는 때란다. 그러한 순간마저 없었다면 나는 벌써 질식해버리고 말았을 거야.

페터는 이런 일들을 어떻게 생각하고 있을까 몰라. 한번 그에게
물어보아야겠어. 그는 내 마음속의 동요를 알아차렸을 거야. 사랑
이란 외면적인, 이미 다 알고 있는 데서 솟아나는 것이 아니니까.

조용하고 안락한 것을 좋아하는 그가 어떻게 나같이 떠들썩한
말괄량이를 사랑할 수 있을까? 그는 내 단단한 마음의 껍질을 뚫고
들어오는 최초의, 그리고 단 하나의 남자가 될 것인가? 그리고 그
렇게 되려면 얼마 만큼의 시간이 필요할까? '사랑은 동정에서 우러
난다'거나 '사랑과 동정은 함께 찾아온다'는 속담이 있지 않던가?
내 경우도 그럴까?—왜냐하면 나 자신에 대해서와 같이 그에게도
동정을 품고 있기 때문이야.

어떻게 말을 꺼내야 할지 모르겠어. 그렇지만 그는 나보다 훨씬
더 말을 못 하는 성질이므로 그가 어떻게 말을 꺼낼까? 내가 그에
게 편지를 쓴다면, 그는 적어도 내 뜻을 이해하겠지만 가슴속을 표
현하기에 글은 얼마나 가냘픈 것인가?

안녜.

1944년 3월 17일(금)

키티,

이곳 피신처의 안전에 대한 걱정은 없어졌어. 클라레르 씨에게
나온 근무 소집 영장이 면제되었거든. 언니와 내가 엄마 아빠에게
조금 싫증이 났다는 것을 빼고는 모든 일이 다시 좋아졌어. 그렇다
고 나를 달리 생각하지는 말아줘. 너도 알다시피 난 엄마하고는 어

떻게 해도 잘 맞지 않아. 아빠는 지금도 전과 마찬가지로 존경하고 있지만 나만 한 나이가 되면 누구든 자기 의사를 가지고 있고 독립하려고 하잖아.

위층에 올라가면 뭐 하러 가느냐는 질문을 받아. 또 내 음식에 소금을 치는 것조차 허락을 받아야 해. 저녁 8시 15분만 되면 엄마는 그만 자라고 하셔. 내가 읽는 책은 모조리 검사를 받아야 하고. 나랑 언니는 하루 종일 이것 저것 캐묻는 것이 질색이야. 엄마 아빠는 특히 나한테 대해서만 마음에 안 들어 하시는 일이 있어. 내가 지금까지처럼 엄마 아빠에게 키스를 하려 하지 않는 것과 집안 사람들끼리 애칭으로 부르는 것이 쑥스러워서 싫다고 말한 거 말이야. 얼마 동안 이런 부모와는 헤어져 있고 싶어. 언니는 어제 저녁에 "엄마 아빠는 머리가 아프냐? 기분이 좋지 않냐? 하고 자꾸 묻고, 내가 한숨이라도 쉬면 머리에 손을 대보고―. 아주 귀찮아서 못 견디겠어"라고 말했어.

내가 엄마보다 더 훌륭하게 토론을 하고 내 의견을 주장할 수 있다고 생각해. 난 엄마처럼 편협하지도 않고 과장하지도 않아. 엄마보다 착실하고 머리도 좋지. 그래서, 넌 웃을지도 모르지만, 내가 엄마보다 여러 면에서 우수하다고 여기고 있어. 사람에 대해 존경과 숭배의 마음이 없다면 사랑할 수 없어. 만일 페터가 내 것이 된다면 모든 일이 잘 될 거야. 여러 면에서 페터를 존경하고 있으니까. 페터는 정말 훌륭하고 아름다워.

안네.

반항

1944년 3월 19일(일)

키티,

어제는 나에게 퍽 의미 깊은 날이었어. 나는 페터와 흉금을 털어놓고 이야기하기로 결심했단다.

저녁 식탁에 앉았을 때 나는 그에게 슬그머니 물어보았어.

"너, 오늘 저녁에 속기 연습할 거니?"

"아니."

"그럼 이따 얘기 좀 하고 싶은데."

페터는 반가운 표정을 지어 보였어.

설거지를 끝내고 나서 나는 잠시 위층 창가에 서서 기회를 살피다가 곧 페터 방으로 갔지. 그는 열린 창문 왼쪽에 서 있었지. 나는 창 오른쪽으로 다가가서 이야기를 시작했어. 환한 햇빛 밑에서보다는 약간 어둑어둑한 창 옆에서 이야기하는 것이 훨씬 정서적이었어. 페터도 같은 기분이었을 거야.

우리는 많은 것을, 아주 많은 것을 서로 이야기했어. 지금 그것을 전부 기억할 수는 없지만 황홀한 순간이었어. 이 '은신처'에서 생활해온 이후로 가장 빛나는.

　우리가 주고받은 이야기를 너에게 간단히 소개할게. 먼저 우리는 말다툼에 대해서 이야기했어. 그리고 내가 말다툼을 이제 다른 관점에서 보게 되었다는 것과 우리와 부모들 사이의 불화에 대해서도 얘기했어.

　나는 엄마와 아빠와 언니와 나 자신에 대해서도 이야기했지.

　잠시 뒤에 그가 물었어.

　"너는 아마 항상 잠들기 전에 굿나잇 키스를 하지?"

　"그럼. 왜, 넌 안 하니?"

　"안 해. 누구하고도 키스한 적이 없어."

　"생일에는?"

　"그땐 하지만."

　우리는 부모와 잘 조화할 수 없다는 것, 그의 부모는 그에게서 신임을 얻고 싶어 하지만 그는 원하지 않는다는 것, 나는 잠자리에서 마음껏 운다는 것, 그는 다락방에 올라가 혼자 욕지거리를 퍼붓는다는 것, 언니와 나는 요즘 대화가 통하게 되었다는 것, 그러나 언제나 함께 있기 때문에 모든 것을 털어놓지는 않는다는 것……등을 이야기했어. 모든 상상할 수 있었던 것 이상으로―그는 꼭 내가 생각하고 있었던 그대로의 남자였어.

　그리고 그는 재작년에는 우리가 지금과는 사정이 달랐다는 것, 처음에는 서로를 싫어했으며 멀리 떨어져 있었다는 것을 말했고, 나는 그가 점잖은 것과 내가 떠들썩하고 무절제한 것은 종이 한 장 차이고, 나도 본질적으로는 조용한 것을 좋아한다는 것, 나는 일기장 이외에 내 것이라고는 아무것도 없다는 것—등을 말했어.

우리는 서로가 함께 있을 수 있다는 사실을 기뻐했어. 나는 그의 신중함과 부모와의 관계를 이해하고 간절히 그를 도와주고 싶었어.

"안네는 항상 나를 도와주고 있어" 하고 그가 말했어.

"어떻게?" 하고 내가 놀라서 묻자,

"네 명랑한 성격으로."

이 말은 그가 들려준 말 중 가장 나를 즐겁게 했어. 그가 나를 친구로서 사랑하게 되었다니 얼마나 반가운 일이겠니? 당분간은 그것만으로 충분해. 나는 행복하고 감사한 마음에 넘쳐서 미처 대답할 말을 찾지 못했어.

키티, 오늘은 내 글이 보통 때 같지 않은 것을 용서해줘. 머리에 떠오르는 대로 썼을 뿐이야.

이제 페터와 나는 은밀한 비밀을 나누어 가진 것 같아. 그가 나를 지그시 바라보고 웃거나 윙크를 하면, 한 줄기 빛이 내 가슴속으로 파고드는 것 같아. 이런 상태가 언제까지나 계속되어 우리 두 사람이 더 찬란한 시간을 가질 수 있게 되었으면.

안네.

언니한테서 온 편지

1944년 3월 20일(월)

키티,

오늘 아침 페터가 밤에 놀러 오지 않겠느냐고 물었어. 그는 조금도 방해되지 않고, 한 사람이 들어설 여유가 있다는 것은 곧 두 사람의 여유가 있는 셈이라고 했어. 내가 부모님들 때문에 너무 자주 올라갈 수는 없다고 말하자, 그는 그런 일에 신경쓸 필요는 없다고 했어.

나는 토요일 밤에 찾아가겠고, 그때 달이 떠 있으면 좋겠다고 대답했어.

"그럼, 우리 아래층으로 내려가서 구경하자" 하고 그가 말했어.

요즘 나의 행복한 양지에 한 가닥 그늘이 드리워 있단다. 나는 언니가 페터를 좋아한다고 생각하고 있었어. 얼마나 페터를 좋아하는지는 모르겠지만 안쓰러운 일이야. 내가 페터와 같이 있는 것이 언니에게는 격심한 고통일 거야. 그러나 언니는 좀처럼 그런 낯빛을 보이지 않아.

나라면 질투 때문에 못 견딜 텐데 언니는 자기를 동정할 필요는 없다고만 말하고 있단다.

"혼자 따돌림을 받는 것 같아 불쾌하겠지?" 하고 물었더니,

"습관이 되어서" 하고 언니는 쓸쓸한 목소리로 대답했어.

아직 이것을 감히 페터에게 말할 수 없어. 나중에는 아마 말하게 되겠지만, 그보다 먼저 하고 싶은 말이 더 많아.

어제 저녁때 엄마에게 꾸중을 들었어. 내가 잘못했어. 엄마를 너무 무시했지. 엄마에게 좀 더 친절하게 대하고 자제해야 했는데.

아빠도 요즘 예전과 달라. 나를 어린애 취급을 하지 않으려고 하기 때문에 냉정하게 대하시는 것 같아. 다음에는 어떤 태도로 나오실까!

나는 지금 페터에 대한 생각으로 꽉 차 있어서 다만 아빠를 쳐다보고 있을 뿐이란다.

언니가 선량하다는 증거로 나는 오늘 이러한 편지를 받았어.

안네, 내가 어제 너를 질투하고 있지 않다고 말한 것은 반쯤은 거짓말이야. 사실은—너나 페터를 질투하지는 않아. 다만 나는 나의 생각이나 감정에 대해 같이 이야기를 나눌 만한 상대를 발견하지 못했고, 또 당분간은 그런 상대를 만날 것 같지 않아서 유감일 뿐이야. 그러나 그렇다고 너에게 불평을 말할 수는 없겠지. 우리는 이곳에서 보통 사람들에게는 당연한 것인 모든 권리를 잃고 있어.

그리고 또 페터와 나와의 사이는 그렇게 깊은 관계로 진전하지는 못했을 것이라고 생각해. 적어도 남과 여러 가지를 이야

기하려면 그 사람과 모든 걸 털어놓을 수 있는 사이여야 한다고 생각하기 때문이야. 말하자면, 내가 몇 마디 하지 않아도 그 사람은 이심전심으로 나의 모든 것을 이해해야 할 거야.

따라서 나보다는 훨씬 지적인 수준이 높은 사람이어야 하겠지. 페터의 경우는 달라. 너와 페터 사이는 서로 맞을 거야.

너는 내가 가진 것을 빼앗은 것이 아니야. 나 때문에 너 자신을 책망하지는 말아라. 너와 페터가 진정한 우정으로 맺어지기를—.

다음은 나의 답장이야.

언니에게,

언니의 편지는 퍽 정다운 것이었지만, 그다지 유쾌한 기분은 아니었어. 언니가 생각하고 있는 것과 같이 그와 나 사이의 우정이 확고한 것은 아니지만, 해질 무렵 창문을 열어놓고 마주서면 밝은 대낮보다는 훨씬 수월하게 이야기할 수 있어. 또 감정이란 고함을 지르는 것보다 조용히 속삭이는 편이 표현하기가 훨씬 수월해.

언니는 페터에 대해서 누나와 같은 감정을 지니고 나와 마찬가지로 그를 위로해주고 싶을 거야. 그것은 우리가 생각하고 있는 신뢰감과 다른 것이지만, 언니는 언제든 그럴 수 있을 거야. 나와 아빠가 조화할 수 없는 것도 그 때문이야.

이 이야기는 그만두겠어. 언니가 할 말이 있으면 편지로 해줘. 글로 쓰는 것이 말하는 것보다 훨씬 편해.

언니는 내가 얼마나 언니를 칭찬하는지 모를 거야. 나는 언니나 아빠의 장점을 본받으려고 해. 이런 점에서 언니와 아빠는 별로 차이가 없다고 생각해.

안네.

1944년 3월 22일(수)

키티,

언니에게서 어제 저녁 다음과 같은 답장을 받았어.

안네에게,

어제 네 편지를 받고, 네가 페터를 찾아갈 때마다 양심의 가책을 받는다는 생각이 들어 언짢았다. 그러나 그럴 이유는 조금도 없어. 나도 어떤 상대와 우정을 나누어 가질 권리야 있겠지만, 그 상대가 페터라면 참을 수 없을 거야.

네가 말했듯이 페터는 남매 같은, 동생 같은 심정이야. 나와 페터가 서로 마음을 접촉할 수 있었다면 아마 남매 사이의 우애가 싹텄을지 모르지. 그러나 지금은 그런 단계에는 이르러 있지 않은 게 분명해.

나를 동정할 필요는 없단다. 너는 우정을 발견했으니까 그것을 즐기고 두텁게 해야겠지.

이곳의 생활은 점점 멋있게 되어가고 있단다. 키티, 우리는 이

'은신처'에서 근사한 로맨스를 이룰 거야. 그러나 걱정하지 마. 그와 결혼하려는 것은 아니야. 나는 그가 어른이 되어 어떤 사람이 될지도 모르고, 서로 결혼할 수 있을 만큼 사랑하게 될지도 몰라. 나는 페터가 나를 사랑하고 있다는 것은 알지만 어떻게 사랑하고 있는지는 몰라.

그는 진정한 친구를 원하는 것인지, 아니면 한 여자로서, 아니면 누이동생으로서의 나를 원하는 것인지 알 수가 없어.

나는 그의 부모의 불화에 대해 항상 자기를 위로해주고 있다는 말을 들을 때면 몹시 기뻐. 이것은 나의 우정을 믿고 있다는 뜻이야.

어제 그에게 만일 이곳에 열두 명의 안네가 있어서 노상 그를 찾아온다면 어떻겠느냐고 물어보았어.

"전부 안네 같은 여자들이라면 결코 나쁘지 않지" 하고 대답하더군.

그가 나에게 다정하게 대하는 것을 보아도 나를 만나는 것을 좋아하고 있는 것은 분명해.

지금 그는 프랑스어에 열중하고 있어서 잠자리에 들어서도 10시 15분까지는 공부를 계속한단다. 나는 지난 토요일 밤 일을 생각하고 내가 한 말들을 한마디 한마디 되씹어보고 처음으로 자신에게 만족을 느꼈어. 나는 항상 내가 한 말에 불만을 느끼는 편인데, 그날 저녁에 한 말만은 한마디도 바꾸고 싶지 않아. 지금이라도 같은 말을 할 거야.

페터는 웃을 때나 앞을 바라보고 있을 때면 아주 핸섬해 보여. 그는 사랑스럽고 단정한 사람이야. 그가 나에 대해 가장 놀란 것은 내가 외양처럼 속물적인 안네가 아니고, 그와 같이 여러 가지 고민을 가진 꿈 많은 인간이라는 걸 깨닫게 되었을 때인 것 같아.

안네.

언니에게 보낸 답장 ―

언니에게

나는 우리가 할 수 있는 최선의 방법은 잠자코 기다리는 일이라고 생각해. 페터와 내가 지금 같은 우정을 계속 유지하게 될지, 헤어지게 될지는 곧 결정날 거야. 우리가 어떻게 될지 나는 모르고, 또 먼 미래의 일을 구태여 생각하고 싶지도 않아.

그러나 페터와 나의 우정이 계속된다면 다음 한 가지는 꼭 지키겠어. 우선 언니도 그를 좋아하고, 필요하면 그를 도와주려 한다는 말을 그에게 전하겠어. 그가 어떤 반응을 보일지는 모르지만, 나는 걱정하지 않아. 나는 페터가 언니에게 어떤 감정을 가지고 있는지는 몰라. 그때 물어보겠어.

페터가 언니를 싫어하고 있지는 않을 거야. 그 반대일 거야.

우리는 다락방에서든지 어디서든 언니가 함께 말벗이 되는 것을 환영하겠어. 우리는 어두운 저녁때만 이야기하기로 무언의 약속을 하고 있으니까 언니가 방해되지 않을 거야.

용기를 가져. 나처럼. 쉬운 일은 아니지만, 언니의 시기는 언니가 생각하는 것보다 빨리 올 거야.

어른들은 바보

1944년 3월 23일(목)

키티,

모든 사정이 다소 평상시처럼 되어가고 있어. 우리에게 쿠폰을 팔아주던 사람이 감옥에서 풀려나왔단다. 고마운 일이야.

미프는 어제부터 출근하고 엘리도 감기가 거의 나았어. 코프하이스 씨는 아직 집에서 요양하고 있어.

어제 이곳에서 가까운 곳에 비행기가 추락했어. 조종사는 때맞추어 낙하산으로 뛰어내릴 수 있었고, 비행기는 학교 건물에 떨어졌지만 마침 아이들은 없을 때였지. 작은 화재가 나고 두 사람이 죽었어. 독일군은 내려오는 조종사를 무참하게 쏘아 죽였어. 이것을 보고 있던 암스테르담 시민들은 그들의 이 같은 만행에 치를 떨고 분노를 터뜨렸단다. 우리(여자)는 총소리만 나면 소름이 끼쳐.

나는 근래 저녁 식사를 마치면 신선한 저녁 공기를 마시러 곧잘 위층으로 올라가지. 페터와 같이 의자에 앉아 밖을 내다보는 순간은 즐겁기만 해.

판 단 아저씨와 뒤셀 씨는 내가 페터 방으로 사라지면 이런 어리석은 말을 한단다. 그의 방을 '안네의 별장'이라거나 "젊은 신사가 어두컴컴한 데서 젊은 아가씨를 만나도 괜찮을까?"라고. 페터는 이런, 말하자면 농담을 섞어 비꼬는 말을 놀라운 위트로 받아넘기지. 엄마도 굉장한 호기심을 가지고 묵살당할 염려가 없을 듯하면, 슬쩍 우리가 어떤 말을 주고받는지 묻고 싶어 해. 페터는 우리가 젊고 어른들의 우월감을 인정하지 않기 때문에 어른들이 우리를 시기하는 것 이외에 아무것도 아니라고 말하지.

그는 가끔 나를 데리러 오는데, 미리 주의를 해도 번번이 얼굴이 붉어져서 말도 못 하고 말아. 다행히 나는 좀처럼 얼굴을 붉히지 않아. 곤란한 경우에 얼굴이 붉어지는 것은 불쾌한 일이잖니?

아빠는 내가 건방지고 잘난 체한다고 하시지만 사실이 아니야.

학교에 다닐 때 나는 예쁘다는 말을 들어본 적이 없어. 어떤 남자 친구가 웃을 때 매력이 있다고 말해주었을 뿐이야. 그런데 어제 페터에게서 진정한 찬사를 들었어. 재미있으니까, 우리의 대화를 대강 소개할게.

페터는 곧잘 나에게 "안네, 한번 웃어봐" 하고 말해. 나는 이상해서,

"왜? 언제든지 웃어야만 하니?"

"네 웃는 모습이 퍽 마음에 들어. 웃을 땐 뺨에 보조개가 패여. 어떻게 만드는 거지?"

"선천적인 거야. 턱에도 보조개가 있어. 내 매력은 그것뿐이야."

"그렇지 않아."

"내가 미인이 아니란 건 나도 알고 있어. 전에도 그랬고, 앞으로도 그럴 거야."

"난 네가 미인이라고 생각해."

"거짓말."

"내가 그렇게 말하니까 믿어도 좋아."

그러면 나는 또 한 말을 반복해. 우리의 갑작스런 우정에 대해 말이 많단다. 그러나 그런 말들은 근거 있는 말들이 아니어서 우리는 관심도 기울이지 않아. 어른들은 자기들의 젊은 시절을 잊고 있는 것일까? 사실 그런 것 같아. 우리가 농담을 하면 정말로 알고, 우리가 진담을 하면 농담으로 안단다.

안네.

1944년 3월 27일(월)

키티,

피신 생활 생활사의 중요한 부분은 당연히 전쟁 진전에 대한 것이 차지해야겠지. 나는 이런 화제에는 흥미가 없지만, 오늘만은 전쟁 문제를 이야기하겠어.

이런 문제가 나오면 가지각색의 의견들이 나오게 마련이고, 지금과 같은 중대 시점에서는 좋은 토론의 초점이 되겠지만, 그렇다 해도 이 문제로 말다툼을 하는 것은 부질없는 일이야. 모두 자기 의견을 말하면서 멋대로 추측하고, 웃고, 욕지거리를 퍼붓고, 불평하고 하지만 결과는 항상 불쾌한 거야.

밖에서 방문하는 사람들은 뉴스를 듣고 오지만, 믿을 수가 없어. 그러나 지금까지 라디오만은 정확한 뉴스를 알려주고 있지. 헨크, 미프, 코프하이스 씨, 엘리와 클라레르 씨의 견해들은 그때의 정세에 따라 비관적이기도 하고 낙관적이기도 해. 그래도 헨크의 견해만은 나은 편이야.

'은신처' 사람들의 의견은 항상 제자리 걸음이야. 상륙 작전, 공습, 각국 정치가들의 연설 등에 관한 논쟁 끝에 으레, "그건 불가능해", "지금 상륙 작전이 시작된다 해도 언제까지 계속될지도 모르잖아?", "굉장한 일이 일어날 거야. 좋아, 좋아"라고 고함 소리가 나게 마련이지.

낙관론자도 비관론자도 현실주의자도 항상 자기 주장만이 옳다고 고집한다. 어떤 부인은 자기 남편이 영국을 절대적으로 믿고 있는 것을 못마땅해하고, 어떤 신사는 자기 아내가 자기가 기대하는 나라를 빈정대거나 비꼬는 것을 분개하고 있어.

모두가 지치는 기색도 없어. 마치 누구를 바늘로 꼭 찔러서 얼마나 펄쩍 뛰는가를 시험하는 것과 마찬가지야. 질문 하나, 말 한마디, 대답 한마디마다 곧 트러블이 생기지.

독일군 뉴스 발표나 영국 BBC 방송만으로는 부족해서 '특별 공습 발표'까지 등장하고 있어. 이것은 한마디로 말해서, 굉장한 것이기는 하지만 자주 우리를 실망시킨단다. 영국군이 공습에 총력을 기울이고 있는 반면, 독일군은 거짓말만을 되풀이하고 있어. 때문에 새벽부터 밤 9시, 10시, 때로는 11시까지 라디오에 신경을 써야 해.

이것은 확실히 어른들이 무한한 인내력을 갖고 있다는 증거이

기도 하지만, 반면 그들 두뇌의 추리력이 한정되어 있다는 뜻이기도 해. 물론 예외도 있지만—나는 타인의 감정을 상하게 할 말은 하고 싶지 않아. 하루 한두 번의 뉴스면 충분할 텐데, 이 늙은 멍텅구리들은—아, 욕을 하고 마는구나.

노동자 프로그램, 오락 프로 방송, 프랑크 필립스나 빌헬름이나 여왕 폐하의 연설 등으로 다이얼을 돌리면서 귀를 기울이지. 그들은 식사 시간이나 취침 시간 이외에는 라디오 주위에 모여 앉아 음식이나 수면이나 정치에 관한 토론을 해.

아, 지겨워. 사람이 늙어서 바보가 되지 않기란 힘들구나. 정치 문제는 어른들에게 해롭지 않겠지.

그러나 단 한 사람, 빛나는 예외가 있단다. 우리가 존경하는 윈스턴 처칠의 빈틈 없는 연설이 그거야.

일요일 저녁 9시—

—찻잔이 테이블 위에 덮개로 덮여 있고, 손님들이 입장한다. 뒤셀 씨는 라디오 가까이 왼쪽에 서고, 판 단 아저씨는 라디오 앞에, 페터는 그 옆에, 엄마는 판 단 아저씨 옆에, 판 단 아주머니는 아저씨 뒤에, 아빠는 테이블에, 언니와 나는 그 옆에 자리잡는다. 우리의 좌석은 더 자세히 묘사할 수는 없어. 신사들은 파이프를 뻐끔거리고, 페터의 눈은 긴장으로 고정되어 있고, 엄마는 길고 검은 네글리제를 입고, 판 단 아주머니는 처칠 경의 연설에는 아랑곳하지 않고 에센 쪽으로 날아가는 비행기 소리에 와들와들 떨고, 아빠는 차를 한 모금씩 마시고, 언니와 나는 꼭 붙어 있고. 무쉬는 내 무릎을 독점하고 잠들어 있단다. 언니는 머리에 클립을 감고 있고, 나

는 작고 좁은 짧은 나이트 드레스를 입고 있어.

—이 모두가 친밀하고 안락하고 평화스런 정경이야. 그러나, 나는 결과를 초조하게 기다리고 있어. 모두 연설이 끝나기를 기다리지 못하고 초조하게 발을 비비적거리거나 토론하고 싶어 하지. 방송이 끝나면 서로의 주장이 엇갈려서 전쟁과 불화가 잇따르게 마련이야.

안네.

1944년 3월 28일(화)

키티,

전쟁 상황에 대해 하고 싶은 이야기도 많지만, 그 밖에 하고 싶은 말들이 산더미처럼 쌓여 있단다.

첫째, 엄마는 판 단 아주머니가 좋아하지 않으니까 나에게 너무 자주 위층에 올라가지 말라고 주의를 주셨어. 둘째, 페터는 언니에게 우리와 같이 어울리자고 전했어. 단지 인사치레에 지나지 않는 말인지, 진심에서 우러난 말인지는 모르겠어. 셋째, 내가 판 단 아주머니의 질투에 신경을 쓸 필요가 있는가를 아빠에게 물었더니, 아빠는 걱정하지 않아도 좋다고 말씀하셨어. 다음은?

엄마도 좋지 않은 표정이야. 역시 질투하시는 걸까? 아빠는 우리 둘이 같이 있어도 아무 소리 안 하시고 오히려 우정을 깨뜨리지 말라고 당부하시지. 언니도 페터를 좋아하지만, 둘이 있으면 친구가 되지만 셋이 되면 의견만 갈릴 뿐이라고 생각하고 있어.

엄마는 페터가 나를 사랑하고 있다고 추측하고 계셔. 솔직한 말로 정말 그가 그렇다면 우리는 서로를 잘 이해할 수 있을 거야. 엄마는 페터가 나만 쳐다보고 있다고 말씀하시지. 그건 사실이야. 그가 내 볼우물을 쳐다보려 하거나 서로 슬쩍 윙크를 해. 그럴 수밖에 없잖니.

나는 아주 괴로운 처지에 있단다. 엄마와 나는 항상 눈치만 살피고 있고, 아빠는 우리의 불화에 아예 눈을 감고 있어. 엄마는 나를 사랑하기 때문에 슬퍼하시지만 나는 엄마가 이해 부족이라고 생각하기 때문에 슬퍼하지는 않아.

그리고, 페터! 나는 페터를 단념할 생각은 없어. 그는 멋진 남자야. 나는 그를 찬미하고, 우리 사이에는 아름다운 것이 싹트고 있는데, 어째서 늙은이들은 항상 간섭만 하는 것일까? 다행히 나는 자신의 감정을 은폐하는 데 익숙해졌고, 내가 그에게 반해 있다는 사실을 감출 수 있어.

그는 이제 어떤 말을 할까? 꿈에서 페터 베셀이 나에게 뺨을 비벼 오듯이 그도 나에게 뺨을 비비게 될까? 아, 페터 베셀과 페터 판 단이 똑같은 한 사람이었으면!

어른들은 우리를 이해하지 못해. 그들은 우리가 아무 말없이 나란히 앉아 있다는 것만으로 행복하다는 것을 이해할 수 없단 말인가. 그들은 무엇이 우리를 이렇게 행복하게 하는지 알지 못해. 아, 이 모든 시련이 극복될까? 그러나 이런 시련을 극복한다는 것은 훌륭한 일이야. 결과는 더욱 빛나는 것이겠지.

페터가 팔을 베고 누워서 눈을 감고 있을 때는 어린애 같고, 보쉬와 놀 때는 사랑스럽고, 감자나 짐을 운반할 때는 믿음직스럽고,

폭격하는 모습을 보거나 어둠 속에서 도둑을 찾을 때는 용감하고, 그리고 어물어물하면서 두려워할 때는 귀여운 동물 같아.

그에게 무엇을 가르쳐줄 때보다는 그의 가르침을 받을 때가 훨씬 기쁘단다. 나는 그가 모든 면에서 나보다 뛰어나기를 열망하고 있어.

우리는 부모님들에게 어떤 태도를 취해야 할까? 그리고 그가 뭐라고 말해주었으면!

안네.

사나워지는 인심

1944년 3월 29일(수)

키티,

볼케시타인 씨는 런던에서 네덜란드어 뉴스 시간에 이런 연설을 했단다. 전쟁이 끝나면 전쟁 중에 쓴 일기나 편지를 수집해야 한다고.

모두가 곧 내 일기를 수집하려고 달려들겠지. 내가 만약 '은신처'〔이 책의 제목이다〕의 로맨스에 대한 책을 출판한다면 어떨까? 제목만 보면 사람들은 아마 탐정 소설로 착각할 거야.

그러나 진실로 전쟁이 끝난 후 10년쯤 지나서 우리 유대인들이 어떠한 생활을 했고, 어떤 음식을 먹었고, 어떤 대화를 주고받았는가를 공표한다면 재미있어 할 거야. 너에게는 많은 이야기를 들려주었지만. 그래도 너는 우리 생활의 일부밖에 몰라.

공습이 시작되면 여자들은 얼마나 놀라는지. 일요일에는 350대의 영국군 비행기가 임미텐에 빗발처럼 폭격을 퍼부어서 창문이 못 견딜 정도로 흔들렸어. 너는 이런 생활에 대해서는 아무것도 몰라. 이런 일을 너에게 일일이 설명하려면 온종일 써야 할 거야.

사람들은 채소나 그 밖의 무엇을 사려면 반드시 줄을 서서 기다려야 해. 의사는 자기 자동차에서 눈을 조금만 떼어도 차를 훔쳐가기 때문에 환자에게 왕진을 갈 수가 없어. 도둑은 늘고 날치기 들치기는 날뛰고. 네덜란드 사람들이 어째서 이렇게 타락했는지 한심스러워.

여덟 살부터 열한 살쯤 되는 어린애들이 남의 집 유리창을 때려 부수고는 손에 닿는 대로 물건을 훔쳐간단다. 집을 비워두면 도둑을 맞기 때문에 단 5분도 비워놓지 못해. 신문에는 날마다 도둑맞은 타이프라이터, 페르시아 주단, 전기 시계, 옷 등을 찾아주면 사례하겠다는 광고가 난단다. 거리의 전기 시계는 벌써 없어졌고, 공중 전화는 조각 하나 남지 않고 도둑맞았어.

국민의 도의심을 탓할 수는 없어. 대용 커피를 제외하고는 일주일분의 식량 배급량은 이틀을 견디기 힘들어.

상륙 작전은 벌써 오래전부터 시작된다는 말뿐이고, 남자들은 독일로 끌려가고 있어. 어린이들은 병이 들거나 영양 실조에 걸려 있고, 모두 낡은 옷을 입고 다 떨어진 신발을 신고 있어. 구두창은 암시장에서 7플로린이나 줘야 하는데, 그나마도 구둣방에서 맡으려 하지 않고, 설사 맡는다 하더라도 몇 달씩 기다려야 하고, 그동안에 구두가 없어져버리는 것이 보통이야.

그러나 이런 속에서도 한 가지 좋은 일이 있어. 그것은 식량 사정이 나빠지고 국민에 대한 시책이 가혹해지는 데 따라서 당국에 대한 사보타주가 차츰 격렬해진 거야. 식량 관계의 관청에서 근무하는 경찰이나 공무원들 중에는 시민들과 협력해서 시민들을 돕는 사람들이 있고, 시민들을 밀고하여 감옥에 보내는 사람들도 있어. 그러나 다행히 죄악의 길을 걷는 네덜란드 사람들은 극소수에 지나지 않아.

안네.

1944년 3월 31일(금)

키티,

아직 꽤 춥지만 대부분의 사람들은 벌써 한 달 전부터 석탄 없이 지내고 있어.

소련 전선에 관해 일반 사람들의 견해는 낙관적이야. 내가 전쟁 상황에 대해서 관심이 없다는 것은 너도 알겠지만 간단히 알려주겠어.

소련군은 지금 폴란드의 국경까지 반격하여 루마니아의 풀트 강 가까이 왔고, 오데사에 육박하고 있어. 매일 밤 우리는 스탈린의 특별 성명이 발표되지 않나 하고 기다리고 있어.

소련군은 승리를 축하하기 위하여 축포를 쏘아대기 때문에 모스크바 시는 매일 소란할 게 틀림없어. 전쟁이 곧 끝나리라는 것을 가장하기 위한 것인지, 아니면 그들의 기쁨을 이런 야만적인 방법으로밖에 표현할 수 없다는 것인지 알 수 없구나.

헝가리는 독일군에게 점령당했어. 그곳에는 아직 1백만 명 이상의 유대인들이 있는데 틀림없이 비참한 처지에 놓여 있을 거야.

페터와 나에 대한 이야기는 조금 가라앉았어. 우리는 나날이 더 다정해지고, 만나면 상상할 수 있는 모든 화제를 내놓고 이야기한단다. 좀 아슬아슬한 일에 관한 화제가 나와도 나는 다른 남자들과 이야기할 때처럼 침묵을 지키고 있을 필요가 없는 것이 무엇보다도 마음 편해. 예를 들면, 피에 대한 이야기를 하다가, 화제가 피에서 월경으로 옮겨졌어. 페터는 여잔 참 괴로울 거라고 말했어. 그러니? 나의 생활은 많이, 참말 많이 개선되고 있어.

하나님은 날 혼자 외로이 두시지는 않았고, 앞으로도 그러실 것이라 믿고 있어.

안네.

1944년 4월 1일(토)

키티,

모든 것이 아직도 답답해. 내가 무슨 말을 하려는지 상상할 수 있겠니? 나는 오랫동안 키스를 기다리고 있어. 페터는 아직도 나를 단순한 친구라고만 생각할까? 나는 그에게 그 이상의 것일 수는 없을까?

너나 나는 내가 성격이 강하고, 나에게 주어진 장애를 혼자서 이겨낼 수 있다는 것을 잘 알고 있어. 나는 내 괴로움을 아무하고도 나누어 가진 적이 없어. 엄마에게 매달린 적도 없고. 그렇지만 지금은 단 한 번 그의 어깨에 머리를 기대고 가만히 앉아 있고 싶어.

꿈에 보았던 페터 베셀의 뺨의 감촉을 나는 도저히 잊을 수 없어. 아아! 정말 얼마나 황홀한 것이었나! 페터 판 단도 그것을 갈망하고 있지는 않을까? 너무 수줍어하는 성미여서 자기 연정을 고백하지 못하고 있는 게 아닐까? 왜 나는 그와 언제까지든지 같이 있고만 싶을까, 왜 그는 나에게 아무런 말도 없을까?

더 말하지 않는 것이 좋겠어. 어쨌든 나는 굳세게 살아야겠어. 조금만 참고 기다리면 저쪽에서도 가까이 다가오겠지. 하지만—이 점이 제일 내 마음에 꺼림칙한 일인데—내가 항상 그의 뒤를 쫓아 다니는 것같이만 보이는 거야. 위층에 올라가는 것은 언제나 나고, 페터 쪽에서 나를 찾아오는 때는 없어.

그러나 이것은 다만 방 형편이 그럴 뿐이고 그는 그것을 이해해 주겠지. 그가 이해하고 있는 일은 그 밖에도 많이 있을 거야.

안네.

1944년 4월 3일(월)

키티,

평상시의 나의 습관과는 달리 오늘은 식량 얘기를 한 번 더 자세히 하겠어. 식량은 이 피신처뿐만 아니라 네덜란드 전국, 유럽 전체, 아니 그 밖의 다른 나라에서도 대단히 곤란하고 중요한 문제가 되어 있어.

우리가 이곳에서 보낸 21개월은 여러 '식량 주기'를 형성하고 있어. 너는 단번에 이 말의 뜻을 이해할 거야. '식량 주기'란 정해진 수프나 채소류만 먹게 되는 기간이란 뜻이야.

오랫동안 우리는 상추만 먹었어. 아침이나 밤이나 모래 섞인 상추, 섞이지 않은 상추, 스튜를 만들거나 끓인 상추. 그 다음에는 시금치, 양배추, 오이, 토마토, 소금에 절인 배추 등등.

매일 똑같이 아침 저녁으로 절인 배추만 먹는다는 것은 참을 수 없어. 하지만 배가 고프니까 먹을 수밖에 없잖니. 그래도 우리는 아직 편안한 생활을 하고 있는 셈이야.

신선한 채소가 없기 때문에 일주일 동안 저녁 메뉴는 완두콩 수프, 감자떡, 감자 샐러드, 그리고 고맙게도 가끔 순무나 썩은 당근으로 짜여져 있어. 우리는 빵이 없어서 끼니 때마다 감자만 먹고 있어. 수프는 여러 가지 콩으로 만들고, 빵뿐만 아니라 콩이 들지 않은 음식이라고는 없어.

저녁에는 언제든지 고깃국 대용품―이것이 아직 남아 있다는 것을 신에게 감사한다―을 얹은 감자와 샐러드를 먹지. 그리고 정부에서 배급해준 밀가루에 물, 이스트를 넣어 만든 빵에 대해서도 말해야겠어. 그 빵은 너무 딱딱해서 돌을 삼키는 것 같아.

매주 우리의 가장 큰 근심거리는 간 소지시 한 토막과 말라 비틀어진 빵에 바를 잼이야. 그러나 우리는 아직 살아 있고, 빈약한 식단이나마 감사한 마음으로 받아들이고 있어.

안네.

평범한 여자는 되고 싶지 않아

1944년 4월 4일(화)

키티,

오랫동안 난 내가 무엇을 해야 할지 몰랐어. 전쟁이 끝나는 건 아주 먼 장래의 일이고, 마치 옛날 얘기처럼 비현실적인 일이라는 생각이 들어. 만일 전쟁이 9월 안으로 끝나지 않는다면 나는 학교에는 다시 가지 않을 작정이야. 2년이나 뒤떨어지고 싶지는 않아.

페터는 온통 나의 생활을 지배하고 있어. 밤이나 낮이나 그의 생각으로 머리가 꽉 차서 나는 비참해. 떨릴 정도로. 그와 같이 있을 때면 눈물을 감추고, 레몬 펀치에 대해 떠들고 웃곤 하지만 혼자가 된 바로 그 순간 소리지르며 울고 싶은 고독감에 휩싸이는구나.

그러면 나는 잠옷으로 갈아입고 침대 옆에 꿇어앉아 신에게 간절한 기도를 올리다가 끝내는 맨바닥에 쪼그리고 앉아 무릎을 감싸 안고 흐느껴 운단다. 문득 자신의 울음 소리를 듣고서 스스로 놀라서 어른들이 듣지 않도록 소리를 죽여야 해. 그리고 마음속으로 용기를 부르며 이렇게 부르짖지.

"나는 꼭, 나는 꼭, 나는 꼭……."

이 말밖에는 더는 나오지 않아. 너무 오랫동안 부자연스런 모습으로 쪼그리고 있어서 근육이 뻣뻣해져 침대 옆에 쓰러져 있다가 10시 반 조금 전에 겨우 침대 위로 기어 올라갔단다.

이것으로 끝난 거야. 나는 바보가 되지 않도록 열심히 공부해야만 해. 내 희망인 신문 기자가 되기 위해서. 좋은 글을 쓸 수 있을 거야. 내가 쓴 글 중에 두어 개쯤은 좋은 것이 있어. 은신처 생활에 대해 쓴 내 글에는 유머가 있거든. 또 내 일기에는 잘된 표현이 많이 있어. 그러나 내게 참으로 훌륭한 재능이 있는지 어떤지는 아직 몰라. 〈이브의 꿈〉은 내가 쓴 동화 가운데서 가장 잘된 것인데 어떻게 그 얘기 줄거리가 생각났는지 모르겠어. 〈케디의 일생〉도 좋아. 그러나 대체로 보아서 대단한 것은 못 돼.

나는 내 작품에 대한 가장 좋은, 그리고 가장 엄격한 비평가야. 어디가 잘 되었고, 어디가 서투른가를 알고 있어. 글을 쓰지 않는 사람은 글을 쓴다는 것이 얼마나 즐거운 일인지를 모를 거야. 전에는 그림을 못 그린다는 것이 억울했는데 지금은 적어도 글을 쓸 수 있다는 사실에 한층 더 행복을 느끼고 있어. 비록 책이나 신문 기사를 쓸 만한 재능은 없다 하더라도 나 자신에 대해서는 언제든지 쓸 수 있어.

나는 훌륭한 사람이 되고 싶어. 엄마나 판 단 아주머니나 그 밖의 평범한 여자들처럼 집안일이나 할 뿐 얼마 지나면 남의 기억에서 사라져버리는 그러한 인생은 견딜 수 없어.

남편이나 어린아이들 이외에 온몸을 바쳐서 할 일을 가지고 싶어. 내가 죽은 뒤에도 영원히 살아 있을 그러한 일을. 이런 의미에서 나는 하나님이 나에게 글을 쓰고 내 마음을 표현하고 나를 발전시켜 나가는 재능을 주신 것을 감사드리고 있어.

나는 글을 쓰는 동안에는 모든 것을 잊어버려. 슬픔은 사라지고 용기가 솟아올라. 그러나—이것이 큰 의문인데—난 훌륭한 글을 쓸 수 있게 될까? 신문 기자나 작가가 될 수 있을까?

정말로 나의 생각, 나의 이상, 나의 환상을 모두 포착할 수 있는 글을 쓰게 되기를 간절히 바라고 있어.

〈케디의 일생〉은 그 후 오랫동안 손을 못 대고 내버려두었어. 머릿속에 분명한 줄거리가 잡혀 있는데 이상하게도 글이 되어 나오지 않아. 아마 완성되지 못한 채 휴지통에 버리거나 불태워버릴는지도 모르겠어. 생각하면 마음이 언짢지만 "경험도 없는 열네 살 어린애가 인생 철학에 대해서 쓸 수는 없지 않은가" 하고 스스로 위로할 뿐이야.

그래도 나는 새로운 용기를 가지고 나아가고 있어. 나는 꼭 쓰고 싶기 때문에 언제든 성공하게 될 거야.

안네.

1944년 4월 6일(목)

키티,

내 취미에 대한 너의 질문에 대답하겠어. 놀라지 않도록 미리 주의해두는데 나의 취미는 퍽 많아.

우선 첫째로 글을 쓰는 일. 이것은 취미 정도가 아냐.

둘째는 족보를 조사하는 일, 이미 신문 잡지 같은 곳에서 프랑스, 독일, 스페인, 영국, 오스트리아, 러시아, 노르웨이, 네덜란드 등의 왕실 혈통을 조사했어.

벌써 오랫동안 내가 읽은 전기나 역사 책에서 인용하기도 하고, 때로는 역사 책의 한 페이지를 그대로 옮겨두었기 때문에 조사는 상당히 진전되고 있는 셈이야.

세 번째 취미는 역사. 아빠가 역사 책을 많이 사주시기는 하셨지만, 공공 도서관에 있는 역사 책을 볼 수 있는 날이 몹시 기다려져.

넷째는 그리스와 로마 신화에 대한 것. 이 방면의 책도 많이 가지고 있어.

이 밖의 취미는 유명한 영화 배우와 가족들의 사진을 모으는 일이야. 책이라면 나는 꼭 미친 사람 같아. 미술사며, 시인이나 화가의 전기도 아주 좋아해. 장래에는 음악에 열중하게 될지도 모르겠어.

그리고 나머지 학과도 모두 좋아하는 편인데 특히 역사를 제일 좋아해.

안네.

공포의 한 순간

1944년 4월 11일(화)

키티,

머리가 지끈거려서 솔직히 어떤 말부터 시작해야 할지 모르겠구나.

금요일(멋진 금요일이야)과 토요일에는 모노폴리 놀이를 하며 지냈어. 주말이 너무 빨리 지나가버린 것 같아. 일요일 오후에는 나의 초대로 페터가 4시 반에 내 방에 찾아왔어. 5시 15분에 우리는 다락방으로 가서 6시까지 있었지. 6시부터 7시 15분까지 라디오에서는 모차르트의 아름다운 음악이 흘러나왔어. 즐겁게 들었지. 특히 〈세레나데〉가 좋았어. 아름다운 음악을 들으면, 언제나 속에서 끓어오르는 무엇이 마음을 흔들어놓고 말아.

일요일 밤에도 페터와 같이 다락방으로 가서 편안히 앉을 수 있도록 긴 의자의 쿠션을 가져다 상자 위에 깔고 앉았어. 쿠션도 상자도 폭이 좁아서 둘이 바싹 붙어 앉을 수밖에 없었어. 그러나 보쉬도 같이 있었으니까 절대로 우리 둘만 있었던 것은 아니야.

8시 45분에 별안간 판 단 아저씨가 휘파람을 불면서 뒤셀 씨의

"

쿠션을 가져가지 않았느냐고 소리치기에 우리는 벌떡 일어나서 쿠션을 안고 아래층으로 내려갔어.

뒤셀 씨가 언제나 베개로 쓰고 있는 쿠션을 가져갔다고 야단하는 바람에 난리가 났단다. 뒤셀 씨는 소중한 베개 속에 벼룩이 들어가지 않았느냐고 야단이었어. 우리는 그 벌로 베개를 깨끗이 청소해주었어. 이 조그만 소동으로 한바탕 웃음바다가 되었지.

그러나 우리의 웃음도 오래 계속되지는 못했어. 9시 반 페터가 아래층으로 내려와 아빠에게 영어의 구문을 가르쳐달라고 부탁할 때 나는 언니에게 "어머나! 저것 봐. 웬 사람이 보이네" 하고 소리쳤어. 사실이었어. 도둑놈들이 창고 문을 부수고 있었어. 아빠, 뒤셀 씨, 판 단 아저씨, 페터는 곧 아래로 뛰어내려가고, 엄마, 언니, 아주머니, 그리고 나, 네 사람은 위층에 남아 기다리고 있었어.

놀란 우리 여자들은 웅크리고 앉아서 소곤거리며 떨고 있었지. 갑자기 아래층에서 꽝! 하는 소리가 나고 다시 조용해졌어. 시간은 9시 45분이었어. 우리 얼굴에선 핏기가 가셨고 점점 와들와들 떨려왔지만, 잠자코 있을 수밖에 없었어. 아래로 내려간 남자들은 어떻게 됐을까? 꽝 하는 소리는 무슨 소리였을까 10시쯤 되자 계단에서 발소리가 들렸어. 아빠가 먼저 파랗게 질린 표정으로 방에 들어오셨어. 그 뒤에 아저씨가 따라오시며, "불을 끄고 조용히 위로들 올라가요! 경찰이 올지도 모르니까" 하고 말씀하셨어.

가만히 떨고만 있을 틈도 없게 되어서 먼저 불을 끄고 바삐 재킷을 집어들고 다른 사람들을 따라 위층으로 올라갔지. "무슨 일이 일어났어요? 빨리 얘기 좀 해주세요" 하고 여자들이 물어도 아무 대답도 없이 남자들은 또 아래로 내려갔어.

10시 10분에 모두 돌아와서 두 사람은 페터 방의 열린 창문 앞에서 망을 보고, 다른 사람은 열린 문들을 닫았어. 전등을 속옷으로 가리고 그들이 들려준 이야기는 대강 다음과 같아.

페터가 층계참에서 꽝 하는 소리를 듣고 바삐 뛰어내려가 보았더니 창고 문의 반쪽 판자가 떨어져 있더래. 그는 위층으로 올라가 다른 사람들에게 알리고, 네 사람이 같이 창고 안으로 들어갔대. 마침 도둑놈들이 땅을 파고 굴을 넓히고 있는 중이었던가 봐. 그것을 본 판 단 아저씨가 그만 엉겁결에 "경찰이다!" 하고 소리를 질렀다는 거야. 도둑들은 놀라서 밖으로 도망쳐버렸대. 경찰에게 그 구멍을 들키지 않도록 판자를 대었으나, 발길로 세게 차면 판자는 떨어져버리게 되어 있었다는 거야. 네 사람은 당황할 수밖에 없었어. 판 단 아저씨는 살기가 등등해져서 도끼로 땅을 내리쳤대. 그리고 다시 한번 판자를 대려고 했으나, 잘 안 되었대. 그때 그 앞으로 지나가던 어느 부부가 문틈 사이로 손전등을 비춰서 창고 안이 환히 밝아졌다나.

넷 중의 누가 "빌어먹을!" 하고 중얼거렸대. 도둑을 잡으려던 사람이 도둑질을 한 사람 꼴이 되어서 네 사람은 살금살금 2층으로 돌아왔어. 페터는 급히 부엌과 사무실 문과 창을 열어젖히고 전화를 방바닥에 내동댕이치고 해서 마치 도둑놈이 어지럽혀놓고 간 것처럼 해놓았대.

그리고 네 사람은 비밀문을 통해 은신처로 돌아왔다는 거야.

제1막 끝.

손전등을 들고 있던 부부는 분명히 경찰에 신고했을 거야. 마침 이날 따라 부활절 일요일이라서 월요일도 휴일이기 때문에 아무도 사무실에 오지 않아. 그러니까 우리는 화요일 아침까지는 꼼짝 못 하고 있어야 했어. 이틀씩이나 이런 공포 속에서 살아야 한다고 상상해봐. 암흑 속에 웅크리고 앉아서 말도 귀에다 소곤거려야 하고, 조금만 소리를 내도 "쉬!" 하고 입을 막고. 전등은 판 단 아주머니가 겁을 먹고 꺼버렸어.

10시 반, 11시가 되어도 아무 소리 없이 시간은 흘러갔어. 아빠와 아저씨가 교대로 우리를 지켜주셨어.

11시 15분, 아래층에서 부스럭거리는 소리가 들려왔어. 모두 숨을 죽이고 꼼짝도 않고 있었어. 발소리는 전용 사무실로, 부엌으로, 그리고…… 바로 문 앞의 계단으로. 계단을 올라오는 발소리에 이어서 비밀 문을 달그락달그락 건드리는 소리가 들려왔어. 이 순간의 기분은 도저히 설명할 수가 없어. "이젠 끝장이다" 하고 나는 생각했어. 게슈타포에게 끌려가는 모습이 머리에 떠올랐어.

문이 달그락거리는 소리가 두 번 들리더니 아무 일 없이 발소리는 멀어져갔어. 일단 살아났어. 그러나 모두 아무 말없이 이가 맞부딪힐 정도로 와들와들 떨고만 있었어.

그 후 집 안은 정적 속에 싸였지만 비밀 문 바로 앞 계단에 전등 불이 하나 켜 있었어.

비밀 문이기 때문일까? 아마 경찰이 잊어버리고 끄지 않은 것일까? 누가 그것을 끄러 올까? 집 안에는 아무도 없었지만 필시 누가 밖에서 경비를 하고 있는 것인지도 모르잖아.

다음에 우리가 한 일이 세 가지 있었어. 우선 어떤 일이 일어날 것인가에 대해 의견을 나누고, 공포로 떨고, 그리고 화장실에 가야 했어.

변기통은 다락방에 있었기 때문에 우리는 모두 페터의 함석 휴지통을 변기로 사용했어. 판 단 아저씨가 먼저, 그 다음에 아빠가 사용하고, 엄마가 부끄러워했기 때문에 아빠가 휴지통을 여자들 방으로 가져다주었어.

휴지통에서는 고약한 냄새가 나고 모든 말을 속삭여야 했어. 우리는 지쳐버리고 말았지.

12시가 되었어. "이제 누워서 좀 자자" 하고 누군가 말하자, 언니와 나는 베개와 담요를 들고 찬장 옆과 테이블 밑에 각각 자리를 잡고 누웠어. 냄새는 별로 나지 않았지만 판 단 아주머니가 방취제를 가져다 변기 안에 넣고 수건으로 덮어두었어.

말소리, 속삭임 소리, 공포, 악취, 변기 쓰는 소리—그러나 워낙 피곤했기 때문에 2시부터 3시 반까지 정신 없이 잤어. 나는 판 단 아주머니가 머리를 내 다리 위에 올려놓는 바람에 잠이 깼어.

"제발 덮을 걸 좀 주세요" 하고 나는 졸린 목소리로 말했어.

누군가가 묻지도 않고 내 파자마 위에 옷가지를 던져주었어. 털바지, 붉은 점퍼, 검은 스커트, 흰 양말, 구멍 뚫린 스포츠 양말 등을.

판 단 아주머니는 일어나 의자에 앉고 대신 아저씨가 내 다리 위에 누웠어. 나는 생각에 잠긴 채 와들와들 떨고 있었기 때문에 아저씨는 제대로 잠들지 못했을 거야.

나는 경찰이 나타날 때의 일을 각오하고 있었어. 그러면 우리는 이곳에 피신해 있었다는 사실을 실토해야겠지. 그들이 만약 네덜란드 사람이라면 우리는 살아날 것이고, 네덜란드 사회주의 운동가들이라면 뇌물을 써야겠지.

"그러면 라디오를 때려부숴야 해요" 하고 판 단 아주머니가 한숨을 쉬었어.

"암, 스토브에 처넣지. 발각되면 라디오도 소용없지" 하고 판 단 아저씨가 대답했어.

"그럼, 안네의 일기도 발견될걸" 하고 아빠가 말했어.

"태워버려요" 하고 떨고 있던 사람들이 외쳤어. 경찰이 비밀 문을 두드릴 때와 이 순간이 나의 최악의 순간이었단다.

"내 일기장은 안 돼요. 내 일기장을 태우면 나도 죽어버릴 테야."

그러나 다행히 아빠는 아무 말도 하지 않으셨어.

내가 기억하고 있는 모든 대화를 다시 회상해봐야 아무 의미도 없잖겠니. 거의 다 말한 셈이야. 나는 겁에 질려 있는 판 단 아주머니를 위로해드렸어.

우리는 도망갈 방법이나, 게슈타포에게 심문받을 때의 태도나, 통신 방법이나, 용기를 잃지 말아야겠다는 등의 이야기를 했어.

"아줌마, 우린 군인과 같은 태도를 가져야 해요. 이제 끝장이다 할 때는 영국에서 네덜란드에 보내는 뉴스 시간에 언제나 말하듯이 여왕과 국가와 자유와 진리와 정의를 위해서 함께 죽도록 해요. 한 가지 곤란한 건 다른 사람들에게 폐를 끼치는 일이에요."

한 시간쯤 후에 판 단 아저씨가 아주머니와 자리를 바꿔 앉고, 아빠가 와서 내 옆에 앉으셨어. 남자들은 연거푸 담배를 피우고, 가끔 깊은 한숨을 쉬고, 용변을 보러 가고—이런 일이 몇 번 반복되었을 뿐이야.

4시, 5시, 5시 반. 나는 페터와 창 옆에 나란히 붙어 앉아서 귀를 기울이고 있었어. 서로 떨고 있는 것을 몸으로 느낄 수 있었어. 우리는 간간이 이야기를 주고받으면서 귀를 기울였어.

옆방에서는 차광막을 걸고 있었어. 어른들은 7시에 코프하이스 씨에게 전화를 걸어서 누구를 보내달라고 부탁하기로 했어. 그래서 그들은 코프하이스 씨에게 알릴 사항을 대강 메모했어. 그러나 사무실이나 창고에서 경비를 하고 있는 경찰이 전화 소리를 들을지도 모르고, 만약 경찰이 다시 돌아온다면 위험은 더 큰 거야.

요점은 다음과 같아.

도둑 침입…… 경찰이 건물 안에 왔었고, 비밀 문을 흔들어 보았으나 아무 일 없었음. 도둑은 분명 문을 부수고 창고로 잠입했다가 정원으로 도주했음.

주된 출입구는 잠겨 있으므로 클라레르 씨는 퇴근할 때 다른 문으로 나갔음. 전용 사무실 캐비닛 안에 있는 타이프라이터와 계산기는 무사함.

헨크에게 알려서 엘리의 열쇠를 가지고 고양이의 먹이를 준다는 핑계로 사무실 안을 엿보아주기 바람.

모든 일은 계획대로 진행되었어. 코프하이스 씨에게 전화를 걸고 위층에 있던 타이프라이터를 캐비닛에 넣었어. 그리고 우리는 테이블 주위에 둘러앉아 헨크—또는 경찰—가 오기를 기다렸어.

페터는 잠이 들고 아저씨와 나는 누워 있었어. 그때 밑에서 요란스럽게 발소리가 들려왔어. "헨크야" 하고 나는 벌떡 일어났어. "아니, 경찰이야" 하고 누가 말했어.

누군가가 문을 두드리고 휘파람을 부는 소리가 들려왔어. 판 단 아주머니는 백짓장처럼 새하얘져서 엉겁결에 의자에 털썩 주저앉았어. 만일 이때의 긴장이 1분만 더 계속되었더라면 아주머니는 기절했을 거야. 휘파람을 분 것은 미프였어.

미프와 헨크가 들어왔을 때 우리 방 테이블 위는 사진으로 찍어 둔 것처럼 난잡한 상태였어. 잼과 설사약으로 범벅이 된《영화와 연극》잡지의 복사판, 춤추는 소녀의 한 페이지, 잼 두 통, 빵 두 조각, 거울, 빗, 성냥, 재, 담배, 재떨이, 책, 팬티, 손전등, 화장지 등등이 어지럽게 널려 있었지.

물론 헨크와 미프는 환성과 눈물로 환영을 받았지. 헨크는 문에 뚫린 구멍을 판자로 막아놓고, 경찰에 신고를 하러 나갔어. 미프는 야경꾼 슬러하덴 씨가 구멍을 발견하고 경찰에 알렸으며 곧 경찰이 올 것임을 알려주는 편지를 창고 문 밑에서 발견했어.

우리는 반 시간 동안 바삐 움직이면서 방 안을 정돈했어. 언니와 나는 이불을 아래층으로 운반하고, 화장실을 청소하고, 이를 닦고, 머리를 빗었지. 방을 대강 정돈한 다음, 나는 위층으로 올라갔어. 테이블은 벌써 깨끗이 치워져 있었어. 우리는 커피와 차를 준비하고, 우유를 끓이고, 점심 준비를 했어. 아빠와 페터는 변기통을 더운 물로 씻고 방취제로 닦았어.

11시, 돌아온 헨크와 다같이 테이블 앞에 모여 앉았어. 헨크의 말을 들으면 대강 다음과 같아.

―야경꾼 슬러하덴 씨는 아직 자고 있었지만, 그 부인이 남편이 운하 옆으로 야경을 돌다가 문에 구멍이 뚫린 것을 보고 곧 경찰에게 알려서 경찰과 같이 집을 둘러보았다고 말해주었대. 그는 화요일 클라레르 씨에게 자세히 보고할 거래. 경찰서에서는 아직 이 사건을 모르고 있지만, 그 경찰이 화요일에 다시 조사하러 올 거래. 헨크가 집으로 돌아오는 골목에서 채소 장수를 만나 도둑이 들었다고 말했더니, "알고 있어요. 간밤에 우리 집 사람하고 같이 지나가다가 문에 구멍이 있는 것을 보았지요. 집 사람은 그냥 지나가자고 했지만, 내가 불을 비췄더니 도둑놈이 그냥 놀라서 도망가더군요. 그래도 경찰서에 알린다는 건 당신들로 보아서는 재미없는 일인 것 같아서 그대로 뒀죠, 뭐. 잘 아는 건 아니지만, 이것저것 상상할 수 있는 일이 있기에……" 하고 말했단다. 헨크는 인사를 하고 돌아왔대.

이 채소 장수는 점심 시간마다 감자를 운반해주기 때문에 우리가 여기 숨어 있다는 것을 분명히 알고 있을 거야. 고마운 사람.

헨크는 1시에 돌아갔어. 우리는 설거지를 끝내고 모두 잠자리에 들었어. 나는 3시 15분에 잠이 깼는데, 뒤셀 씨는 벌써 보이지 않았어. 이 기회에 나는 졸린 눈을 비비며 욕실로 달려갔어. 마침 페터가 내려오고 있잖겠니. 우리는 아래층에서 만나자고 약속했어.

나는 몸을 단정히 하고 아래층으로 내려갔어. "너 아직도 다락방 앞으로 갈 용기가 있니?" 하고 그가 물었어. 나는 고개를 끄덕이고 베개를 안고 같이 다락방으로 올라갔어. 찬란한 날씨였어. 사이렌 소리가 곧 울려왔어. 그러나 우리는 그대로 머물러 있었어. 페터는 내 어깨를 감싸안고 나는 그에게 안긴 채 그대로 잠자코 있었어. 언니가 커피 타임을 알리러 올 때까지.

우리는 빵을 먹고 레모네이드를 마시고 떠들어댔어. 모두가 평상시처럼. 저녁때 나는 페터의 용기에 감사했지.

우리가 그날 밤처럼 위험했던 적은 없었어. 진정 신의 도움이야. 경찰이 비밀 문까지 왔고, 그 앞의 불을 켜놓았고, 그러고도 발각되지 않았다니!

만약 상륙 작전이 시작되면 폭격이 심해질 것이고 모두 뿔뿔이 흩어지겠지. 그러나 그럴 경우에는 우리의 선량한 죄 없는 보호자들도 위험하기는 마찬가지야. 우리는 "구원됐구나, 살아났다!"고 말할 수밖에 없을 거야.

이 사건은 여러 가지 변화를 가져다주었어. 뒤셀 씨는 저녁때 아래층 클라레르 씨 사무실에서 자지 않고 대신 욕실로 간단. 페터는 8시 반부터 9시 반까지 집 안을 순찰해. 그리고 방에 창문을 열어놓아서는 안 돼. 아무도 9시 이후에는 물을 쓸 수 없어. 오늘 저녁에 창고 문을 고치러 목수가 나타날 거야.

지금 이 은신처에서는 여러 가지 일이 논의되고 있어. 클라레르 씨는 우리의 주의가 부족하다고 책망하셨어. 헨크도 그런 경우에 아래로 뛰어내려가는 것이 아니라고 말했어.

　　우리는 우리가 숨어 살고, 한 자리에 쇠사슬로 묶여 있는 유대 사람이며, 수없는 의무만이 있고 권리라고는 하나도 없는 신세라는 것을 다시금 뼈저리게 느꼈어.

　　우리 유대인들은 자기 감정을 밖에 나타내서는 안 돼. 모든 부자유를 꾹 참고 불평을 말해서는 안 돼. 할 수 있는 일을 힘껏 하고 나서 나머지는 신을 믿는 수밖에 없어. 이 무서운 전쟁은 어느 때든 끝나는 날이 있겠지. 우리가 유대 사람일뿐 아니라 다시 일반 국민이 되는 날이 반드시 올 거야.

　　누가 이러한 괴로움을 우리에게 주었을까? 누가 우리 유대 사람을 다른 사람들과 구별하게 했을까? 또 누가 오늘날까지 우리를 이러한 곤경 속에 빠뜨린 채 내버려두었을까?

　　우리를 지금과 같은 처지에 있게 한 것은 하나님일 것이며, 우리를 다시 구원해주는 것도 역시 하나님이실 거야. 우리가 이 고난을 참아 전쟁이 끝날 때, 그때까지도 아직 유대 사람이 살아남는다면, 그때야말로 유대 사람은 세상의 모범으로서 존경받게 될 거야.

　　세상 사람들이 우리의 종교에서 좋은 것을 배우지 않으리라고 누가 단언할 수 있겠니. 이를 위해서, 오직 이것을 위해서 우리는 지금 고생해야만 해. 우리는 결코 네덜란드 사람이 아니고, 영국인도 아니고, 그러한 나라의 대표도 물론 아니고, 어디까지나 유대인이야. 우리는 그렇게 자부하고 있어.

　　용기를 갖자! 해결이 될 때까지 우리의 임무를 자각하고 불평하지 말자. 하나님은 우리 유대 사람을 버린 일이 없으시단다. 유대 사람은 아주 옛날부터 있었지. 그리고 그들은 옛날부터 괴로움을 당해왔지. 고난이 그들을 강하게 만들기도 했어. 약한 자는 낙오하지만, 굳센 자는 결코 굽히지 않았어.

그날 밤, 나는 정말로 이제는 죽는 줄로만 알았어. 전쟁터에 선 병사와 같이 경찰이 들이닥칠 때의 마음의 준비를 하고 있었어. 나는 이 나라를 위해서 깨끗이 목숨을 바칠 작정이었어. 그런데 구원을 받았어.

전쟁이 끝나면 나는 무엇보다도 먼저 네덜란드 국적을 갖겠어. 네덜란드 사람! 나는 네덜란드 사람을 사랑하고 이 나라를 사랑해. 네덜란드 말도 좋아해. 나는 이 나라에서 일하고 싶어. 나는 네덜란드의 국적을 얻기 위해서 여왕님께 직접 편지를 올리지 않으면 안 된다 하더라도 목적을 달성할 때까지 노력하겠어.

나는 더욱 부모들로부터 독립된 개성을 구비한 인간이 되고 싶어. 아직 어리기도 하지만 엄마보다도 용기를 가지고 살고 있어. 나의 정의감은 변함이 없고 엄마의 그것보다 참다운 거야. 나는 나 자신이 나에게 무엇을 요구하고 있는지 잘 알아. 나대로 인생의 목표, 의견, 신앙, 사랑을 갖고 있어.

내가 자유롭게 된다면 나는 그것으로 만족해. 나는 내가 여자—강한 성격의 용감한 여자라는 것을 잘 알고 있어. 만일 하나님이 나를 오래 살게 해주신다면, 엄마 이상의 인간이 되겠어. 보잘것없는 인간으로서 일생을 마치진 않을 작정이야. 세계와 인류를 위해서 일하고 싶어. 그러기 위해서는 무엇보다도 먼저 용기와 행동이 필요하겠지.

안네.

1944년 4월 14일(금)

키티,

이곳 분위기는 여전히 극도로 긴장된 상태란다. 아빠는 늘 저기압이시고, 아주머니는 감기로 누워서 불평만 늘어놓고, 아저씨는 담배가 떨어져서 안색이 좋지 않으시고, 뒤셀 씨는 조심스러워지시고 등등.

현재 우리를 운명의 여신이 돌보지 않고 있는 것은 사실이야. 화장실의 물탱크가 새고, 수도꼭지가 없어졌어. 그러나 곧 이리저리 연결해서 원상태로 되었지.

나는 가끔 감상적인 기분에 빠져. 페터와 둘이 지저분한 마룻바닥에 앉아서 그가 내 머리카락을 만지며 서로 어깨를 맞대고 꼭 붙어 있을 때라든지, 나뭇잎이 파랗게 물들고 참새가 노래하고 푸른 하늘의 태양이 우리를 밖으로 손짓해 부르는 때─오, 내 가슴에는 온갖 희망이 불꽃처럼 타오른단다.

키티, 이곳에서 눈에 보이는 것은 불만스럽게 일그러진 얼굴이고, 듣는 것은 한숨, 억눌린 불평뿐이야. 혼란을 일으켜 아무것도 서로 관련된 것이 없고, 장래 내가 아무렇게나 지껄인 말에 주의를 기울일 사람이 있을지 이따금 의심스럽기도 하단다.

'보기 싫은 오리 새끼의 고백'은 이 난센스의 제목이 될 거야. 내 일기가 볼케시타인 씨나 켈보란디 씨〔전쟁 중 런던에 망명한 네덜란드 정부의 관리〕에게 무슨 소용이 될까?

안네.

1944년 4월 15일(토)

키티,

"충격에 충격의 연속이구나. 언제 이런 일이 끝난담?"

우리는 지금 이런 질문을 자신에게 되풀이하고 있어. 언제 끝날지 상상해보렴.

페터가 앞문의 빗장을 뽑아놓는 것을 잊었기 때문에(밤에 안쪽에서 잠그게 돼 있어) 문이 열리지 않아서 클라레르 씨와 사무원들이 옆집으로 가 창문을 열고, 부엌으로 들어올 수밖에 없었지. 클라레르 씨는 우리의 부주의에 몹시 화를 내셨어.

페터는 몹시 놀랄 수밖에. 식사 때 엄마가 누구보다도 페터에게 안되었다고 말하자, 그는 금방이라도 울음을 터뜨릴 것 같아졌지. 매일 사무원들이 문의 빗장을 뽑아 열어놓으라고 주의하는 바람에 우리까지 노이로제에 걸릴 지경이야.

나중에 그를 위로할 생각이야. 그를 도울 수 있다는 것은 분명히 기쁜 일이야.

안네.

첫 키스

1944년 4월 16일(일)

키티,

어제의 날짜를 기억해주기 바란다. 나의 일생을 통해서 아주아주 중요한 날이니까. 처음으로 키스를 받은 날은 어느 여자에게나 분명히 중요한 날이 아니겠니? 나에게도 정말 중요한 날이야. 브람이 내 오른쪽 볼에 키스한 거나 워커 씨가 내 오른손에 키스한 것은 아무것도 아니야.

어떻게 별안간 키스를 하게 되었느냐고? 지금 이야기할게.

어제 8시에 페터와 둘이 긴 의자에 앉아 있을 때 그는 내 어깨로 팔을 돌리더니, "이렇게 앉으면 내 머리가 선반에 닿아서 안 되겠어. 우리 좀 비스듬히 앉지" 하면서 거의 의자 끝까지 몸을 기울였어. 나는 팔을 그의 등에 돌리고 그에게 안긴 것처럼 됐지.

지금까지도 이런 모양으로 앉은 적이 있기 하지만 이렇게 바짝 붙어 앉은 적은 없었어. 그는 나를 힘껏 끌어안아서 내 왼편 어깨는 그의 가슴에 닿았고 심장의 고동은 빨라졌어.

페터는 내 머리가 그의 어깨에, 그의 머리가 내 머리 위에 맞붙

게 된 후에야 잠자코 있었어. 이런 자세로 얼마쯤 지난 뒤 내가 벌떡 일어나 앉자 페터는 얼른 내 머리를 두 손으로 꼭 끼고 다시 한 번 자기 가슴에 끌어당겼어.

오오, 나는 기쁨에 넘쳐서 어쩔 줄을 몰랐어. 그는 어색하게 내 볼과 팔을 쓰다듬고 내 머리카락을 만지작거렸어. 키티! 그동안 내 온몸을 휩쓴 감각을 그대로 설명할 수가 없어. 나는 행복감에 잠겨서 아무런 말도 할 수 없었어. 그도 그랬으리라고 생각해.

우리는 8시 반에 의자에서 일어났어. 그는 집 안을 돌아다녀도 소리가 나지 않도록 운동화를 신고 있었어. 우리는 나란히 서 있었어.

이때 별안간 어떻게 그렇게 됐는지 모르겠지만, 내가 아래로 내려가려 할 때 그가 내 머리 위에서부터 왼편 볼과 귀에, 그리고 입술에 키스했어. 나는 페터를 밀어젖히고 뒤도 돌아보지 않고 계단을 뛰어내려왔어. 진정 나는 이날을 얼마나 오랫동안 기다렸던가?

안네.

1944년 4월 17일(월)

키티,

열일곱 살이 조금 넘은 소년과 열다섯도 채 되지 못한 소녀가 긴 의자에 앉아 키스한 것을 아빠나 엄마가 믿을 수 있을 것 같니? 그렇지 않을 거야. 그렇지만 나는 나 자신을 믿어야 해.

그의 팔에 안겨 꿈을 꾸는 것은 퍽 아늑하고 조용한 기분이야. 그의 볼이 내 볼에 닿는 것은 말할 수 없이 가슴이 떨리는 일이고,

이 세상에 나를 기다리는 사람이 있다는 것은 즐거운 일이 아닐 수 없어. 그렇지만 여기에 커다란 '그러나'가 있어. 그는 이 정도로 만족하고 있을까? 나는 그의 약속을 잊지 않고 있어. 그러나…… 그는 아직 소년이야.

나는 내가 빨리 성숙했다는 것을 알고 있어. 아직 열다섯 살이 채 되지 못했지만, 독립된 한 인간인 거야. 아마 다른 사람에게는 이해하기 곤란한 일이겠지.

언니는 약혼이나 결혼을 하지 않고서는 절대로 남자와 키스하지 않을 거야. 그런데 페터와 나는 지금 결혼이라는 것을 생각하고 있지 않아. 엄마도 아빠와 결혼하시기 전엔 다른 남자를 알지 못했다는 것을 나는 확신해. 우리의 그 행동을, 내가 페터의 팔에 안겨서 나의 가슴을 그의 가슴에 대고, 나의 머리를 그의 어깨에 기대고, 그리고 얼굴을 마주댔던 행동을 나의 친구들이 본다면 무어라고 말할까?

오, 안네야, 무슨 망측한 꼴이니! 그러나 솔직히 말해서 나는 그렇게 생각지 않아. 우리는 이런 좁은 공간에 갇혀서 공포와 불안에 떨며 외부 세계와 단절되어 있어. 요즘은 특히 더해. 그렇다면 사랑하는 두 사람이 왜 떨어져 있지 않으면 안 되는가? 우리는 왜 적당한 나이가 될 때까지 기다리지 않으면 안 되는 것일까? 그리고 왜 괴로워해야 하나?

내 일에 대해서는 스스로 책임을 지겠어. 그는 결코 나에게 슬픔이나 고통을 주지는 않을 거야. 왜 우리는 우리가 행복할 수 있다고 믿는 감정의 명령을 따라서는 안 되는 것일까? 키티, 나는 남의 눈을 속여가며 슬그머니 하는 짓을 쑥스럽게 생각하는 것은 자신의 양심 때문이라고 생각해.

내가 하고 있는 일을 아빠에게 알리는 것이 의무일까? 우리의 비밀을 제삼자에게 알릴 필요가 있을까? 만일 그렇다면 우리 로맨스의 비밀스런 아름다움은 몽땅 사라지고 말 거야. 그렇다고 입을 다물고 있으면 내 양심이 만족할까? 페터와 의논해야겠어.

그와 의논할 일이 많아. 포옹하기만 하면 무슨 소용이 있겠어? 서로의 신뢰를 높이고 의견을 나눔으로써 우리는 굳게 맺어질 수 있을 거야.

안네.

1944년 4월 18일(화)

키티,

만사가 순조롭게 되어가고 있어. 아빠가 방금 5월 20일 이전에 러시아와 이탈리아, 그리고 서부 전선에서 대공세가 있을 것이라고 말씀하셨어. 그러나 우리가 이곳에서 해방되리라는 희망은 점점 희박해지는 것 같구나.

어제 페터와 나는 열흘 동안이나 미뤄둔 이야기들을 마음껏 했어. 나는 여자에 관해서 설명해주고, 비밀에 속하는 것까지 서슴지 않고 이야기했어. 헤어질 때 그는 내 입가에 키스를 했어. 황홀한 기분이었어.

언제든 나는 일기장을 들고 가서 그와 좀 더 의미 있고 탐구적인 이야기를 할 작정이야. 매일매일 서로 껴안고 있는 것만으로 만족할 수는 없어. 페터도 나와 같은 생각이었으면 좋겠어.

긴 겨울이 지나가고 아름다운 봄이 왔어. 4월은 춥지도 않고, 덥지도 않고, 이따금 가랑비가 내리는 멋진 계절이야. 뜰에 있는 밤나무는 벌써 파릇파릇 싹이 텄고, 여기저기 조그만 꽃도 피어 있어.

엘리가 일요일날, 고맙게도 수선화 세 다발과 나를 위해서 히아신스 한 다발을 가져다주었어. 나는 이제 대수 공부를 해야 해.

키티, 안녕.

안네.

1944년 4월 19일(수)

키티,

활짝 열어젖힌 창가에 앉아 자연을 바라보고 새소리를 듣고, 두 볼에 따뜻한 태양을 느끼며, 사랑하는 소년의 팔에 안겨 있는 것보다 더 아름다운 일이 있을까? 그의 팔이 내 몸에 느껴지고 말은 없어도 그가 곁에 있다는 것을 실감하면 부드럽고 행복한 기분에 잠기는구나.

이와 같은 침묵은 정말 값진 거야.

오오, 이 고요함이 다시는 깨지지 말기를!

안네.

1944년 4월 21일(금)

키티,

어제 오후에는 목이 아파서 침대에 누워 있었는데, 열도 없고 답답해서 오늘 다시 일어나고 말았어.

오늘은 영국 엘리자베스 공주의 열여덟 번째 생일이란다. BBC 방송은 왕실의 전통을 무시하고 엘리자베스 공주의 성년식을 하지 않을 것이라고 발표했어. 우리는 공주가 어떤 왕자와 결혼할 것인가 생각해보았지만 적당한 상대자가 없더구나. 아마 공주의 언니인 마거리트 로즈 공주는 벨기에의 보도앵 왕자와 결혼할 거야.

이곳에서는 불상사가 연거푸 일어나는구나. 바깥 문을 튼튼하게 해놓자마자 창고지기가 나타났어. 분명 그가 감자가루를 훔치고, 엘리에게 그걸 뒤집어씌우려 했던 것 같아. 은신처의 식구들도 물론 화를 내고 있지만 엘리는 정말 단단히 화가 나 있어.

나는 내 작품을 몇 개의 신문사에 투고해볼까 하고 있어. 물론 가명으로.

내일까지 안녕.

안네.

1944년 4월 25일(화)

키티,

뒤셀 씨는 거의 열흘 동안이나 판 단 아저씨와 말도 하지 않아. 도둑 사건이 난 후 뒤셀 씨 비위에 맞지 않는 안전 조치가 새로 생겼기 때문이야. 그는 판 단 아저씨가 언제나 자기를 비난한다고 주장하고 있어.

"모든 게 뒤죽박죽이야. 너희 아버지한테 말하겠다"고 그는 나에게 말했어.

아저씨는 일요일과 토요일 오후에는 2층 사무실을 사용하지 못하게 되어 있는데도 여전히 그곳에 간단다. 판 단 아저씨가 몹시 화를 내셨기 때문에 아빠는 뒤셀 씨에게 사정을 설명하셨어. 뒤셀 씨는 이러쿵저러쿵 변명했지만 아빠를 납득시킬 수가 없었어. 뿐만 아니라 그는 아빠를 모욕했기 때문에 지금은 아빠도 되도록 그와 말을 하지 않으신단다. 무슨 소리를 해서 아빠를 모욕했는지는 아무도 모르지만 마구 떠들어댄 것이 분명해.

나는 〈탐험가 불르르〉라는 귀여운 소설을 썼어. 집안 식구들 앞에서 낭독했더니 모두 재미있다고 칭찬하더구나.

안네.

1944년 4월 27일(목)

키티,

오늘 아침 판 단 아주머니는 몹시 울적한 표정으로 불평만 늘어놓았어. 첫째, 아주머니는 감기가 들었는데 약을 쓰지 못해. 콧물이 나는 것을 견딜 수 없는 모양이야. 둘째, 날이 흐리다든가 상륙 작전이 시작되지 않았다든가, 창 밖을 내다볼 수가 없다든가, 이런 것들이야.

나는 지금 괴팅겐 대학 교수가 쓴 《황제 찰스 5세》를 읽고 있어. 그는 이 책을 쓰는 데 40년이나 걸렸대. 닷새 동안에 50페이지를 읽었어. 그 이상은 불가능해.

책은 598페이지이니 얼마나 오래 걸려야 다 읽게 될지 알 수 있겠지? 게다가 2권이 또 있지. 재미있는 책이야.

여학생들이 하루에 얼마나 많은 것을 배울 수 있을까? 나의 경우를 예로 들면—

우선 넬슨의 최후 전쟁에 대한 짧은 네덜란드어 문장을 영어로 번역하고, 피터 대제(大帝)의 '노르웨이 침략'(1700~1720), 찰스 12세, 아우구스투스, 스타니슬라브스 레진스키, 마제파, 혼 괴르츠 등의 자료 공부. 이것이 끝나면 브라질에 상륙하여, 바히아 담배, 풍부한 커피, 리우데자네이루, 페르남브코, 상파울로에 인구가 각각 150만이라는 것, 흑인, 백인, 흑백 혼혈, 인구의 50퍼센트가 문맹이라는 것, 학질에 관한 것 등에 대한 공부. 물론 아마존 강을 잊어버리진 않아.

시간이 조금 남으면 내가 좋아하는 족보에 대한 것을 조사하지. 잔, 빌헬름 로데비크, 에른스트 카시미르 1세, 핸드리크 카시미르 1세, 그리고 마그리에트 프란시스카(1943년 오타와에서 출생)에 이르기까지.

12시에 다락방에 가서 교회의 역사를 1시까지.

2시가 지나도 '소녀'는 아직 공부하고 있어. 이번엔 코가 넓은 원숭이와 좁은 원숭이에 대한 연구. 오오, 키티! 하마는 발가락이 몇 개 있는지 빨리 가르쳐줘. 다음에는 성서. 노아의 방주, 셈, 함, 요셉 등. 그 뒤에 찰스 5세. 페터와 같이 영어로 쓴 대커리의 《대령》. 프랑스어 동사 암송. 미시시피 강과 미주리 강 비교.

내 감기는 좀처럼 낫지 않아. 언니뿐 아니라 엄마, 아빠에게까지 전염됐어. 페터만은 걸리지 말아야 할 텐데. 그는 나를 자기의 엘도라도(이상향)라고 말하면서 키스하려고 했어. 물론 키스는 허락하지 않았어. 재미있는 사람, 사랑스런 사람! 오늘은 이만 하겠어. 안녕.

안네.

1944년 4월 28일(금)

키티,

나는 페터 베셀의 꿈을 결코 잊을 수 없어. 그것을 생각하면 지금도 그의 볼을 내 피부에 느끼고 그 황홀한 감촉을 회상하게 되는구나.

이따금 페터에 대해서도 같은 느낌을 가졌지만 어제까지는 페터 베셀에 대한 감정과는 다른 것이었어. 어제, 버릇처럼 서로 허리를 껴안고 긴 의자에 앉아 있을 때 갑자기 보통 때의 '안네'가 사라지고 제2의 '안네'가 나타났어. 제2의 '안네'는 주책없이 굴지도 않고, 까불지도 않는 그야말로 애정이 짙고 얌전한 '안네'였어.

갑자기 슬픔이 치밀어 오르고, 눈물이 그의 바지 위에 떨어졌어. 페터가 눈치챘을까? 그는 움직이지도 않고 눈치챈 것 같은 티는 보이지 않았어. 그 역시 나와 같은 기분이었을까?

그는 한마디 말도 없었어. 그는 자기 앞에 두 사람의 '안네'가 있다는 것을 알고 있었을까?

8시 반에 의자에서 일어나 여느 때 헤어지던 장소인 창가로 갔어. 아직도 나는 떨고 있었어. 아직도 나는 제2의 '안네'였던 거야.

페터가 내 앞으로 다가왔어. 나는 그의 목을 끌어안으며 왼쪽 볼에 키스하고 다시 오른쪽 볼에 키스하려고 할 때 두 사람의 입술이 마주치고, 우리는 그대로 입술을 꼭 맞대었어. 그리고 정신없이 다시는 떨어지지 않으려고 몇 번이고 몇 번이고 서로 껴안았어. 그는 난생 처음으로 여자를 알았을 거야. 그는 아주 말괄량이인 계집애일지라도 다른 일면을 가지고 있다는 것, 그녀도 애정을 가지고 단둘이 있을 때는 전혀 딴사람이 된다는 것을 처음으로 알았을 거야. 지금까지 남자든 여자든 친구라고는 없었던 그가 감추지 않고 자기를 보여주었어.

그렇지만 아직 나에게 불안을 안겨주는 의문이 하나 있단다.

"이래도 괜찮을까? 이렇게 빨리 감정에 휩쓸려서 페터처럼 어쩔 줄 모르고 행동해도 좋을까? 계집애인 내가 그렇게까지 해도 괜찮을까?"

여기에 대해선 단 한 가지 대답이 있을 뿐이야.

"난 그걸 오랫동안 그렇게도 안타깝게 기다리고 있었단다. 나는 쓸쓸하단다. 그리고 난 이제야 겨우 위안을 발견했단다."

우리는 오전 중에는 여느 때처럼 행동해. 오후에도(이따금 예외는 있지만) 대체로 마찬가지야. 그러나 저녁이 되면 종일토록 누르고 있던 그립고 행복하고 벅찬 기억이 되살아와서 서로의 일만을 생각해. 밤마다 밤마다 밤마다 우린 굿나잇 키스를 하고, 나는 페터의 얼굴도 쳐다보지 않고 어둠 속으로 뛰어내려와.

계단 아래까지 내려오면 나를 기다리고 있는 것은 무엇이겠니? 밝은 전등과 쉴 새 없는 질문과 웃음이야. 나는 꾹 참고 감정을 표정에 나타내지 않아.

내 가슴은 아직도 지나치게 예민해서 어젯밤과 같은 충격으로

부터 즉시 회복될 수는 없어. 그리고 얌전한 다른 한쪽의 '안네'를 갑자기 숨길 수도 없어. 페터는—꿈은 예외로 하고 지금까지의 그 누구보다도 내 감정을 온통 뒤흔들어놓았어. 누구든 이런 감정에서 제정신으로 돌아서기까지는 안정과 다소의 시간이 필요하겠지.

오오, 페터! 넌 나에게 무엇을 했지? 나에게서 무엇을 원하지? 이제야 엘리의 심정을 이해할 것 같아. 내가 지금 그와 같은 심정을 체험하고 있으니까.

만약 내가 좀 더 자라서 그가 구혼해온다면 나는 무엇이라고 대답해야 옳을까? 안네, 솔직해야 한다. 그와는 결혼하지 못해. 그렇다고 그와 헤어지긴 괴롭고. 페터는 아직 떳떳하게 성장한 인간이 되지는 못했어. 뚜렷한 주관이 아직 없고, 삶을 헤쳐나갈 용기와 힘이 부족해. 그는 정신적으로는 아직도 어린애야. 그보다는 내가 어른이야. 오직 마음의 평화와 행복을 찾고 있을 따름이야.

나는 열네 살 된 어린아이에 지나지 않을까? 정말로 아직 사춘기의 여학생에 불과할까?

나는 같은 나이 또래의 여느 아이보다도 고된 고생을 경험해왔어. 다른 사람들에 비하면 비교적 경험이 많아. 그러나 나는 나 자신을 두려워하고 있어. 그리워한 나머지 너무나도 빨리 나를 허락한 것 같아. 후에 다른 남자 친구들과 잘 어울릴 수 있을까? 자기의 감정과 이성이 언제나 내부에서 싸우고 있다는 것은 괴로운 일이야.

감정도 이성도 나타낼 시기란 따로 있는 법이겠지. 내가 적당한 시기를 옳게 선택한 것인지 확신할 수 없어.

안네.

전쟁은 누구의 죄

1944년 5월 2일(화)

키티,

토요일 저녁때 나는 우리의 일을 아빠에게 말해야 할지 페터에게 물어보았어. 잠깐 의논한 결과 그는 말해야 한다는 결론을 내렸어. 나는 기뻤어. 페터가 정직한 소년이라는 것이 증명되었으니까.

아래층으로 내려와서 나는 곧 아빠와 함께 물을 길러 갔어. 계단 위에 왔을 때 나는 "아빠, 제가 페터와 같이 있을 때 서로 붙어 앉는다는 건 아마 아실 거예요. 그게 나쁠까요?" 하고 물어보았어. 아빠는 잠시 생각하는 듯하다가 이렇게 말씀하셨어.

"안네야, 나쁘진 않다고 생각해. 하지만, 조심해야 한다. 이런 제한된 장소에서는."

위층에 올라가서도 아빠는 비슷한 충고를 해주셨어. 일요일 아침에 아빠는 나를 불러서 이렇게 말씀하셨어.

"안네야! 네가 한 말을 다시 생각해봤다."

"……."

"그건 과히 좋지 않아―이 집에선 말야. 난 너희들이 그저 친

294

구인 줄만 알았는데, 페터가 널 사랑한단 말이냐?"

"어머나, 물론 그런 건 아녜요."

"너도 알다시피 난 너희들을 모두 이해하고 있다만 그래도 네가 조심해야지. 자꾸 위층에 가선 못써. 그리고 페터를 될 수 있는 한 자극하지 않도록 해야 해. 이런 일에 적극적으로 나오는 건 언제고 남자지만, 여잔 남자를 억제할 수 있지. 자유로이 다른 남자 친구나 여자 친구와 만날 수도 있고, 이따금 밖에 나갈 수도 있고 게임도 할 수 있는 보통 환경이라면 모르지만, 여기선 언제고 같이 있게 마련이기 때문에 헤어지려 해도 그럴 수가 없지. 온종일 서로 얼굴을 맞대고 있거든. 그러니까 조심해야 한다. 그런 일은 너무 생각지 않는 게 좋아."

"예! 생각지 않아요. 그렇지만 페터는 정말 점잖은 아이예요, 정말 좋은."

"그래. 하지만 페터는 성격이 약하기 때문에 좋은 일에든 나쁜 일에든 곧 영향을 받기 쉽지. 페터는 천성이 좋으니까, 나는 그 좋은 천성이 언제나 남아 있기를 바란다."

아빠는 나와 좀 더 이야기하고서 페터와도 이야기하기로 했어.

일요일 아침 다락방에서 페터는 나에게 이렇게 물었어.

"안네, 아빠한테 말씀드렸어?"

"얘기했어" 하고 나는 대답하고, "아빠는 과히 나쁜 일은 아니지만, 여기서는 언제나 같이 있게 되기 때문에 충돌이 일어나기 쉽다고 하셨어."

"우린 절대로 싸우지 않기로 약속하지 않았어? 난 반드시 약속을 지킬 작정이야."

"나도 그래. 페터! 그렇지만 아빠가 말씀하시는 건 그런 게 아냐. 아빠께선 우리가 그저 친한 친구라고만 생각하고 계셔. 우리가 그냥 친구로만 지낼 수 있다고 생각해?"

"난 할 수 있어. 넌 어때?"

"나도 그래. 난 아빠한테 페터를 믿는다고 말했어. 아빠를 믿는 만큼 너를 믿어. 신뢰할 가치가 있다고 생각해. 그렇지, 페터?"

"나도 그렇게 되길 원해."(그는 몹시 부끄러운 듯 얼굴을 붉혔어.)

"난 페터를 믿어. 페터는 정말 좋은 소질을 가졌어. 너는 꼭 출세할 거야."

그러고 나서 우리는 다른 이야기를 하다가,

"우리가 여기서 떠나면 페터는 내 생각 같은 건 하지 않을 거야" 하고 내가 말했지.

그는 몹시 화를 내며,

"천만에! 그럴 수가 있어? 날 그렇게 생각하지 마."

그리고 우리는 헤어졌어.

아빠는 페터와 이야기하셨는가 봐. 그는 오늘 "안네! 너희 아빠께선 우리 우정이 언제든 애정으로 발전할지도 모른다고 생각하시더라" 하고 말했어. 그러나 나는 우리가 서로 자제하면 된다고 대답했어.

아빠는 저녁때 자주 그를 방문하는 것을 삼가라고 충고하셨지만 나는 그러고 싶지 않아. 그와 함께 있고 싶어서뿐 아니라 그를 믿기 때문이야. 나는 그를 믿고, 또 믿고 있다는 것을 그에게 보여주고 싶어. 그를 믿지 못하고 아래층에 남아 있는다면 무슨 꼴이람.

아니, 나는 찾아가겠어.

그동안에 뒤셀 씨는 다시 쾌활해지셨어. 토요일 저녁 식사할 때 그는 정중한 네덜란드 말로 사과했어. 아마 아저씨는 그 말을 외는 데 하루 종일 걸렸을 거야.

그의 생일인 일요일은 평화롭게 지나갔지. 우리는 1919년산 포도주를 선사하고, 판 단 씨 댁은 겨자 졸임 한 병과 면도칼 한 봉지, 클라레르 씨는 레몬 잼 한 통, 미프는 《마틴》이란 책, 엘리는 화분을 선사했어. 그는 답례로 우리에게 달걀 한 개씩을 대접했단다.

안네.

1944년 5월 3일(수)

키티,

먼저 지난 일주일 동안의 뉴스.

정치 뉴스는 아무것도, 정말 아무것도 알려줄 것이 없단다. 나도 차츰 상륙 작전이 곧 있으리라는 것을 믿게 되었어. 결국 연합국으로서는 소련으로 하여금 무엇이든지 하도록 내버려둘 수는 없는 거야. 현재 연합국은 아무 공격도 하지 않고 있어.

코프하이스 씨는 다시 사무실에 출근하게 되셨지. 그는 페터의 긴 의자용 스프링을 가져왔는데 페터는 묘하게도 별로 반가운 표정이 아니야. 보쉬가 사라졌다고 너에게 이야기했던가? 지난 주 목요일 이후로 감쪽같이 자취를 감추어버렸단다. 아마 지금쯤 고양이 천국에 가 있을 거야. 누군가가 고양이 고기를 포식했을 것이고, 어떤 소녀가 고양이 가죽으로 털모자를 만들어 썼겠지. 페터는 그 때문에 몹시 울적해져 있어.

토요일부터 우리는 식사 시간을 바꾸었어. 11시 반에 점심을 먹고, 점심은 죽 한 그릇으로 때우니까 이것으로 한 끼가 절약되는 셈이야. 채소는 아직도 구하기가 힘들어. 오늘 점심에는 시들어 빠진 상추를 슬쩍 데쳐 먹었어. 채소라고는 상추와 시금치밖에 없어. 썩은 감자도 함께 먹지. 근사한 요리야.

너도 상상할 수 있겠지만 우리는 이따금 절망적으로 "전쟁을 해서 무슨 소득이 있단 말인가! 왜 인간은 함께 평화롭게 살 수 없을까? 이 파괴는 대체 무엇 때문일까?" 하고 자문해본다. 이 의문은 당연한 것이지만 지금까지 아무도 이에 대한 만족스런 답변은 얻지 못했어. 왜 인간은 건설을 위해서 조립식 주택을 만들며, 한편으론 거대한 전투기나 폭탄을 만들어내는 것일까? 왜 매일 전쟁을 위해서 몇백만이란 엄청난 돈을 쓰면서, 의료 시설이나 예술가나 가난한 사람들을 위해서 쓰는 돈은 한푼도 없을까? 이 세상에는 먹을 것이 너무 많아 썩혀버리는 곳도 있는데, 어째서 굶어죽지 않으면 안 되는 사람이 있을까? 인간은 왜 이렇게 미치광이 같을까?

나는 정치가나 자본가들이 전쟁에 대해서 죄가 있다고는 생각지 않아. 아니, 보통 사람들에게도 죄가 있어. 그렇지 않다면 사람들은 벌써 옛날에 모두 궐기하여 혁명을 일으켰을 거야. 인간에겐 파괴와 살인의 본능이 있는 법이어서 인류가 예외 없이 모두 크나큰 변화를 경험하기까지는 전쟁이 일어나고 건설되고 개발되고 육성된 것은 모두 파괴되고 변형되어 인류는 다시 처음부터 모든 것을 되풀이하지 않으면 안 되는 거야.

나는 낙심할 때가 종종 있지만, 결코 절망하지는 않아. 은신처의 생활은 위험한 모험이기는 하지만, 동시에 로맨틱하고 재미있기도 하지. 나는 일기에서는 결핍된 것들을 재미있는 것으로 취급하고 있어. 나는 다른 소녀들과는 다른 생활을, 평범한 가정 주부보다는 의미 있는 생활을 할 작정이야. 내 생활의 출발점은 흥미에 가득 찬 거야. 가장 위험한 순간이라도 유머러스한 면을 발견하고 웃어넘기는 것은 그 때문이었지.

나는 아직 젊고 개발되지 않은 소질도 많이 가지고 있어. 젊고 건강하며, 모범적인 환경에서 생활하고 있어. 그리고 아직 그 길 위에 있으니까 하루 종일 불평만 늘어놓고 있을 수는 없잖니? 나는 타고난 행복하고 쾌활한 성질과 힘을 가지고 있어. 그리고 자신이 정신적으로 성장하고 있다는 것, 해방의 날이 가까이 왔다는 것, 자연이 얼마나 아름답고, 사람들이 얼마나 친절하고, 이 모험이 얼마나 재미있는 것인가를 매일매일 깨닫고 있어. 그런데 내가 왜 절망할 필요가 있겠니?

안네.

1944년 5월 5일(금)

키티,

아빠는 나 때문에 불쾌해하고 계셔. 지난 일요일 충고한 후로는 내가 매일 밤 다락방에 가지 않으리라고 생각하셨나 봐. 아빠는 "서로 껴안고 있는" 것을 원치 않는다고 하셔. 그 말은 참을 수 없어.

그런 얘기를 하는 것도 그리 유쾌한 일은 아닌데, 무엇 때문에 아빠한층 더 불쾌하게 만드실까? 아빠와 이야기해야겠어. 언니가 좋은 충고를 해주었는데 들어봐. 아빠에게 이렇게 말하려고 해.

"아빠! 아빠는 제가 무슨 말을 하려는지 아시고 계시니까, 그걸 말하겠어요. 아빠는 제가 좀 더 근신하리라고 기대하셨기 때문에 지금 낙심하고 계시지요. 아빠는 제가 열네 살 먹은 소녀답게 행동해줬으면 하시지만, 그건 아빠가 잘못 생각하시는 거예요. 재작년 7월에 이리로 온 후부터 몇 주일 전까지, 제 마음이 안정된 날은 하루도 없었어요. 아빠는 제가 밤마다 얼마나 울었는지, 얼마나 슬퍼했는지, 얼마나 괴로워했는지를 아신다면, 다락방에 가는 제 심정을 이해하실 거예요. 저는 이제 엄마나 그 밖의 다른 사람의 도움 없이도 문자 그대로 독립해서 살아갈 수 있는 단계에 도달했어요. 그렇지만 이건 하룻밤에 이루어진 건 아니에요. 제가 지금의 자주정신을 가지기까지는 무척 번민하고 많이 울기도 했어요. 아빠가 저를 비웃거나 믿지 않으시더라도 좋아요. 전 따로 독립한 인간이고, 집안의 누구에게도 조금도 책임을 느끼지 않아요. 아빠한테 이런 말씀을 드리는 건 그렇게라도 하지 않으면 아빠가 저를 음흉하다고 생각하시지나 않을까 해서예요. 그렇지만 자기 이외의 다른 사람한테 자기의 행동을 설명할 필요는 없는 거예요. 제 마음이 괴로울 때 모두 눈을 감고 귀를 막고 저를 위로해주지 않았어요. 오히려 너무 귀찮게 굴지 말라고 꾸지람을 받았을 뿐이지요. 저는 사실 어쩔 수 없는 괴로움을 잊으려고 억지 어리광을 피웠어요. 끊임없이 제 마음속에서 부르짖는 소리를 듣지 않으려고 지나친 장난을 해왔어요—이제 싸움은 끝나고 저는 이겼어요. 저는 몸과 마음이 함께 독립한 하나의 인간이에요. 저는 이 마음의 투쟁을 통해 굳세어졌으니까 이제 엄마는 필요 없어요. 싸움에 이겼으니까, 제가 생각하는 그대로의 길, 제 스스로가 옳다고 생각하는 길을 걸으려고 해요. 저는 고생을 많이 해서 제 나이보다 숙성하니까 아빠는 저를 열네 살의 소녀라고 보실 수는 없을 것이고, 또 그렇게 보셔서는 안 될 거예요. 전 제가 한 일을 후회하지 않아요. 전 제가 할 수 있다고 생각하는 일을 할 뿐이에요. 아빠가 저를 타이르시더라도 제가 다락방에 가는 걸 막으실 순 없어요. 아빠가 그 일을 딱 금지하시든지, 그렇지 않으면 저를 어디까지나 신뢰하시든지 두 길 밖에는 없어요. 저를 신뢰하신다면 저를 그냥 내버려두세요.”

안네.

1944년 5월 6일(토)

키티,

어제 너에게 말한 것을 편지로 써서 아빠 주머니에 넣어두었어. 언니 말에 따르면, 아빠는 그 편지를 읽으신 후 저녁 내내 몹시 우울해하셨다는 거야(나는 위층에서 설거지를 하고 있었어). 가엾은 아빠! 난 아빠가 그런 편지를 읽으시면, 얼마나 걱정하실까를 알고 있었어. 아빠는 퍽 소심하시거든. 나는 곧 아빠에게 아무 말도, 질문도 하지 말아달라고 부탁했어. 아빠는 그 문제에 대해서는 더 말하지 않으셨지. 아직 말씀하시지 못한 채 남아 있을까?

이곳의 생활은 다시 보통 때나 다름없이 되었어. 물가와 외부 사람들에 대한 소식을 믿을 수 없을 정도구나. 홍차 반 파운드에 350플로린, 커피 파운드에 80플로린, 버터 파운드당 45플로린, 계란 한 개 1.45플로린, 불가리아 담배가 1온스에 14플로린이란다. 모든 사람이 암거래를 하고 심부름하는 소녀까지 팔 물건을 들고 다닌다는 거야. 빵 가게 소년이 재봉용 실을 0.9플로린에 사고, 우유 장수가 암거래 카드를 만들고, 장의사에서 치즈를 팔고 있대. 강도, 살인, 절도가 없는 날이 없고, 경찰도 야경꾼도 도둑놈들과 한 패이고, 어느 누구 할 것 없이 굶주린 배를 채우는 데 눈이 뒤집혀 있어. 임금 인상이 금지되어 있기 때문에 모두 나쁜 짓을 하지 않고는 살아갈 수가 없을 테지. 경찰에서는 거의 매일같이 행방 불명으로 신고된 열대여섯 살 정도의 소녀를 수색하고 있대.

안네.

아빠와 나눈 이야기

1944년 5월 7일(일)

키티,

어제 오후, 아빠와 오랫동안 얘기했어. 나는 몹시 울었어. 아빠도 함께 울었어. 키티, 아빠가 나보고 뭐라고 말씀하셨는지 알아?

"난 지금까지 편지를 많이 받았지만, 그런 불쾌한 편지는 처음이다. 안네야, 엄마와 나는 널 그토록 사랑하고 언제든 위로해주고, 무슨 일이 있든지 옹호해주었는데, 그래 우리한테 조금도 책임을 느끼지 않는다고 말할 수가 있겠니? 넌 푸대접을 받고 버림받고 있다고 생각하지만, 절대로 그렇지 않다. 넌 네 부모를 오해하고 있어. 아마, 그렇게 말하려고 생각하진 않았겠지만 네 편지엔 그렇게 씌어 있어. 그러나 우린 이런 비난을 받을 일은 하지 않았어."

아아, 나는 비참한 실패를 하고 말았구나. 분명 이것은 나의 생애 중 가장 큰 오점이 될 거야. 나는 울면서 쇼를 벌여서 아빠가 나를 소중히 여기도록 나 스스로를 훌륭하게 보이려고 애썼어. 물론 슬픈 일이 많이 있었던 것은 사실이지만, 나를 위해서 무엇이든지 해주셨고, 지금도 해주시는 좋은 아빠를 비난하다니 얼마나 비열한 짓이었니!

나는 지나치게 우쭐했으니까, 좀처럼 남을 가까이하지 못하게 하는 자리에서 끌려내려와 자존심이 약간 동요되었다는 것은 좋은 일이야. '안네'가 하는 일은 언제나 올바르다고 할 수는 없지. 자기를 사랑하는 사람에게 일부러 서러움을 안겨준다는 것은 정말, 정말 비열한 짓이야.

아빠가 나를 용서해주셨기 때문에 나는 한층 더 부끄러움을 느꼈어. 아빠는 편지를 태워버리겠다고 말씀하시고, 오히려 아빠가 잘못한 것처럼 상냥하게 대해주셨어. 안네야, 너는 아직 배울 것이 엄청나게 많고, 다른 사람을 업신여기거나 비난하기보다 먼저 해야만 할 일이 많구나.

슬픈 일이 있겠지만 내 또래의 누군들 안 그럴까? 나는 광대 같은 짓을 많이 했으면서도 그것을 거의 의식하지 못하고 있었지. 외롭기는 했지만 절망하지는 않았지. 정말로 나는 나 자신에게 부끄러움을 깨달았어.

이미 저지른 일은 지울 수 없지만 각성할 수는 있지. 처음부터 다시 시작하겠어. 페터가 있으니까 어렵지 않을 거야. 그가 나를 도와주면 할 수 있어. 또 할 거야. 나는 이제 고독하지 않아. 그는 나를 사랑하고, 나는 그를 사랑해. 책이 있고, 일기장이 있고, 나는 못생긴 것도 아니고, 바보도 아니고, 쾌활한 기질을 갖고 있으니까 우아한 인격을 갖출 수 있을 거야.

그래, 안네, 넌 네 편지가 무정했고 사실이 아니었다는 것을 깊이 느끼고 뉘우쳐야 해. 너는 너무 자만심에 차 있었어. 나는 아빠를 본보기로 삼아 노력하겠어.

안녕.

1944년 5월 8일(월)

키티,

너에게 우리 집안에 대해 말한 적이 있었던가? 아마 아직 안 했을 거야.

할아버지는 자수성가하신 부자였고, 할머니 역시 부자인 저명한 집안 출신이야. 그래서 아빠는 어렸을 때 부잣집 도련님으로 매주 열리는 파티, 무도회, 연회, 아름다운 소녀들, 만찬회, 대궐 같은 집 등등에 둘러싸여 지내셨어.

할아버지가 돌아가시고 세계대전과 잇따른 경제 공황 때문에 전 재산이 날아가버리고 말았지. 아빠는 이렇게 자랐기 때문에 어제 프라이팬을 닦으면서 쉰다섯 평생에 이런 일은 처음이라고 말씀하시면서 웃으셨어.

외갓집도 부자여서 우리는 가끔 부모의 약혼 파티에 250명이나 초대되었다는 것이며, 무도회, 만찬회 등의 이야기를 입을 벌린 채 듣곤 했단다. 지금 우리는 부자라 할 수 없지만 나는 전쟁이 끝난 후에 새 희망을 걸고 있어.

나는 명백히, 엄마나 언니와 같이 시야가 좁고 쳇바퀴 맴도는 것 같은 생활은 원치 않아. 나는 파리와 런던에 가서 어학과 미술사를 공부하고 싶어. 팔레스타인에서 산파가 되고 싶다는 언니의 경우와 비교해봐.

나는 아름다운 옷과 갖가지 사람들에 흥미를 가지고 있어. 나는 세계의 구석구석을 돌아보고 유쾌한 일은 모두 해보고 싶어. 이건 전에도 말했지. 그리고 약간의 돈이 있으면 좋을 거야.

미프는 오늘 아침 자기가 초대받았던 약혼 파티에 대해 들려주었어. 미래의 신랑 신부는 모두 부잣집 출신으로 모든 준비가 굉장했대. 우리는 미프의 음식 이야기를 듣고 군침을 삼켰어―고기를 끓여 넣은 채소 수프, 치즈, 달걀과 쇠고기를 넣은 오르되브르, 케이크, 포도주, 담배, 그 밖의 암거래로 구할 수 있는 모든 것. 미프는 포도주를 열 잔이나 마셨대―이래도 금주가라 할 수 있을까? 그러면, 그녀의 남편은 얼마나 마셨을까? 물론 모두 취했을 거야. 파티에는 두 명의 경찰도 끼어 있었는데 혹 도움받을 일이 있을지도 모를 것 같아서 미프는 그들의 주소를 적어놓았대.

미프는 우리에게 군침만 돌게 하는구나. 우리는 아침 식사로 죽 두 숟가락 정도만 먹었기 때문에 위는 항상 비어 있어서 쪼르르 소리를 내고, 슬쩍 데친 시금치(비타민을 보존하기 위해)와 썩은 감자와 상추 이외엔 아무것도 먹을 거라곤 없어. 아마 우리는 뽀빠이처럼 건강하게 될지도 모르지만 현재로는 그런 조짐은 보이지 않아.

우리가 미프와 함께 파티에 갔더라면 다른 사람 몫의 빵까지 먹어치웠을 거야. 말하자면 우리는 생전에 훌륭한 음식이나 스마트한 사람들을 대한 적이 없는 것처럼, 미프를 둘러싸고 앉아 그녀의 입술을 지켜보았어.

이게 바로 백만장자의 손녀란다. 세상은 참 묘한 곳이야.

안네.

1944년 5월 9일(화)

키티,

나는 〈요정 엘렌〉이란 동화를 다 써서 노트에 정서해놓았어. 퍽 훌륭한 작품인 것 같은데 아빠의 생신 선물은 이것으로 될까? 언니와 엄마는 아빠를 위해 시를 쓰고 있어.

오후에 클라레르 씨가 찾아와서 회사의 선전원이었던 B부인이 매일 2시에 사무실에 도시락을 넣겠다고 청을 해왔다는 뉴스를 알려주었어. 생각해봐! 그동안 아무도 위층에 올라갈 수 없고, 감자를 운반할 수도 없고, 엘리가 점심을 먹으러 올 수도 없고, 화장실에 갈 수도 없고, 움직일 수도 없을 거야.

모두 B부인의 청을 거절할 방법을 궁리해보았어. 판 단 아저씨는 커피에 설사약을 넣으면 될 거라고 말했어.

"안 돼요. 그러면 그녀는 복스에서 나올 수 없을 거요" 하고 코프하이스 씨가 말했다. 모두 웃음을 터뜨렸단다.

"복스에서? 그게 무슨 말이에요?"

또 판 단 아주머니가 물었어.

누군가가 화장실이란 뜻이라고 설명해주니까, 아주머니는,

"그래요? 그렇게 말하면, 모두 아나요?" 하고 바보 같은 질문을 했어.

"만일 비엔코르프〔암스테르담에 있는 큰 상점〕에서 복스가 어디냐고 물으면 아무도 모를 거예요" 하고 엘리가 킥킥 하고 웃어댔어.

오, 키티, 근사한 날씨구나. 밖에 나갈 수 있다면!

안네.

1944년 5월 10일(수)

키티,

어제 오후에 다락방에서 페터와 프랑스어를 공부하고 있는데 별안간 물이 뚝뚝 떨어지는 소리가 들려오잖니. 무슨 소리인가 페터에게 물었더니 그는 대답도 없이 소리가 난 위로 뛰어 올라갔어. 바로 무쉬였어. 페터는 모래 상자가 젖어 있으니까 그 옆에 쪼그리고 있는 무쉬를 황급히 상자에 담았어. 그러나 무쉬는 이미 용변을 마친 후여서 아래층으로 도망가버리고, 소동은 그 뒤에 일어났단다.

무쉬는 자기 집과 비슷한 곳을 찾다가 대팻밥 속을 찾아든 거야. 물줄기는 곧 위쪽 창고에서 다락방으로 흘러내려서 공교롭게도 감자통 안으로 흘어들어갔어. 천장이 새고 다락방 바닥에도 구멍이 나 있어서, 노란 물줄기는 식당 테이블 위에 쌓아 놓은 양말 더미와 책 더미 위로도 떨어졌어. 나는 웃음을 참을 수 없어서 낄낄거렸지.

무쉬는 의자 밑에 쪼그리고 앉아 있고, 페터는 물과 분가루를 뒤집어쓰고 있고, 또 아저씨는 옆에서 허둥대고 있었어. 촌극은 곧 끝났지만 고양이의 오줌 냄새가 고약하다는 잘 알려진 사실을 감자나 아빠가 태우려고 모아놓은 대팻밥이 명백히 증명해주는구나. 가엾은 무쉬! 너는 아마 석탄을 구하기가 힘들다는 것을 모르겠지.

안네.

추신—우리가 존경하는 여왕 폐하는 어제와 오늘 저녁에 우리에게 담화문을 발표했단다. 여왕은 지금 귀국하기 위해 휴양을 하고 있어. 담화문은 "곧, 귀국하면, 조속한 해방을 영웅적인 행위를,

무거운 책임을" 등의 말들로 구성되어 있더군.

그 다음에 겔브란디의 연설이 방송되고, 아나운서는 집단 수용소와 감옥과 독일에 있는 유대인에게 신의 가호가 있기를 빈다는 기도로 끝을 맺었어.

1944년 5월 11일(목)

키티,

나는 지금 몹시 바쁘단다. 이상하게 들릴지 몰라도 나는 산더미처럼 밀린 일을 전부 처리할 시간이 없어. 내가 할 일들을 간단히 말해줄까? 우선 《갈릴레오 갈릴레이》를 도서관에 반환해야 하기 때문에 내일까지 1부를 전부 읽어야 해. 겨우 어제부터 읽기 시작했지만 다 읽을 수 있을 거야.

다음 주에는 《갈림길에 선 팔레스타인》과 《갈릴레이》의 2부를 읽어야 해. 다음, 어제 《황제 찰스 5세》의 1부를 읽었는데, 내가 모은 도표와 족보에 대한 자료를 정리해야 해. 그 다음에 여러 책에서 모은 외국어 단어들을 암기해야 해. 넷째는 뒤섞여 있는 영화 배우의 사진을 정리하는 일―이런 일거리를 모두 처리하려면 며칠은 걸려야 하니까 '안네 교수'는 일에 쫓겨서 어떻게 손을 댈 방도가 없단다.

다음에 테세우스, 페르세우스, 오르페우스, 이아손, 헤라클레스가 머릿속에 뒤얽혀 있어서 제각기 정리되기를 기다리는 중이야. 미론과 피디아스의 자료. 그 밖에 7년 전쟁과 9년 전쟁에 대하여―모든 것이 이토록 혼란스럽단다. 이런 기억력으로 무슨 일을 하겠니? 생각해봐. 여든 살이 되면 어떻게 될까?

성경에 관한 일도 있구나. '목욕하는 스잔나'를 만나려면 얼마나 더 가야 할까? 소돔과 고모라의 비극은 무슨 암시일까? 정말 조사하고 공부할 것이 너무도 많아.

키티, 머리가 터질 것 같구나.

그 밖의 다른 일—너도 알다시피 나의 최대 희망은 저널리스트가 되고 그 후에 유명한 작가가 되는 거야. 이 같은 열망(혹은 망상?)이 실현될지는 의문이지만, 나는 마음속으로 테마를 정해놓고 있어. 어쨌든 나는 전쟁이 끝나면 'Het Achterhuis(은신처)'란 제목의 책을 출판할 테야. 성공할지 어떨지는 모르지만, 내 일기가 좋은 참고 자료가 될 거야. '은신처' 이외에도 다른 아이디어가 있어. 그러나 이것은 머릿속에 그 분명한 형태가 파악될 때에 자세히 알려줄게.

안네.

1944년 5월 13일(토)

사랑하는 키티,

어제는 아빠의 생신이었어. 게다가 엄마와 아빠의 결혼 19주년 기념일. 아래층에는 청소부도 없었고, 태양이 어제처럼 찬란하게 빛났던 날은 없었던 것 같아. 뜰의 밤나무는 작년보다 짙고 아름다운 잎새들로 덮여 있었단다.

아빠는 코프하이스 씨에게서 리나우스의 전기를 선사받고, 클라레르 씨에게서는 자연에 관한 책, 뒤셀 씨에게서는 《물로 둘러싸인 암스테르담》, 또 아저씨에게서는 달걀 세 개와 맥주 한 병, 요구르트 한 병, 초록색 넥타이가 든 잘 포장된 커다란 상자를 받았어. 내가 선사한 장미꽃은 엘리와 미프가 가져온 냄새가 나지 않는 카네이션보다 훨씬 향기로웠지. 모두 예쁜 꽃들이었어. 아빠는 몹시 기뻐하셨어. 그 밖에 본 일도 없는 구운 과자가 듬뿍. 아빠는 선물받은 과자를 분배하고, 맥주를 남자들에게, 요구르트를 여자들에게 나누어주셨지. 둘러앉아서 모두 즐겁게 하루를 보냈어.

안네.

1944년 5월 16일(화)

사랑하는 키티,

기분 전환으로 오랫동안 이야기하지 않았던 판 단 아주머니와 아저씨 사이의 언쟁을 소개해줄게.

아주머니 "독일군은 대서양의 요새 방비를 강화했음이 분명해요. 그들은 영국군의 공격을 방어하는 데 전력을 기울일 거예요. 독일군이 얼마나 강한가는 놀랄 만해요."

아저씨 "그래. 믿을 수 없을 만큼 강하지."

아주머니 "그렇다니까요."

아저씨 "독일군은 강해. 어떤 일이 있어도 꼭 전쟁에서 이길 거야."

아주머니 "그럴 거예요. 그 반대로 되리라곤 믿을 수 없어요."

아저씨 "난 이제 더는 대답하지 않을 테야."

아주머니 "그렇지만, 언제나 대꾸하잖아요? 당신은 제 말문을 막고 싶어 못 견디겠죠?"

아저씨 "그렇지 않아. 나는 항상 최소한도로 대답해."

아주머니 "그래도 아직 대꾸하시면서. 당신은 항상 옳아요! 당신 예언이 늘 맞는 건 아니던데요……."

아저씨 "지금까지는 맞았어."

아주머니 "그렇지 않아요. 사실이라면 상륙 작전은 작년에 있었고, 핀란드는 지금쯤 전쟁에서 손을 떼었을 거예요. 이탈리아는 겨울에 손을 들었지만, 러시아는 벌써 렘베르크를 점령했을 거예요. 난 당신 예언엔 관심도 두지 않아요."

아저씨(일어서며) "자, 이제 그만 떠들어. 언제든 내 말이 맞는다는 걸 알게 될 거야. 얼마만 지나면 돼. 더는 당신이 투덜거리는 걸 듣고 싶지 않아. 당신은 화를 내겠지만 후회할 날이 있을 거야."
(1막 끝)

나는 웃음을 참을 수 없었어. 엄마도. 페터는 입술을 깨물고 앉아 있었어. 오, 어리석은 어른들, 젊은이들에게 충고하기 전에 자신들이 먼저 공부하는 편이 좋을 텐데.

안네.

1944년 5월 19일(금)

키티,

어제는 소화불량에다 갖가지 비참한 기분이 되살아나서 몹시 우울했어(안네로서는 드문 일이지만).

오늘은 좀 나아졌고 배가 고프지만, 완두콩은 건드리지 말아야겠어.

페터와의 사이는 잘 진행되고 있지. 그는 나보다도 더 애정에 굶주리고 있어. 매일 밤 그에게 굿나잇 키스를 하면 그는 얼굴을 붉히고 다시 한번 청한단다. 내가 뭐 보쉬의 대용품이람? 누군가가 자기를 사랑하고 있다는 것을 알고, 행복해하기만 하면 그것은 아무래도 좋아.

오랫동안 마음속으로 싸워온 결과 다소 마음이 안정되었지만, 사랑이 식었다고는 생각지 않아. 그는 연인이야. 그러나 나는 그로부터 내 마음의 문을 닫아버렸어. 그가 내 마음의 문을 열려면 전보다는 더 노력해야 할 거야.

안네.

1944년 5월 20일(토)

키티,

어제 저녁 다락방에서 내려와 방으로 들어가니, 카네이션 꽃병이 방바닥에 뒹굴고 있고, 엄마가 엎드려 마룻바닥을 닦고 계시고 언니가 바닥에 흩어진 종이를 줍고 있잖겠니.

"무슨 일이 있었어요?" 하고 나는 놀라서 물어보았어. 대답을 기다릴 것도 없이 나는 피해를 단번에 알아차렸어. 우리 집 족보철, 노트, 교과서가 모두 흠뻑 젖어 있었어. 나는 거의 울상이 되어서 무슨 말을 했는지 기억하지 못하지만 언니 말에 따르면, "엄청난 피해, 놀라운, 심한, 보상할 수 없는" 따위의 말을 떠들어댔다는 거야. 아빠는 웃음을 터뜨리셨어. 엄마와 언니도 웃으셨어. 그러나 나는 지금까지 정성 들여서 만든 도표나 노력이 엉망이 된 것을 생각하니 울지 않을 수 없었단다.

자세히 조사해보니 '엄청난 피해'는 그리 대단한 것은 아니었어. 나는 종이를 분류하고 엉겨붙은 것을 떼어서 다락방에 널었어. 퍽 우스운 광경이어서 나 자신도 웃음이 터져나왔어. 찰스 5세 옆에 마리아 드 메디치, 오렌지공 윌리엄과 마리 앙투아네트—이것을 보고 판 단 아저씨가 '인종의 폭동'이라고 농담하셨어. 나는 널린 종이들을 페터에서 부탁하고 아래층으로 내려갔어.

"어느 책이 못 쓰게 됐어?" 하고 나는 책을 정리하고 있던 언니에게 물었어. "대수 책" 하고 언니가 대답했어. 나는 얼른 언니 옆으로 다가갔어. 그러나 불행히도 대수 책은 아무렇지도 않았어. 그 책이 바로 화병 위에 떨어졌더라면! 대수 책처럼 싫은 책은 없어. 그 책에는 20여 명이 넘는 소유자들의 이름이 적혀 있지. 낡고, 노랗고, 긁혀 있고, 고쳐져 있고, 마음대로 한다면 이 따위 것은 갈가리 찢어버리고 싶어.

안네.

더해가는 불안

1944년 5월 22일(월)

키티,

20일에 아빠는 판 단 아주머니와의 내기에 져서 요구르트 다섯 병을 잃으셨단다. 상륙 작전은 아직 소식이 없어. 과장할 것도 없이, 전 암스테르담, 전 네덜란드, 전 서부 유럽, 스페인에 이르기까지 모두 밤낮으로 상륙 작전에 대한 토론과 내기와 희망으로 들끓고 있어.

홍분과 초조는 클라이맥스에 달해 있어. 선량한 네덜란드인으로 간주되는 모든 사람이 영국을 절대적으로 신뢰하고 있는 것은 아니지만, 그리고 상륙을 감행하겠다는 영국의 큰소리를 훌륭한 전략이라고 생각하는 것도 아니지만, 국민들은 결국 위대하고 영웅적인 행동을 기대하고 있는 거야. 아무도 자기 자신의 일밖엔 생각할 줄을 몰라서, 영국이 자신의 조국과 국민을 위해 싸운다는 건 생각지를 않고, 모두 될 수 있는 대로 빨리 네덜란드를 구하는 것이 영국인의 의무라고만 생각하고들 있어.

도대체 영국이 우리에게 무슨 의무가 있단 말인가? 네덜란드 사람들이 어째서 간절히 영국의 원조만을 바랄 수 있을까? 아니야. 네덜란드도 커다란 실수를 범했을 거야. 영국이 여러 번 헛소리를 했지만, 점령되어 있는 크고 작은 어떤 나라보다 더 큰 비난을 받을 이유는 없어. 영국은 우리에게 사과하지는 않을 거야. 왜냐하면 우리가 독일이 재무장할 때 영국이 잠자코 있었다고 비난한다 하더라도 다른 나라들, 특히 독일과 국경을 맞대고 있는 나라들 역시 잠자코 있었다는 사실을 부인할 수가 없으니까. 우리는 졸렬한 정책을 취해서는 안 되겠지. 영국과 전 세계가 이것을 깊이 깨달았을 것이고, 영국과 그 밖의 국가들이 무거운 희생을 지불하고 있는 것은 이 때문이야.

자기 나라의 국민을 대가 없이, 또는 다른 나라의 이익을 위해서 희생시키려는 나라는 없어. 영국도 마찬가지야. 상륙 작전과 자유 해방의 날은 언제든 오겠지만, 그 D-데이를 정하는 것은 영국과 미국이지 피점령국들은 아니야.

놀랍고도 유감스럽게 수많은 사람들이 유대인에 대한 태도를 바꿨다고들 한단다. 반유대적 분위기가 형성되었다니 이건 정말 천만 뜻밖이야. 이 뉴스는 우리를 몹시 상심시켰어. 이 같은 유대인 증오의 원인은 이해할 만하고, 사람은 때때로 그럴 수도 있겠지만—그러나 그럴 수가 있을까? 기독교인들은 유대인이 독일에 비밀을 제공했다고, 은혜를 베푼 사람을 배반했다고, 또 유대인 때문에 많은 기독교인이 무서운 형벌을 받고 있다고 유대인을 비난하고 있어.

이것은 모두 사실이지만, 이러한 일은 양쪽에서 관찰해야 하지 않을까. 기독교인은 같은 입장에 놓인다면 어떻게 행동할까? 독일 군은 사람들을 자백시키는 방법을 알고 있어. 유대인이든, 기독교 인이든, 그들 수중에 놓일 때 침묵만을 지킬 수 있을까? 누구나 그 것이 불가능하다는 것은 알고 있어. 그러면 왜 불가능한 일을 유대 인에게 강요할까?

네덜란드로 이주해 왔다가 지금은 폴란드에 있는 독일계 유대 인은 이곳으로 돌아올 수 없단다. 그들은 한때 네덜란드로 피신할 권리를 갖고 있었지만. 히틀러가 죽으면 다시 독일로 돌아가야 한 다—이런 풍문이 지하 운동가들 사이에 퍼져 있어.

이런 풍문을 들으면, 우리가 이토록 길고 지겨운 전쟁을 버텨온 것이 과연 무엇 때문인지 모르겠구나. 우리가 함께 싸우고 있는 것 은 자유와 진리와 정의를 위해서가 아닌가! 우리가 싸우고 있는 동 안에 불화가 생기고, 유대인은 쓸모가 없단 말인가? 오, 정말 슬프 구나. '한 사람 기독교인의 잘못은 그 개인의 책임이고, 한 사람 유 대인의 잘못은 모든 유대인에게 책임이 있다'는 옛 진리를 확인하면 더욱 슬퍼져.

솔직히 말해서 그토록 선량하고, 정직하고, 경우 바른 네덜란드 인들이 우리, 압박받고 아마 세상에서 가장 불행한 우리 유대인을 어째서 그렇게 판단하게 되었는지 이해할 수 없구나.

나는 다만 한 가지, 유대인 증오가 일시적인 것이고, 네덜란드 인들은 결국 본래대로 돌아가서 이성을 잃지 않게 되기를 바랄 뿐 이야. 반유대주의는 정의에 반(反)한 것이니까!

그리고 이런 참혹한 위험이 현실화된다면, 남아 있던 소수의 가런한 유대인들은 이 나라를 떠나야겠지. 우리도 역시 봇짐을 들고, 한때는 우리를 환영했고 지금은 등을 돌리는 이 아름다운 나라를 떠나야겠지.

나는 네덜란드를 사랑해. 조국이 없는 나는 네덜란드가 나의 조국이 되기를 희망해왔고, 지금도 희망하고 있어.

안네.

1944년 5월 25일(목)

키티,

매일 새로운 일이 생기는구나. 오늘 아침 우리의 채소 장수가 유대인 두 명을 숨겨주었다고 체포되었어. 우리에겐 충격적인 뉴스였어. 지옥의 문전에 선 가련한 유대인뿐만 아니라 채소 장수에게도 비참한 일이야.

세상이 온통 뒤죽박죽이 되어서 존경받는 사람은 집단 수용소나 감옥이나 독방에 갇히고, 찌꺼기들이 세상을 지배하고 있어. 어떤 사람은 암시장을 거닐다가, 어떤 사람은 유대인이나 레지스탕스를 도와주었다고 해서 체포되고 있어. 누구든 NSB의 당원이 아니면 언제 무슨 일을 당할지 예상할 수도 없는 형편이야.

채소 장수의 체포는 우리에게 커다란 손실이야. 엘리나 미프는 이제 어디에서도 우리 몫의 감자를 구할 수 없으니 절약할 수밖에 없구나. 엄마는 아침 식사는 없애고, 점심에는 국과 빵을, 저녁에는 프라이한 감자와 일주일에 한두 번 정도의 채소와 상추를 먹자고 말했어. 우리는 점점 배고파지겠지만, 발각당하는 것보다는 낫지 않겠니?

안네.

1944년 5월 26일(금)

키티,

마침내, 마침내, 창문 앞 테이블에 조용히 마주 앉아 모든 걸 너에게 쓸 수 있게 되었구나. 나는 지금 몹시 비참해. 몇 달 동안 이런 기분을 느끼지 않았지. 적어도 도둑 소동이 있은 이후에는 이토록 산산조각이 난 심정은 아니었어.

한편 채소 장수, 유대인 문제, 우리 집에서 조심스레 논의되고 있는 문제들, 상륙 작전 연기, 나쁜 식량 사정, 긴장, 비참한 분위기, 페터에 대한 실망. 그리고 또 한편으론 엘리의 약혼, 클라레르 씨의 생일, 멋진 케이크·캬바레·영화관·음악회의 이야기—여기에는 엄연한 차이가, 엄청난 차이가 존재하고 있어. 우리는 웃고 떠들다가도 다음 순간에는 우리를 향해 밀려오는 공포, 불안, 위기, 절망을 대하게 되는 거야.

미프와 클라레르 씨는 숨어 사는 8명이란 무거운 짐을 지고 있지.

미프는 베풀어줄 수 있는 모든 것을 베풀어주고, 클라레르 씨는 엄청난 책임감 때문에 극도의 신경과민과 긴장으로 어떤 때는 말도 못 할 정도야. 코프하이스 씨와 엘리도 우리를 돌봐주지만, 때때로 순간순간 우리를 잊을 때도 있어. 그들에겐 그들 자신의 걱정거리가 있기 때문이야. 코프하이스 씨는 자기의 건강에, 엘리는 마땅찮은 약혼에. 그러나 그들은 친구를 방문한다거나 보통 생활을 즐기면서 기분을 전환할 수 있겠지. 그래서 그들의 불안을 잠깐 동안이나마 씻어버릴 수 있지만, 우리의 불안은 한순간도 해소되지 않아. 우리는 여기서 2년 동안이나 살아왔고, 이제 점점 심해지는 압박을 어떻게 더 견뎌 나가란 말인가?

하수관이 막혀서 물이 흘러내리지 않고 똑똑 떨어질 뿐이란다. 화장실에 가면 오수(汚水)를 항아리에 담아두어야 해. 오늘 하루는 견딜 수 있겠지만 연관공이 고칠 수 없다면 어떻게 해야 한담. 시의 수도국에서는 화요일이 되어야 기술자를 보내줄 텐데.

미프는 인형 모양으로 만든 케이크에 '행복한 성령 강림제를'이라고 쓴 쪽지를 붙여서 우리에게 보내주었어. 이것은 마치 우리를 조롱하는 듯한 느낌이야. 우리의 현재의 기분과 불안은 '행복한'과는 거리가 먼 것이거든. 채소 장수가 체포된 후로 우리는 한층 더 신경이 날카로워져서 걸핏하면, "쉬, 쉬" 소리를 하게 되고, 만사에 조심하고 있어.

경찰이 문을 열고 들이닥친다면! 그러면 언젠가 우리도……아니 이런 것은 쓰지 말아야겠지. 그러나 나는 이런 의문을 지워버릴 수가 없구나. 반대로 지금까지 부딪쳐온 모든 공포가 놀라움과 함께 다시 밀어닥칠 것만 같아.

오늘 저녁 8시에 나는 혼자 아래층 화장실로 내려갔어. 모두 라디오 주위에 모여 앉아 있었기 때문에 아래층에는 아무도 없었어. 용기를 내려 했지만 제대로 되지 않더구나. 나는 항상 넓고 휑뎅그렁하고, 위층에서 부스럭거리는 소리나 길거리에서 부르릉거리는

엔진 소리만 들리는 아래층보다는 위층에 있으면 한결 마음이 놓인
단다. 이런 상황을 곰곰 생각하니 몸이 마구 떨리기에 나는 서둘러
일을 마치고 위층으로 뛰어올라갔어.

피신 생활을 아예 하지 않았던 편이 낫지 않았을까. 지금쯤 죽
어서, 특히 더는 우리 보호자를 위험스럽게 하지 않았던 편이 낫지
않았을까 하고 나는 거듭거듭 생각하고 있어. 그러나 아직 우리는
살고 싶고, 자연이 속삭이는 소리를 잊지 않았고, 그리고 모든 희망
을 버리지 않았기 때문에 이런 망상은 지워버리고 말아.

무슨 일이든지 일어났으면 좋겠어. 격전이라도. 이런 불안을 깨
뜨려버렸으면! 종말이 아무리 괴로운 것이라도 어서 와주었으면!
그러면 적어도 승리인지 패배인지는 알게 되겠지.

안네.

1944년 5월 31일(수)

키티,

토요일, 일요일, 월요일, 화요일은 만년필을 잡을 수 없을 정도
로 굉장히 더웠단다. 그 때문에 너에게 편지를 쓰지 못했지.

배수관이 금요일에 파열되었는데 토요일에 수리했어. 오후에는
코프하이스 씨가 찾아와 자기 딸 코리가 요피와 같은 하키 클럽에
들어갔다는 등의 이야기를 들려주었지.

일요일에는 엘리가 우리를 안심시키기 위해 아침 식사 때까지
머물러 있었어. 월요일에는 판 산턴 씨가 망을 보고, 화요일에는 결
국 다시 창을 열 수 있었지.

성령강림제의 휴일 중 덥다고 할 정도로 날씨가 따뜻했던 적은 퍽 드물잖아. '은신처'의 무더위는 견딜 수 없을 정도야. 이날의 더위에 대한 불평으로 몇 가지 예를 들면,

토요일—"퍽 근사한 날씬데" 하고 아침엔 모두 감탄했지. "이렇게 덥지만 않다면" 하고 오후에 창문을 닫을 땐 투덜거렸지.

일요일—"이건 정말 견딜 수 없구나. 버터는 녹아 흐르고, 이 집엔 시원한 데라곤 아무 데도 없군. 빵은 말라빠지고, 우유는 쉬고, 창은 열 수도 없고, 딴사람들은 성령강림제 휴일을 즐기는데, 우리 가련하게 버림받은 자들은 이런 데서 헐떡거려야만 한담?"

월요일—"걸을 수도 없고, 얇은 옷도 걸치기 싫어요. 이런 무더위 속에서 어떻게 설거지를 한담."—이것은 판 단 아주머니의 불평. 불쾌지수는 최고.

정말 더위를 견딜 수 없구나. 오늘은 바람이 꽤 불어서 나은 편이었지만 여전히 태양은 이글거리고 있어.

안네.

1944년 6월 5일(월)

키티,

새로운 트러블—뒤셀 씨와 아빠 엄마 사이에 아주 사소한 일로 말다툼이 벌어졌어. 버터 분배 때문에. 뒤셀 씨가 결국 숙이고 나왔지. 판 단 아주머니와 뒤셀 씨는 사이가 좋아져서 장난을 하고, 키스를 하기도 하고, 다정한 듯이 웃고 한단다. 뒤셀 씨는 여자가 그리워지기 시작한 모양이야.

제5군이 로마를 점령. 육군과 공군은 로마 시를 별로 파괴하지 않았대.

채소와 감자의 재고 부족. 기분 나쁜 날씨.

프랑스 해안과 파드칼레에 대한 공격이 계속되고 있음.

안네.

상륙 작전 개시

1944년 6월 6일(화)

키티,

"오늘이 D-데이입니다" 하고 영국 방송이 발표했단다. 바로 "오늘이 그날이야." 상륙 작전이 시작되었구나!

영국 방송은 오늘 아침 8시에 뉴스로 알려주었어. 칼레, 브로뉴, 르아브르, 쉘브르, 파드칼레 등지에 맹렬한 공격이 가해지고 있어. 점령국이나 해안에서 30킬로미터 이내에 살고 있는 사람들은 폭격에 대비하는 조치를 취하라고 발표했어. 가능하면 영국군은 한 시간 전에 전단을 뿌릴 거라는 거야.

독일 방송은 영국의 낙하산 부대가 프랑스 해안에 상륙했고, 영국의 BBC 방송은 영국 상륙 부대가 독일 해군과 격전 중에 있다고 방송했어.

우리는 9시, 아침 식사 때 모여 앉아서 상륙 작전에 대해 토론했어. 이것은 혹시 2년 전의 디에프 상륙 작전과 같이 시험적인 것이 아닐까?

10시에 영국 방송은 독일어, 네덜란드어, 프랑스어, 그 밖의 외국어로 "상륙 작전이 시작되었습니다" 하고 발표했어. 진짜 상륙 작전이야. 영국 방송은 또한 11시에 독일어로 최고 사령관 아이젠하워 장군의 연설을 발표했어.

영국 방송은 12시에 영어로 아이젠하워 장군이 프랑스 국민에게 보내는 메시지를 발표했어.

"오늘이 D-데이입니다. 곧 격전이 벌어질 것이고, 우리는 승리할 것입니다. 1944년은 완전한 승리의 해입니다. 여러분의 행운을 빕니다."

영국 방송의 1시 뉴스―1만 1천 대의 비행기가 쉬지 않고 군대를 수송하고 적의 후방을 공격하고 있다. 4천 명의 상륙용 보트와 소형 함정이 군대와 물자를 쉘브르와 르아브르에 쉴 새 없이 수송하고 있다. 영국군과 미국군은 이미 맹렬한 공격을 개시했다. 겔브란디 벨기에 수상, 노르웨이의 하콘 왕, 프랑스의 드골 장군, 영국 왕, 그리고 끝으로 처칠의 연설.

'은신처'는 흥분의 도가니란다. 오랫동안 기다려왔던 자유가, 황홀하고 동화 속의 이야기 같은 자유가 정말 찾아올 것인가? 과연 1944년은 승리의 해인가? 아직은 모르겠지만 희망은 우리를 다시 찾아왔고, 싱싱한 용기와 힘을 가져다주었어.

이제 공포와 부자유와 고통을 참아 넘겨야 하기 때문에 우리에게 가장 필요한 것은 냉정과 인내야. 좀 더 이를 악물고 울음을 참아야겠지.

프랑스, 러시아, 이탈리아, 독일 사람들은 울면서 그들의 비극을 해소시킬 수 있지만, 우리에게는 그러한 자유조차 주어져 있지 않구나.

오, 키티, 상륙 작전 개시와 함께 가장 기쁜 것은 우리의 동지가 다가오고 있다는 느낌이야. 우리는 치가 떨리도록 독일에 시달려왔고, 목에 칼을 대고 있는 것 같은 생활을 해왔기 때문에 동지나 구원의 손길은 우리에게 신념을 가져다주었어.

이제 전쟁은 유대인에게만 관련된 것이 아니라 네덜란드와 전 유럽에 관련된 거야. 언니는 9월이나 10월에는 다시 학교에 가게 될지도 모른다고 말하고 있어.

안네.

추신 ― 최신 뉴스의 속보를 전해줄게.

1944년 6월 9일(금)

키티,

상륙 작전의 저녁 뉴스.

연합군은 프랑스 해안의 조그만 도시인 베이유를 점령하고 카엔을 공격하고 있어. 쉘브르가 있는 반도를 차단하려는 것이 명백해. 매일 저녁 종군 기자들이 최전선에서 군의 곤란한 점이나 용기나 사기에 대해 알려줘. 그들은 생생한 뉴스를 전하려고 애쓰고 있어. 영국으로 후송된 부상병들의 인터뷰도 나와.

날씨가 엉망인데도 공군은 쉴새 없이 활약하고 있단다. BBC 방송은 처칠이 D-데이에 함께 상륙하려는 것을 아이젠하워와 그 밖의 장성들이 만류했다고 보도했어. 생각해봐. 일흔 살이나 된 노인이 그런 담력을 가졌다니.

이곳의 흥분은 조금 가셨어. 그러나 아직 우리는 금년 안에 전쟁이 끝나리라는 희망을 갖고 있어. 그럴 때가 되었지. 또 아주머니의 불평은 참을 수 없을 정도야. 상륙 작전에 대해서는 더는 할 말도 없지만, 대신 날씨가 나쁘다고 온종일 투덜거린단다. 찬물을 뒤집어씌워서 다락에 가둬두었으면 좋겠는데.

또 아저씨와 페터를 제외하곤 은신처의 식구들은 모두《헝가리안 랩소디》의 3부작을 읽고 있어. 이 책은 천재 작곡가이며 신동인 프란츠 리스트의 생애에 대해 쓴 책이야. 재미있는 책이지만 여자에 관한 부분이 너무 많아. 리스트의 생애는 유명한 피아니스트로서뿐만 아니라 일흔 살에 이르기까지 페미니스트로 알려져 있었어. 그와 동거한 여인으로 마리 다구 공작 부인, 캐롤린 사인 비트겐슈타인 공주, 댄서 로라 몬테즈, 피아니스트 아그네스 킹워스, 피아니스트 소피아 멘터, 올가 자니나 공주, 올가 메넨도르프 남작 부인, 여배우 리라 등등 끝이 없어.

음악과 예술을 취급한 부분이 더 재미있었어. 거기에는 슈만, 클라라 비크〔슈만 부인〕, 베를리오즈, 브람스, 베토벤, 요아힘, 바그너, 한스 폰 뷜로, 안톤 루빈슈타인, 쇼팽, 빅토르 위고, 오노레 드 발자크, 힐러, 훔멜, 체르니, 로시니, 케루비니, 파가니니, 멘델스존 등이 언급되어 있어.

리스트는 멋지고 친절하고 점잖은 사람이었어. 그는 누구든 도와주고, 예술이 전부였고, 코냑과 여자에 미쳤고, 눈물을 보면 참지 못하는 신사였고, 호의를 거절하지 못하고, 돈에 무관심했고, 자유와 평화를 종교적인 신앙으로 숭배한 사람이었어.

안네.

1944년 6월 13일(화)

키티,

다시 한 번 생일이 지나가고 나는 열다섯 살이 되었단다. 참 많은 선물을 받았어.

슈프링거의 《미술사》 전 5권, 내의와 손수건, 요구르트 두 병, 잼 한 통, 케이크, 엄마 아빠에게 식물학에 관한 책, 언니에게서 팔찌, 판 단 씨 댁에서 책 한 권, 뒤셀 씨에게서 스위트피, 미프와 엘리에게서 과자와 연습장, 그리고 클라레르 씨에게서 가장 신나는 《마리아 테레사》와 크림 치즈 등. 그리고 페터에게서 모란꽃 다발—페터는 좋은 것을 찾으려 애쓴 모양이지만, 잘 피지 않은 것밖에 구할 수 없었던가 봐.

날씨가 나빠 폭풍우가 덮치고 파도가 요동을 해도 상륙 작전의 전과는 훌륭해.

어제 처칠, 스머츠, 아이젠하워와 아놀드가 연합군에 의해 해방된 마을을 방문했단다. 처칠이 탄 어뢰정은 해안을 폭격했어. 그는 젊은 사람들처럼 공포가 무엇인지를 모르는, 부러운 용기를 가진 사람인 모양이야.

숨어 사는 우리로서는 바깥 세계의 사람들이 이런 뉴스에 어떤 반응을 보이는지 짐작할 수 없지만, 게으른(?) 영국이 드디어 소매를 걷어붙이고 달려든 것을 기뻐하고 있을 거야. 아직까지 영국을

얕보고, 노신사의 나라 영국을 겁쟁이라고 조롱하면서도 독일을 미워하던 네덜란드 사람들은 비난을 받아야 해. 아마 이제 그들의 둔한 머리도 깨이겠지.

두 달 동안 월경이 없었는데 토요일부터 다시 시작되었어. 귀찮고 불쾌한 것이지만 결국 다시 찾아온 것은 반가운 일이야.

안네.

자연을 그리는 마음

1944년 6월 14일(수)

키티, 내 머릿속은 여러 가지 희망, 생각, 비난, 공격 들로 가득 차 있어. 나는 남들이 생각하는 것처럼 잘난 체하지 않으며 내 장점과 단점을 누구보다 더 잘 알고 있어. 또 나 자신을 더욱 향상시키려고 노력하며 그렇게 될 거라고 믿고 있다는 것, 이미 많이 향상되었다는 것을 알고 있어. 그런데 왜 모두 내가 아는 체하고 잘난 체한다고 생각하는 거지? 그럴 때면 난 내게 묻곤 해. 내가 그렇게 아는 체를 하는 걸까? 정말 나만 그렇고 다른 사람은 안 그럴까? 언제나 나를 공격하는 판 단 아주머니가 지성이 없는 사람이라는 건 누구나 알아. 지성은커녕 멍청하다고 해도 좋겠지. 멍청한 자는 남이 자기보다 아는 것이 많으면 배 아파하니까. 아주머니는 내가 자기와 비슷하지 않기 때문에 나를 바보라고 생각해. 자기가 훨씬 잘난 체하니까 내가 잘난 체한다고 생각하는 거야. 자기 옷이 짧기 때문에 내 옷이 너무 짧다고 생각하고 있어. 아주머니가 나를 잘난 체한다고 생각하는 것은 자기가 전혀 모르는 문제에 대해 내가 갑절이나 말참견을 하기 때문이야. "아니 땐 굴뚝에 연기 나랴"는 속담처럼 내가 잘난 체한다는 것은 충분히 인정해.

나에게 가장 괴로운 것은 누구보다 더 자기 자신을 비판하고 꾸짖는 일이야. 이런 때 엄마가 쓸데없이 참견하시면 참을 수 없이 절망한 나머지 화를 버럭 내고 마음에도 없는 말을 하고 말아. 그리고 "아무도 나를 이해하지 못해요"라는 안네의 특허 문장이 튀어나오지. 이 말은 내 마음속에 들러붙어 떨어지지 않아. 부질없긴 해도 약간의 진리는 있어. 나는 이따금 스스로를 굉장히 꾸짖기 때문에 위로해주거나 조언을 해주거나 거짓 없는 나를 이끌어줄 사람을 진정으로 바라고 있지만 아직까지 그런 사람은 나타나지 않았어.

이렇게 말하면 넌 곧 페터를 생각하겠지? 그렇지?

키티! 페터는 나를 인간으로서가 아니라 친구로서 사랑해. 그 애정은 나날이 깊어가지. 그래도 우리 두 사람을 접근하지 못하게 만드는 무언가가 있어. 그게 뭘까? 모르겠어. 그에 대한 그리움은 과장이라고 생각하는 때도 있지만 사실은 그렇지 않아. 한 이틀쯤 페터에게 가지 않으면 견딜 수 없을 만큼 그리워지니까. 그는 좋은 사람이고 그리운 사람이야. 하지만 실망스러운 점도 많아. 특히 종교를 싫어하는 것과 음식이나 여러 가지 일에 대해 하는 말은 마음에 들지 않아.

그렇지만 싸우지 않기로 단단히 약속했으니까 싸움은 하지 않을 거야. 페터는 싸움을 싫어하고 관대하고 금방 타협을 해. 자기 어머니가 한 말에는 참지 못해도 내가 같은 말을 하면 가만히 있어. 그리고 자기 물건을 언제나 깨끗하게 정리하고. 그런데 왜 자기 본심을 내게 털어놓지 않을까? 원래 나보다 말이 없는 편이라는 건 잘 알아. 하지만 내 경험으로 보건대 아무리 남에게 속을 터놓지 않는 사람이라도 어떤 경우에는 자기 본심을 털어놓을 수 있는 사람을 찾기 원한단 말이야.

페터와 나는 사색에 잠길 수 있는 가장 좋은 시기를 은신처에서 지냈어. 우리는 가끔 과거나 현재, 미래를 말하지만 이미 말했듯이 나는 아직 진실한 것에 부딪혀본 일이 없어. 그런 것이 있다는 것만은 알고 있지만.

안네.

1944년 6월 15일(목)

키티,

자연과 관련된 모든 것에 대한 욕망이 미칠 듯 치솟아 오르는 것은 너무 오랫동안 바깥 공기에 굶주려온 탓이 아닐까? 코발트 빛 하늘과 새들의 노랫소리와, 달빛과 꽃과 이런 것들이 나에게 아무런 감흥도 불러일으켜주지 못하던 시절이 있었다는 것을 나는 분명히 기억하고 있어. 그러나 이곳에 온 이후로 사정이 달라졌지.

예를 들면, 무덥던 성령강림제 날 나는 홀로 달 구경을 하려고 11시 반까지 깨어 있었어. 그러나 슬프게도 달빛이 너무 밝아 나는 감히 창을 열 수 없었고, 나의 노력도 수포로 돌아가고 말았어. 몇 달 전의 어느 날 밤에는 창이 열려 있을 때 나는 우연히 위층에 남아 있었어. 나는 창을 닫아야 할 때까지 아래층으로 내려가지 않았지. 어둡고 비 내리는 저녁의 폭풍우 몰아치는 회색 구름은 나를 사로잡았어. 1년 반 만에 나는 다시 밤을 마주 대하고 서 있었어.

그때 이후로 자연에 대한 나의 그리움은 도둑이나 쥐나 폭격에 대한 공포 이상으로 나를 뒤흔들어놨어. 가끔 홀로 아래층으로 내려가 부엌이나 전용 사무실 창으로 밖을 내다보곤 했지.

많은 사람들이 자연을 사랑하고 가끔 바깥에서 자는 사람들도 있고, 감옥이나 병원에 있는 사람은 다시 자연의 햇빛 속으로 뛰어들 날을 고대하는 법이지만, 빈부의 차이 없이 골고루 배당되는 자연의 선물로부터 차단되고 격리된 생활을 하는 사람은 별로 없겠지. 하늘과 구름과 달과 별들이 우리의 마음을 고요하게, 참을성 있게 한다는 것은 나 혼자만의 생각일까? 그것은 보약보다 효력 있는 약이야. 자연은 우리를 겸손하게 하고 용기를 불어넣어주지.

그러나 슬프게도 나는 드문 경우를 제외하고는 먼지 낀 창에 걸린 더러운 망사 커튼을 통해서만 자연을 대할 수 있을 뿐이구나. 자연은 정말 순수한 것이거늘, 이와 같이 바라보는 것은 유쾌한 일이 아니야.

안네.

1944년 6월 16일(금)

키티,

새로운 문제―판 단 아주머니가 자포자기가 되어, 권총 자살, 감옥, 교수형 따위의 말을 지껄인단다. 아마 페터가 나에게 접근하는 것을 질투하는 모양이야.

아주머니는 뒤셀 씨가 자기의 말을 무시한다고 화를 내고, 판 단 아저씨가 모피 코트 판 돈을 담뱃값으로 써버리지 않나 두려워하고, 싸우고, 욕을 퍼붓고, 울고, 신세타령을 늘어놓고, 그러다가는 다시 웃고, 다시 싸우고 한단다. 이런 바보 같은 울보를 어떻게 처치한담. 아무도 아주머니를 진정으로 상대하지 않아. 아주머니는 인격이란 것이 없고, 아무에게나 투덜거리지. 가장 곤란한 것은 페터를 거칠게 만들고, 아저씨를 화나게 하고, 엄마가 냉소하게 하는 거야. 참말 가관이지. 이에 대한 묘안은 모든 것을 웃어넘기고, 다른 사람에게 상관하지 않는 거야. 이기적일진 몰라도, 자신의 안녕을 유지하는 한 가지 방법이야.

클라레르 씨는 4주 동안의 근로 소집 영장을 다시 받았어. 그는 의사의 진단서와 상업상의 서한으로 일을 면제받으려 하고 있어. 코프하이스 씨는 위 수술을 받으실 모양이야. 어제 11시에 모든 개인용 전화는 불통이었어.

안네.

1944년 6월 23일(금)

키티,

특기할 만한 소식은 없어. 영국은 쉘부르에 대공세를 시작했어. 어른들은 10월 10일까지는 우리도 자유의 몸이 될 것이라고 말씀하셨어. 러시아도 같은 보조를 취하여 어제 비텝스크 부근을 공격했어. 독일이 공격한 지 꼭 3년 만이야.

감자도 얼마 남지 않았구나. 이젠 몇 개나 남았는지 세어봐야겠어. 그러면 자기 몫이 얼마나 되는지 알 수 있겠지.

안네.

1944년 6월 27일(화)

키티,

전황은 돌변하여 훌륭하게 진전되고 있단다. 셀브르, 비텝스크, 슬로벤이 오늘 함락되고 많은 포로가 잡혔고, 전리품이 노획되었어. 상륙 작전을 개시한 지 3주 만에 전 코탕탱 반도의 항구를 장악했기 때문에 이제 영국은 어디에든지 상륙할 수 있어. 혁혁한 전과야. D-데이 이후 이곳이나 프랑스나 비바람과 폭풍우가 그치지 않았지만, 영국군이나 미국군이 무한한 전투력을 발휘하는 데 아무런 지장도 없었어.

분명히 독일군의 '경이적인 무기'도 제 성능을 발휘하고 있지만 영국군에 약간의 피해를 입히고는 그들 신문에 과장 보도하고 있을 뿐이겠지. 어쨌든 그들의 국토에 러시아 군대가 밀려오고 있다는 것을 알면 그들은 놀라겠지.

군사 기관에 근무하지 않는 모든 독일 여성은 아이들과 함께 그로닝겐, 프리슬란드, 헬데르란트로 이주시켰어. 무세르트〔네덜란드 사회주의 당 지도자〕는 연합군이 이곳에까지 밀려오면 자기도 군복을 입고 싸우겠다고 발표했단다. 늙은 뚱뚱보가 무슨 싸움을 하겠니? 러시아가 밀려올 때도 그러겠지.

핀란드는 얼마 전 평화 제의를 거부하여 회담이 결렬되었어. 바보짓을 후회할 날이 있을 거야.

7월 27일에는 연합군이 어디에 있게 될 것 같니?

안네.

1944년 6월 30일(금)

키티,

Bad weather, or bad weather from on at a stretch to thirty June.(나쁜 날씨, 나쁜 날씨가 오늘까지 계속되었어 ; 원문이 영어로 씌어 있다) 이 영어가 잘 됐을까? 이제 영어를 알기 시작해서, 사전을 가지고 《이상적인 남편》〔오스카 와일드의 희곡〕을 읽고 있지. 전쟁은 신나게 진전되고 있단다! 보브로이스크, 모길레프, 오르사가 함락되고 많은 포로들이 붙잡혔어.

이곳의 분위기도 자연스럽게 호전되고 있어. 초(超)낙관주의자가 승리한 셈이지. 엘리는 헤어스타일을 바꾸었고 미프는 일주일 동안 휴가야.

안네.

또 하나의 안네

1944년 7월 6일(목)

키티,

요즘 페터가 자기는 나중에 범죄자가 될지도 모른다든가, 극단적인 모험을 하게 될지도 모른다고 말할 때마다 무서운 공포에 휩싸여. 물론 농담이겠지만 자기 성격이 약하다는 것을 겁내는 모양이야. 언니와 페터는 "너만큼 굳센 성격과 용기가 있다면, 너처럼 스스로 생각한 것을 버텨 나갈 수만 있다면, 너처럼 끈기와 정열이 있다면— 그래, 그렇기만 하다면!" 하고 말하지.

나 자신이 다른 사람에게 영향을 받지 않게 하는 것이 좋은 일일까? 자기 양심에만 복종하는 것은? 의심스러워. 솔직히 "나는 약한 성격이야"라고 하면서 그냥 있는다는 건 상상할 수 없어. 그걸 알면 왜 싸워서 자기 성격을 단련시키려고 하지 않는 거지? 이에 대해 물었더니 언니와 페터는 "그런 노력은 하지 않는 게 더 낫지" 하고 대답하더군. 이 대답에 정말 실망했어. 더 낫다? 게으르고 거짓에 가득 찬 생활이 낫다는 걸까? 아니, 이런 사람들은 게으름과 돈에 유혹을 받기 쉬워. 나는 오랫동안 생각했어. 페터에게 가장 좋은 대답—어떻게 자신을 향상시킬 것인가 등에 대해. 하지만 내 생각이 옳은 건지는 알 수 없어. 나는 종종 누구한테든지 전적으로 신뢰를 받는다는 것은 얼마나 좋은 일일까 생각해. 그렇지만 이제 와서 다른 사람이 무엇을 생각하는지 추측하고 올바른 답을 발견한다는 것이 얼마나 어려운지도 알아. 편안함이나 돈에 대한 생각은 나에겐 전혀 관심 없는 새로운 것이기 때문이지.

페터는 좀 지나치다 싶을 만큼 나를 의지하기 시작했는데, 무슨 일이 있어도 그래서는 안 되겠어. 페터 같은 사람은 자립하기 어렵겠지만, 자아 의식이 있는 산 인간으로 자립한다는 것은 더욱 어렵겠지. 여러 가지 문제에 부딪치면서 올바른 길을 걸어간다는 건 갑절이나 곤란한 일이니까.

나는 '더 낫다'는 말뜻을 공격할 좋은 논지를 며칠째 곰곰이 생각하고 있어. 안이하고 매력적으로 보이는 것이 사람을 깊은 구렁텅이—즐거움도 친구도 없고, 한 번 빠지면 헤어나올 수 없는 수렁으로 빠지게 만든다는 것을 어떻게 하면 페터에게 알려줄 수 있을까?

우리는 왜, 무엇 때문에 살고 있는지 몰라. 행복해지고 싶다는 목적을 가지고 살고 있을 뿐이지. 생활은 모두 다르지만 목적은 같아. 우리 세 사람은 배울 기회가 있고 무엇인가를 달성할 가능성이 있고 행복을 기대할 여유가 있는 환경에서 자랐어. 그렇지만…….

우리는 우리 힘으로 이것을 얻어내야만 해. 쉬운 일이 아니지. 행복을 얻으려면 게으름과 모험을 일삼지 말고 좋은 일을 해야 해. 게으르다는 건 매력적일지도 모르지만 일은 우리에게 만족을 주지.

나는 일하는 걸 싫어하는 사람을 이해할 수 없어. 페터는 자신을 멍청하고 남보다 못나서 아무것도 할 수 없는 인간이라고 생각하고 있어, 불쌍하게도. 그는 다른 사람을 행복하게 만들어주는 것이 얼마나 좋은 일인지를 몰라.

내가 그걸 가르칠 수는 없지. 신앙을 가지지 않고 예수님을 조소하고 하나님의 이름을 빌려 욕을 해. 내가 믿음 좋은 신자는 아니지만 신을 경멸하는, 마음이 가난한 그를 보면 슬플 뿐이야.

안네.

1944년 7월 15일(토)

키티,

도서관에서 《현대의 여성은 어떤 생각을 하는가》라는 도전적인 제목을 가진 책을 빌렸어. 그 얘기를 해볼게. 이 책의 지은이는 '오늘의 젊은이'를 무자비하게 혹평하는데, 그래도 젊은 사람 전체를 아무것도 할 수 없는 무리라고 비난하지는 않아. 게다가 원한다면 젊은이들은 더 위대하고 아름답고 좋은 세계를 만들 힘을 가지고 있는데도 참된 아름다움에 대해서는 생각하지 않고 피상적인 것에만 골몰한다—고 하더군.

어느 부분에서는 지은이가 나에게 비평의 눈길을 직접 보내고 있는 듯 느껴졌기 때문에 네 앞에서 마음을 활짝 열고 나를 변호해보려고 해. 나를 좀 아는 사람이라면 내가 나 자신에 대해 잘 안다는 것을 알 거야. 나는 제삼자처럼 나 자신의 행동을 바라볼 수 있어. 편견이나 변명 없이 나날의 안네를 바라보고 어디가 좋고 나쁜

지 검토할 수 있다는 거지. 이 자의식은 늘 곁에 있어서 무슨 말을 할 때마다 "저렇게 말해야 할 것을"이라든지 "그건 옳았어" 하고 평을 하지. 나 자신에 대해 비난하는 것이 너무 많아 일일이 다 쓸 수는 없어. 아빠는 "아이들은 모두 스스로를 교육해야 한다"고 말씀하시는데, 이 말씀이 진실이라는 것을 점점 더 잘 알게 됐어. 부모는 단지 아이들에게 충고해서 올바른 길을 가도록 이끌어줄 수 있을 뿐, 성격을 만들어가는 것은 자기 자신이야.

그 밖에 나는 용기가 있어. 어떤 일이라도 견뎌낼 수 있을 만큼. 또한 자유롭고 젊다고 느끼고 있어. 처음으로 이런 걸 깨달았을 때 무척 기뻤어. 누구든 반드시 겪는 어려움에도 나는 쉽게 굽히지 않을 거라고 생각하기 때문이지. 그렇지만 이에 대해서는 자주 얘기했으니까 이번엔 "엄마 아빠는 나를 이해하지 못하신다"는 문제에 대해 얘기해볼게. 아빠는 지나치게 내 응석을 받아주시고 사랑해주시고 부모로서 할 수 있는 일은 모두 해주셨어. 그런데도 나는 오랫동안 쓸쓸함을 느껴왔고 외롭고 늘 오해받는다고 생각했어. 아빠는 내 반항심을 누르려고 갖은 노력을 다하셨지만 아무 효과가 없었지. 나는 스스로 내 행동의 문제점을 발견하여 스스로 고쳐왔어.

내가 고민하고 있을 때 아빠는 왜 내 마음의 길잡이가 되어주시지 못했을까? 내게 구원의 손길이라고 뻗으실 때 왜 완전히 다른 곳을 향하셨을까? 그건 방법을 잘 몰랐기 때문이야. 아빠는 나를 언제나 다루기 어려운 정신적 과도기에 있는 아이로 대하셨어. 좀 이상하게 들리겠지? 사실 아빠는 나를 믿어주시고 바보가 아니라는 자신을 가지게 해주셨어.

그렇지만 빠뜨리신 게 있어. 너는 알겠지. 아빠는 내게 훌륭하게 되기 위한 싸움이 얼마나 중요한지 알지 못하셨어. "네 나이 때 있을 수 있는 일"이라든지 "다른 애들은", "그런 건 곧 잊을 수 있어"라고 말하는 건 듣고 싶지 않아. 그리고 똑같이 평범한 여자아이가 아니라 장점을 가지고 있는 안네로 취급받고 싶어. 아빠는 이걸 이해하지 못하서. 다른 사람이 자기 일을 무엇이든 고백해주어야 나 역시 나의 일을 그 사람에게 고백할 수 있어. 아빠에 관해서는 잘 모르니까 아빠와 그 이상 가까워질 수 없는 거야. 그리고 아빠는 언제나 어른다운, 아빠다운 태도로 아빠 역시 나와 같은 정신 과정을 겪어왔다고 말씀하서. 그래서 나는 너 외에는 (언니에게 가끔 하는 것 말고) 아무에게도 인생에 대한 내 생각이나 깊이 생각한 생활의 원리를 말하지 않아. 아빠에게는 모든 고민을 감추었고, 아빠와 함께 내 이상에 대해 이야기해본 적도 없어. 내가 아빠를 멀리하고 있다는 건 알아. 하지만 별다른 도리가 없는걸. 나는 오직 나의 감정에 따라 행동해왔어. 내 맘의 평화를 위한 최선의 방법이었지. 지금처럼 완성되지 않은 내 의견에 대해 비평을 받는다면 위태위태한 침착함과 자신감을 완전히 잃을지도 몰라. 지독하다 생각하겠지만 난 아빠에게 마음의 비밀을 고백한 적도 없고, 오히려 성질을 부려서라도 아빠를 멀리하려고 했으니 아빠에게는 더욱 비평 같은 걸 받고 싶지 않았어.

왜 나는 아빠를 귀찮아할까? 늘 깊이 생각하고 있어. 아빠를 귀찮아하니까 훈계를 참을 수 없고 애정어린 아빠의 태도도 강요로 느껴져. 아빠에 대한 내 태도에 자신을 가질 수 있도록 나를 그냥 내버려두었으면 좋겠어. 그건 내가 너무 흥분해서 아빠에게 드린 그 무서운 편지의 일로 아직도 살을 에는 듯한 괴로움을 느끼기 때문이기도 해. 아, 모든 면에 진정으로 굳세고 용기 있다는 건 얼마나 어려운 일일까?

그러나 이게 가장 큰 실망은 아니야. 아빠에 관한 것보다 페터에 관해 더 깊이 생각하고 있어. 나는 그를 정복했지만 그는 나를 정복하지 못했어. 나는 그를 우정과 애정이 필요한 얌전하고 감수성 예민한 사랑스런 소년으로 그리고 있어. 나의 애정을 쏟을 수 있는 사람이 필요하고, 올바른 길을 걸어갈 수 있도록 도와줄 친구가 필요해. 내가 바라던 걸 얻어서, 천천히 그러나 확실하게 페터는 내게 끌려다녔어. 그리고 드디어 그가 나에게 우정을 느끼게 되었을 때 그 우정은 저절로 애정으로 발전했지. 그러나 잘 생각해보면 그에게 그렇게 선선히 허락해서는 안 되는 거였어.

우리는 아주 개인적인 일까지 이야기했지만 지금까지 내 마음 깊은 곳에 있는 일에 관해서는 한 번도 말한 적이 없어. 페터가 어떤 인간인지 아직 모르겠어. 그는 보잘것없는 사람일까? 아직도 나에게 부끄러움을 느끼고 있을까? 어쨌거나 참된 우정을 얻고 싶어 잘못을 저질렀어. 우정보다 친밀한 관계로 그의 마음을 잡으려고 했으니까. 다른 방법을 찾았어야 했는데.

페터는 간절히 사랑받기를 원해서 차츰 나를 사랑하게 되었다는 것을 잘 알고 있어. 그는 나를 만나는 데 만족하고 있지만 난 좀 더 참된 우정을 키우고 싶어. 그렇다고 해도 그 누구에게 꼭 밝히고 싶은 문제를 그와 이야기하고 싶은 생각은 없어. 나는 페터 자신이 깨닫고 있는 것 이상으로 그의 마음을 잡아끌고 있어. 그는 지금 내게 의지하고 있어서 당분간은 그를 멀리서 자립하게 만들 수 없어. 그가 내 마음을 이해하는 친구가 될 수 없다는 것을 알았지만 적어도 그의 편협한 생각을 고쳐주고 젊음으로 무언가 이루도록 해주고 싶어.

어느 책에서 "그의 마음 가장 깊은 곳에서 청년은 노인보다 더 쓸쓸하다"는 글을 보고 그것이 진리임을 깨달았어. 그렇다면 이곳의 어른들은 우리보다 더 많이 괴롭다는 것이 정말일까? 아니, 그건 그렇지 않아. 어른들은 모든 것에 대해 자기 의견을 가지고 주저없이 행동하지. 그러나 우리 젊은이들은 요즘처럼 모든 이상이 깨어지고 인간의 가장 나쁜 면이 드러나고, 진리라든가 정의라든가 신을 믿어야 할지 말아야 할지 모르는 시대에 자기 입장과 의견을 지키는 것이 갑절로 어려워.

어른들이 이곳에서 생활하는 것이 괴롭다고 주장하는 이들은 우리 젊은이들이 짊어진 문제가 어느 정도의 것인지 모르는 거야. 이런 문제는 젊은이들에게는 지나치게 부담스러워서 늘 우리를 괴롭히지. 고민 고민해서 답을 찾았나 하면 현실에 부딪혀 소용없는 것이 되고 말아.

이상도, 꿈도, 동경도, 냉정한 현실을 마주하면 곧 깨어져버려. 이런 시대에 사는 우리의 괴로움이지.

너무 엉뚱해서 이루어질 것 같지 않은 내 이상을 모두 포기하지 않는 게 나 스스로도 이상해. 그건 아마 인간의 마음이 선량하다는 걸 아직도 믿기 때문이겠지. 나는 혼란과 불행과 죽음으로 만들어진 토대 위에 내 희망을 쌓아 올릴 수 없어. 세계가 황폐해지고 우리를 파멸시킬지도 모르는 천둥 소리가 다가오는 듯해서 더욱 괴로워. 그렇지만 하늘을 올려다보면, 모든 것이 질서 정연해지고 이 참혹한 상황도 끝나고 평화와 고요가 다시 찾아오리라는 생각이 들어. 그러고 보니 꿈을 잊지 말아야겠어. 그걸 실현할 수 있는 시기가 올 테니까 말이야.

안네.

1944년 7월 21일(금)

키티,

정말 이제는 희망이 솟아나기 시작하는구나. 전황은 잘 되어가고 있어. 그래, 정말이야. 게다가 굉장한 뉴스가 있단다.

히틀러 암살 기도가 있었는데, 범인은 유대인 공산주의자도 영국 자본주의자도 아닌 순수한 독일인 장군이며 아직 젊은 백작이란다. 그러나 불행히도 총통은 약간의 상처와 화상을 입었을 뿐 생명을 구하고, 몇몇의 관리와 장교들이 희생당하거나 부상당했을 뿐이야. 주모자는 사살되었어.

아무튼 이 사건으로 수많은 관리나 장교들이 전쟁에 지쳐서 히틀러가 나락으로 떨어지기를 바라고 있다는 것이 분명해졌어. 그들이 히틀러를 제거하면 새로운 군 통치자를 옹립하여 연합군과 휴전을 맺고, 군비를 강화하여 20년 내에 새로운 전쟁을 일으키려 하겠지. 독일 사람들이 서로 다투면 연합군 측에 훨씬 유리하므로 아마 신은 히틀러를 제거하지 않으신 것일 거야. 그렇다면 러시아나 영국은 별 수고 없이 그들의 도시를 부흥시킬 수 있을 거야.

그렇지만 아직은 사태가 거기까지 발전하지 않았고, 나도 그런 화려한 미래만을 생각하고 싶지는 않아. 그러나 나는 오늘 퍽 현실적인 기분이고, 그러한 일도 명백히 현실일 수 있다는 사실을 너는 알아주어야 해.

나는 지금 공허한 공상을 지껄이고 있는 것은 아니야. 더구나 히틀러는 그의 충실하고 헌신적인 국민에게 다음과 같은 특별 성명을 발표하기까지 했어. 금후 군인 각자는 게슈타포에 복종할 것이며, 사병일지라도 그의 상관이 비겁한 암살 음모에 가담하고 있다는 것을 알면 군법 회의를 거치지 않고 그 자리에서 사살해도 좋다고.

이러면 도대체 어떤 난장판이 벌어질까—오랜 행군 도중 요니는 다리가 아파 더는 걸을 수 없다. 그의 상사인 장교는 그에게 호통을 친다.

악에 받친 요니는 총자루를 거머쥐고 소리친다.

"넌 총통을 암살하려 했지? 이것은 받아 마땅한 벌이다."

한 방의 총소리와 함께 요니를 걷어차려던 상관은 영원한 세상으로 가버린다.

결국 장교들은 사병들의 비위를 건드리거나 그들에게 명령할 때는 식은땀이 흐르겠지. 사병들이 장교 이상의 권한을 갖고 있는 셈이니까.

이것저것 너무 화제를 바꾸었는데 내가 지껄인 말을 알아들을 수 있겠니? 오는 10월에는 다시 학교 벤치에 앉을 수 있다고 생각하니 너무 감격스러워서 순서 있게 말할 수가 없구나.

오, 방금 내가 너무 희망만 갖지 않겠다고 말하지 않았던가. 용서해줘. 그래서 모두 나를 '꼬마 모순 덩어리'라고 부르는 게 아니겠니?

안네.

1944년 8월 1일(화)

키티,

'꼬마 모순 덩어리' ―이 말로 지난번 편지를 끝맺었는데, 오늘은 이 말부터 시작하겠어.

'꼬마 모순 덩어리', 이것이 정확히 무슨 뜻인지 알겠니? 다른 단어들과 같은 이것은 외부적인 모순과 내면적인 모순의 두 가지 의미가 있어.

전자는 보통 '고집이 세고, 아는 체하고, 건방지다'는 것인데, 그 때문에 내가 유명해진 것이고, 후자는 아무도 모르는 나만의 비밀이야.

나는 이미 너에게 내 성격의 양면성에 대해 이야기했지. 일면은 명랑하고 우스워하고 활발하고 그리고 무엇보다도 모든 일을 가볍게 생각하는 점이야. 놀리고 키스하고 포옹하고 추잡한 농담을 해도 나는 화내지 않아. 나의 이 같은 면은 항상 마음속에 대기하고 있다가 좀 더 깊이 있고 순수한 감정을 밀고 솟아 오르지. 아무도 안네의 좋은 면을 모르기 때문에 겉으로 나타난 안네만으로 사람들은 나를 말괄량이로 취급하는 거야.

키티, 나는 분명히 어릿광대 노릇을 하다가 다음 순간 색다른 태도를 취하곤 해. 그러나 이것은 정작 생각 깊은 사람이 애정 영화를 보는 것과 같아서 곧 잊어버리게 되는 이롭지도 해롭지도 않은 기분 전환이나 오락 같은 거야. 이런 것을 너에게 말하고 싶지는 않지만. 나는 왜 이런 사리를 알면서도 그대로 행하지 않는 것일까?

나의 경박하고 피상적인 면은 언제나 사려 깊은 면보다 재빨리 밖으로 튀어나오게 마련이야. 나는 이 같은 면이 나의 일면에 지나지 않으므로 이것을 밀어내고 억누르고 숨기려고 얼마나 노력했는지 몰라. 그러나 아무런 성과도 없었고, 그 이유는 나도 잘 알아.

나는 평상시의 나를 알고 있는 다른 사람이 나의 또 하나의 면, 좀 더 훌륭하고 바람직한 면을 알게 되지 않나 하고 몹시 겁을 먹고 있어. 그들이 나를 진지하게 받아들이지 않고 우스꽝스럽고 센티멘털하다고 비웃지나 않을까 하고. 이와 같은 평가를 감내할 수 있는 것은 '경박한 안네'뿐이야. '사려 깊은 안네'는 너무 약해.

가끔 의식적으로 '사려 깊은 안네'를 잠깐 동안 나타내어도 입을 열게 되면 곧 위축되어, '경박한 안네'에게 자리를 양보하고 나도 모르는 사이에 사라지고 말아. 때문에 '사려 깊은 안네'는 남과 같이 있을 때는 잠시도 나타나지 않고, 혼자 있을 때만 나를 지배한단다. 나는 내면적인 나의 희망이나 현재의 위치를 정확히 알고 있어. 내가 자신의 내면적인 천성을 행복으로 생각하고, 다른 사람들이 나의 외부적인 천성을 행복으로 생각하고 있는 것은 아마—아니, 분명히 이 때문이야. 나는 내면적으로는 순수한 안네에게 이끌리지만, 표면적으로는 고삐 풀린 채 뛰노는 새끼 양에 지나지 않아.

이미 말한 대로 나는 감정을 좀처럼 드러내놓지 않기 때문에 사내아이, 사냥꾼, 바람둥이, 박사, 연애 소설 애독자라는 말을 듣게 되는 거야. 그러면 쾌활한 안네는 그것을 웃어넘기고 건방진 대답을 하고, 무관심한 듯 어깨를 으쓱하며, 개의치 않는 것처럼 행동해. 그러나 오, 진정 조용한 안네의 반응은 정반대야. 솔직히 말해서, 이런 것은 자신에게 해롭다고 인정하고, 나 자신을 고치려고 퍽 노력하지만 그때마다 더 강력한 적과 부딪치게 되는구나.

마음속의 소리는 나에게 이렇게 흐느낀단다.

"너는 인정이 없고, 거만하고, 뻔뻔스럽고, 게다가 네 내부의 좋은 면의 충고를 듣지 않기 때문에 다른 사람들은 너를 싫어해. 그것이 바로 너야, 숨길 수 없는―."

아니, 나는 충고에 귀를 기울이려 하지만 잘 되지 않아.

내가 만일 진지하고 얌전한 태도를 취하면 모두 코미디를 하는 건가 하고 나를 쳐다봐. 그래서 나는 농담으로 그런 태도를 지워버리고 말아. 내가 입을 다물고 있으면 가족들은 병이 난 게 아닌가 하고 두통약이나 신경통 약을 먹이고, 열이 있지나 않나 하고 목이나 이마를 만져보고, 변비가 아닌가 하고 묻고, 또는 우울해한다고 꾸중을 하지. 나는 이것을 참을 수 없어. 이 정도로 간섭을 받으면, 나는 화풀이를 하고, 그러다간 문득 슬퍼져서 결국 주저앉아 머리를 감싸주고 말아. 이와 같이 좋지 못한 면이 표면에 나타나고, 좋은 면은―이 세상에 나 혼자 살고 있다면―내가 희망하는 바의 나와 같이 될 수 있는 방법을 발견하려고 노력하고 있지.

안네.

《안네의 일기》, 그 후

1944년 8월 4일 아침, 10시에서 10시 반 사이에 프린센 그라하트 263번가에 나치 친위대 제복을 입은 칼 요제프 질베르바우어를 비롯해 민간인 복장을 하고 무장을 한, 적어도 셋 이상의 네덜란드 비밀경찰 요원들이 들이닥쳤다. 누군가의 밀고가 있었던 것이다.

은신처에 숨어 있던 8명과 이들에게 도움을 준 클라레르 씨와 코프하이스 씨가 체포되었다. 클라레르 씨와 코프하이스 씨는 암스테르담의 감옥으로 이송되었고 1944년 9월 11일, 재판도 없이 네덜란드의 아메르스푸르트 수용소에 수감되었다. 코프하이스 씨는 노동을 못할 정도로 건강이 나빠서 1944년 9월 18일에 석방되었고 1959년 사망할 때까지 암스테르담에 살았다. 클라레르 씨는 1945년 3월 28일, 동료들과 수용소 탈출을 도모했지만 실패하고 독일로 보내져 강제노동을 했다. 그는 1955년 캐나다로 이주, 1989년 토론토에서 사망했으며, 엘리 보센은 1983년 암스테르담에서 사망했다. 미프는 2007년 당시 생존해 있었으며 남편 안은 1993년 사망했다.

체포 당일 은신처에 있던 8명은 암스테르담의 감옥에 보내졌다가 네덜란드 북부의 웨스터보르크 유대인 수용소로 옮겨졌다. 그리고 1944년 9월 3일, 그곳을 떠나 3일 후 폴란드의 아우슈비츠 수용소에 도착했다. 오토 프랑크의 증언에 따르면 판 펠스(일기에서는 판 단 씨)는 1944년 10월 또는 11월께 아우슈비츠의 가스실에서 처형을 당했는데, 가스 처형실이 없어지기 바로 직전이었다. 판 단 부인은 아우슈비츠에서 베르겐-벨젠으로, 그리고 베르겐-벨젠에서 부헨발트로, 다시 1945년 4월 9일 테레시엔슈타트로 이송되었다. 죽음은 공식적으로 확인된 바 없지만 마지막으로 이송된 집단 수용소에서 살아남지 못한 것으로 추정된다. 안네의 남자 친구 페터 판 단은 1945년 1월 16일, 아우슈비츠에서 오스트리아의 마우트하우젠까지 이른바 '죽음의 행진'에 동원되어 1945년 5월 5일 사망했다. 수용소가 폐쇄되기 겨우 3일 전이었다. 치과의사 뒤셀 씨는 1944년 12월 20일, 노이엔가메 집단 수용소에서 사망했다.

안네의 어머니 에디스 프랑크는 1945년 1월 6일 아우슈비츠-비르케나우 수용소에서 굶주림과 극도의 체력 소모로 사망했다. 언니 마르고트와 안네는 10월 말에 아우슈비츠를 떠나 베르겐-벨젠 수용소로 이송되었다. 끔찍한 위생 상태로 말미암아 1944년과 그 이듬해에 발진티푸스가 유행했고, 수천 명의 포로들이 이 병으로 죽어갔다. 마르고트가 죽은 지 며칠 후에 안네도 사망했다. 안네는 2월 말 또는 3월 초에 죽은 것으로 알려져 있다.

8명의 포로 가운데 수용소에서 오토 프랑크만 유일하게 살아남았다. 아우슈비츠가 소련군에 의해 해방되면서 오토는 암스테르담으로 송환되었다. 1945년 6월 3일 마침내 오토는 암스테르담에 도착했고 이곳에서 1953년까지 거주하다 스위스의 바젤로 이주하여 가족들과 살았다. 오토는 마우트하우젠 수용소에서 남편과 아들을 잃고 아우슈비츠에서 살아남은 여자와 결혼했다. 1980년 8월 19일, 사망할 때까지 오토는 바젤 외곽의 비어스펠덴에서 살면서 딸이 남겨 놓은 일기장을 전 세계에 알리는 데 전념했다.

옮긴이 **이건영**

서울대학교 공과대학 건축과와 동 대학원을 졸업했다. 미국 오하이오주립대학에서 건축과 석사 학위를, 노스웨스턴대학에서 도시계획 박사 학위를 받았다. 건설부 차관, 국토개발연구원 원장, 교통개발연구원 원장, 한국건설산업연구원 원장과 중부대학교 총장을 역임했다. 1999년 장편소설《회전목마》로 한국일보 1백만 원 현상소설에 당선되었고, 장편소설로《차가운 강》,《빙하의 계단》등과 작품집《회색이 흐르는 거리》등이 있다. 산문집으로는《런던의 시계탑은 멈추었는가》등이 있다.

안네의 일기

1판 1쇄 발행 1971년   3월 15일
5판 1쇄 발행 2009년   4월 30일
5판 16쇄 발행 2025년 10월 10일

지은이 안네 프랑크 | 옮긴이 이건영
펴낸곳 (주)문예출판사 | 펴낸이 전준배
출판등록 2004. 02. 11. 제 2013-000357호 (1966. 12. 2. 제 1-134호)
주소 04001 서울시 마포구 월드컵북로 21
전화 02-393-5681 | 팩스 02-393-5685
홈페이지 www.moonye.com | 블로그 blog.naver.com/imoonye
페이스북 www.facebook.com/moonyepublishing | 이메일 info@moonye.com

ISBN 978-89-310-0638-4   03850

◦ 잘못 만든 책은 구입하신 서점에서 바꿔드립니다.

ᇰ문예출판사® 상표등록 제 40-0833187호, 제 41-0200044호